牛轉窮苦

3 完

風文創 939

一曲花絳 著

風文創 939

目錄

第二十一章

九月初，沈澤秋又帶著沈澤平去青州補了一次貨，這回要出去半個月，因為不僅要進脂粉、首飾，布坊也要進新貨了。如果下兩個月的生意依舊如八月這般好，安寧和沈澤秋琢磨著，可以把馮二爺的房款、錢掌櫃的布款一次給結清了。

葉掌櫃自從被警告過後老實多了，但沈澤秋跟沈澤平都要出遠門，何慧芳心裡不踏實，一家人商量了一陣後，打算雇蓮荷的老公趙全在家裡打半個月的短工。

趙全挺高大的，性子也老實，有他幫忙，沈澤秋在外頭也放心。

「蓮荷，妳覺得怎麼樣？半個月給一兩銀子，行不？」何慧芳問蓮荷。

蓮荷當然覺得好啊，她男人在碼頭賣的是力氣，腰和脖子都是傷，掙錢不容易，一天天的可辛苦了。相較之下，鋪子裡的活又輕鬆，賺得還多呢！「行啊，我晚上就和他說。」

趙全唯一的缺點就是不愛說話，不善於和人打交道，不過安寧和何慧芳倒覺得這缺點是優點呢！就幫著做些力氣活、管管閒事就好，反正也不指著趙全幫忙招呼客人。他啊，就在鋪子裡坐鎮，有啥搗亂滋事的出面攔一攔就好。

還別說，有趙全這麼個高大魁梧的夥計在鋪子裡，難纏的客人都少了，以前來搗過亂的叫花子更是避得遠遠的。

九月初二，沈澤秋帶著沈澤平一塊兒坐船出發了。

安寧月分大了，眼看要到生產的時候，胡家把小嬰兒穿過的舊衣裳、耍過的舊玩具送了來，已經洗過、曬過，有股淡淡的皂角香，安寧和何慧芳謝過了來送東西的胡雪琴，留她在家裡吃晌午飯。

胡雪琴搖頭，笑得很甜。「不用了，我說會兒話就回去，鋪子裡一堆事情呢！」說完看了看安寧的臉，瞪大眼睛說：「沈娘子有孕後倒越發光彩照人，這孩子還沒出生就這麼懂體恤母親，以後定是個乖巧懂事的。」

安寧端起茶杯啜了口茶，摸著圓滾滾的肚子，忍不住笑起來。「承胡小姐吉言。」

胡雪琴咬了咬唇，眨著大眼睛問：「我可以摸一摸嗎？」

「摸吧。」安寧側了側身子，面向胡雪琴說道。

胡雪琴收緊袖口，輕輕地將手掌貼在安寧的肚子上，新奇又高興。「欸，我覺得小傢伙在踹我的手……欸，是真的！」

「可見你們有緣！」何慧芳洗了一碟果子上來，邊招呼胡雪琴吃，邊笑說。

胡雪琴心滿意足地收回手，咬唇想了想。「要不等孩子生下來，認我做乾娘吧，成不？」

安寧和何慧芳一愣，對望了一眼。

何慧芳坐下來搖了搖頭。「胡小姐還沒成親呢，這認乾娘不合規矩。」說到自己的婚事，胡雪琴嘆了口氣，她十五、六歲正當年的時候，哥哥病重，嫂嫂又是不頂用的，小姪子也沒降生，外有同行競爭，內有叔伯覬覦家產，都盼著哥哥一命嗚呼好吃絕戶，她只好硬著頭皮出面穩住這個家。等哥哥養好病，嫂子生下小姪子，生意也好了，可她年歲也到了，上門說親的都是些歪瓜劣棗，胡雪琴瞧不上。現在倒是有了心上人，但只怕有緣無分。

「那算了。」胡雪琴絞著帕子笑了笑。

安寧見胡雪琴面色憂愁，欲言又止了下，卻還是沒說什麼。

何慧芳卻有些沈不住氣了。「胡小姐，這鎮上好男子也多的是，要不我幫忙留意著？」一般人家的姑娘，何慧芳就是打死也不會直說的，可胡雪琴是個爽利人，樣樣都是自己作主，何慧芳乾脆就直接說了。

果然，胡雪琴也沒有扭捏，只輕輕搖了搖頭。

忽然，她不知想到了什麼，臉有些紅，小聲地說：「其實我有了意中人，你們也認識，交情還不賴，要不，沈老太太幫我一把吧？」

安寧和何慧芳不約而同地將目光落在胡雪琴身上。

只見胡雪琴聲若蚊蚋地道：「我的意中人就是李大人。」

哎喲！何慧芳暗自懊惱剛才嘴快了。

安寧稍微鎮定些，說：「既然如此，我們一定幫。改日幫忙試探試探李大人的心意，胡小姐覺得如何？」

「好。」胡雪琴的心思已經在心中壓抑了很久，說出口便痛快了，無論成或不成，總要試一次。

晚上用飯時何慧芳直後悔，要是沒有楊筱玥戴的那支琉璃玉珠簪，她一定直接和李遊說了，現在真是左右為難、開不了口啊！

「娘，胡家待咱們不薄，胡小姐也是爽快人，咱們幫著試探試探吧。李大人若是無意，胡小姐也好早些死心；若李大人也有意，不正巧成了一樁好姻緣？」

何慧芳一琢磨，也正是這個理，胡雪琴已經二十三了，耽誤不起嘍！

馮二爺最近挺上火的，宜春樓的老闆周海也是。八月份李遊派人到錢莊和宜春樓查帳，查出來很多沒繳稅的帳，限期三月，叫他們一一補上，足足要補上千兩的銀子。

周海愁得臉上多了兩條皺紋，去沈家買了好幾盒塗臉的香膏抹，才終於淡了幾分。

他一邊喝茶，一邊埋怨。「魏縣令怎麼說話不算數呢？說好撤了那姓李的職，你瞧，好端端的回來了，還沒幾日就來查咱們哥倆的帳，這明擺著是報復咱們啊！」

馮二爺嘆了口氣，壓低聲音說了。「魏縣令說，別看這位李大人只是舉人，才是個九品芝麻小官而已，人家有後臺，州府有人呢！」

周海瞪大眼睛。「州府？」

「州臺大人親自關照的，你想想。」馮二爺耷拉著眉毛，整個人都蔫了。

周海心有不甘。「那咱那一千多兩稅款，只能老老實實補上？」

「欸，罷了，補吧……」馮二爺無力地說。

周海卻還不死心，一個勁兒地在心裡琢磨。李遊不貪財，貪圖的是名聲……哼，等著吧！

夏去秋來，九月時布坊裡上的新款衣裳、料子皆大受歡迎。

沈澤秋新進的胭脂不僅花樣繁多，就連裝胭脂的盒子也精巧好看。

安寧還叫巧匠打了兩扇屏風、幾個置放首飾的架子擺在鋪子裡，這樣女客們挽髮、換衣都有了地方，各種精巧的簪子也能按照種類一支支地擺放在首飾架上。

按照徐阿嬤的提點，安寧叫蓮荷姊妹們每天都採摘新鮮的花朵襯在簪子和脂粉盒下面，互相映襯，更加有美感。

徐阿嬤不僅繡藝高明，對鋪子的陳設、裝修也有自己的獨到見解，在她的提點下，鋪子裡鋪上了地毯，往內院去的門上墜了貝殼簾子，店裡還新置放了幾盆花草。雖然只是小小的妝點，給客人的感受卻大不相同了。

望著錢罐子裡越來越多的銀子，何慧芳心裡高興，比吃了蜜都要甜。以前存的都是銅錢，現在是直接存銀子，唉，踏實！

何慧芳最近變著法地給安寧做好吃的，沈大夫說多吃魚、蝦好，她就每天早上去菜市場買新鮮魚、蝦；沈大夫說吃太油、太辣的不好，她就和慧嬸子、慶嫂學做一些清淡的菜。什麼白灼蝦、豌豆炒蝦球、清蒸魚、茄汁牛腩，何慧芳都能做得有模有樣。

沈澤平愛跟著何慧芳去菜市場買菜，經常帶些糖餅、雞蛋糕回去，何慧芳知道是給蓮香買的，但啥也沒說。看兩個孩子的緣分吧，等過一年沈澤平大了，定了性，兩人還這麼要好，她就和二嫂商量商量，讓沈澤平和蓮香訂親。

中午吃的是清蒸魚，何慧芳把魚處理乾淨，焢乾水以後倒了些酒，加了薑片和蔥絲，將魚醃製兩刻鐘去腥，再燒上火，架好一個大鍋，隔水將魚放在鍋裡蒸，還撒了蔥薑絲。

不一會兒，水咕咕咕的開了，魚肉的香氣逸出來。何慧芳掐算時間，剛到一刻鐘就把火撤了，這時火候剛剛好，魚肉鮮嫩爽滑，一點都不老。

何慧芳找來個乾淨碟子，把蒸好的魚挪過去，蔥薑絲挑走，蒸魚溢出來的汁水也不能要，味道最腥，醬汁得自己新調，不過也簡單。

把油燒熱了，淋在蓋了新蔥薑絲的魚身上就好，滋啦滋啦的聲音一過，那香味更濃了。

何慧芳又在碗裡倒了點醬油、幾滴醋、一小勺白糖，攪合均勻後淋在魚身上，這樣一道原汁原味的清蒸魚便做好了。

「嚐嚐！從桃花江撈上來的魚，活蹦亂跳的，可新鮮了！這樣的魚蒸著吃，味道最美！」

安寧挾了一塊嚐了，魚肉鮮美，一點都不柴，更重要的是一點腥味都沒有，特別的爽口。「娘，您做得真好吃。」

何慧芳心裡可美了，給安寧挾了魚身上最好吃的一塊肉，腮邊上的月牙肉，笑呵呵地說：「那妳多吃點啊！」

第二天一大早，天矇矇亮，何慧芳又提著菜籃子出門了。要想買到新鮮的好魚，就得趕早。

不過街上有些鬧哄哄的，何慧芳感到有幾分奇怪，這時遇到了同樣早起買菜的慶嫂。

慶嫂抓著何慧芳的胳膊說：「昨晚上，咱們桃花鎮出人命案啦！」

何慧芳嚇了一跳，緊張地問：「哪條街的事啊？」

慶嫂皺眉。「不是在鎮上，是鄉下。聽說有個男的被媳婦給毒死了，家人現在報了官，那女的被抓到了衙門，正在審問呢！」

鎮上極少出這麼惡性的案子，為了平息民怨民憤，一般都是公開審問，允許百姓圍觀。

何慧芳倒吸一口涼氣，也沒心思買菜了。「走，咱們去衙門看看！」路上又遇到了桂婆婆，她沒和何慧芳搭茬，走在後頭和人嘀咕。「聽說那毒婦是沈家村的哩，呦，一個婦道人家，心腸比毒蛇還要壞！」

何慧芳好巧不巧的聽見了，回頭瞪著眼問桂婆婆。「妳說啥？」

桂婆婆知道何慧芳一家子就是從沈家村來的，忙解釋道：「哎喲，這是真的，我可沒瞎編！我兒子在衙門裡當差，昨晚忙了一宿，早上回家吃早飯時說的，說女的是沈家村人，嫁的男人姓李……」

莫不是秋娟和李元？何慧芳心裡一驚，加快腳步往衙門去了。

雖然還是清晨，可衙門口已經圍了很多圍觀的百姓。何慧芳擠出一個口子，看見裡面跪了幾個人，旁邊地上用白布還蓋著一個。

「可憐我兒，好好的被這狠心肝的毒死了，教我白髮人送黑髮人啊！大人，您一定要為民婦作主哇……」

何慧芳瞇著眼睛看，越瞧越覺得跪著不說話的女子像秋娟，一邊兩個男子像是李元的兩個大哥。

「是秋娟。」慶嫂也擠了進來，細看很久以後說道。

唉，這孩子糊塗啊！何慧芳一拍大腿，在心裡直嘆可惜。

秋娟低頭跪著，無論婆婆在旁邊怎麼罵、衙差如何問，她是一句都不開口，和啞巴似的。

李遊低頭看著衙差交上來的案卷，讀到女犯人的名字時，頓了頓，王秋娟這三字有幾分熟悉，旋即舒展開眉頭，不正是當年常來私塾玩耍的小女孩嗎？

砰！李遊用力拍了拍驚堂木，滿堂肅靜。

秋娟身子一抖，狠狠攥著拳，雙目死死盯著地板看。

「堂下命犯王秋娟，本官現在問妳話，妳要據實回答，懂嗎？」李遊沈聲道。

秋娟嚥了下口水，喉嚨又乾又澀，一陣陣發疼，點了頭。

「妳丈夫昨晚中毒身亡，經仵作驗屍，是中了鼠藥的毒，據賣藥的攤販所言，昨日妳恰好買了鼠藥，所以，是妳毒殺了親夫，是也不是？」

秋娟的身子又是一抖，昨晚李元遏著喉嚨吐血的畫面歷歷在目，她越想越怕，忍不住渾身發抖。

李母指著秋娟大罵。「就是她幹的！就是這個毒婦！大人，她要為我兒償命！」

「不——」一直懵懵怔怔的秋娟突然回過神來，她不想死，她死了兒子誰照顧？「大人，民婦是冤枉的！」

此話一出，圍觀的人群裡爆出一陣陣議論，你一言、我一語的說個不停。

李遊只好再拍驚堂木，等周遭安靜後問道：「既然妳喊冤，那麼本官給妳機會，將事情的經過細細道來。妳為何買鼠藥？李元為何而死？昨日妳又做了什麼？」

秋娟狠狠掐著掌心的軟肉，深吸幾口氣，聲音沙啞的開口。「前日晚上，李元喝醉了酒，他醉酒後就會發瘋、打人、砸東西，孩子被嚇得哇哇大哭，我抱著孩子躲到了灶房裡，後半夜，孩子被他奶奶抱走了，我心裡氣，也爭搶不過，就去了鎮上……我去買了鼠藥，是因為……我活不下去了，並不是想害人……」秋娟說著說著，眼淚就像洩閘的洪水，簌簌地往下流，她瞪大眼睛，重重地喘息幾口，痛苦地回憶著前一晚發生的事情。「昨晚我回到家，李元又在喝酒、吃肉，一見我便掐我的脖子，怒氣沖天地問我去哪兒了……後來又揮拳打我，沒幾下，他忽然口吐鮮血，倒在地上死了！」

話才剛剛說完，邊上的李母便瘋了似地撲上去要打秋娟，嘴裡嚷嚷著。「胡說！狡辯！就是妳，是妳害死了我的兒子！」

「肅靜！」李遊擰眉看著李母。「既然妳說是王秋娟害死妳兒子，那妳速將事情經過細細說來。」

李母被衙差攔住，頹然地坐在地上，惡狠狠地說：「我兒昨晚一直好好的，這個毒婦一回來就死了，就是她幹的！」

李遊沈吟了一會兒，把李母、秋娟、仵作的話都在心中過了一遭，而後冷聲道：「仵作驗屍後確認李元是中毒身亡，既是中毒，還需找到毒下在了何處？來人，押解著相關之人，本官要親自去李家村勘驗！」

看著衙差押著人走遠，圍觀的百姓也逐漸散去。太陽初升，灑下一片光輝。

何慧芳提著菜籃子走著，腦袋脹脹的發疼。

「秋娟這孩子自己走了絕路啊！」慶嫂追上來說道。

何慧芳攥著菜籃子的把手。「這案子還沒定數哩！」

「我看八九不離十，白天買了鼠藥回去，晚上李元就吃了鼠藥死了，怎這麼巧？」慶嫂道。

「唉……」何慧芳也不知該信誰。

「林小姐，好久不見了。」

安寧扶著腰，慢慢地在鋪子裡轉，權當作鍛鍊身體。走了一炷香時間後，林家的馬車到了門前。

林宛穿著一身粉藍的襦裝下了車，越發有大姑娘的明媚氣韻。

「沈娘子，我今天來，是想訂一些上回乞巧節時店裡做的荷包，可以嗎？」林宛馬上要啟程去青州了，想著沈家所製的香囊精巧，而她祖母家姊妹多，多備幾只送人極好。

「當然可以。」安寧笑著點頭。

林宛選了七、八種花色，選好了荷包的式樣，一共訂做了二十個，每一個都要繡花，又是綢緞，為了精巧好看，還需用上等好的絲線，安寧給了個吉利價，八十八文錢一枚。末了，林宛又選了幾支簪子、幾盒脂粉，一共是五兩銀子。

安寧知道林宛要嫁去青州，以後或許不會再來店裡買東西了，便從首飾架上取下一支淡藍色的絨花簪。「這支簪子顏色正配林小姐今日的衣裳，算是我的心意，送給林小姐，祝妳一路順風。」

畢竟若沒林家當初的那一筆大單，他們也不會和錢掌櫃搭上橋，更不會有今日。

「嗯，承沈娘子吉言。」林宛原就有些捨不得家人，安寧送的一支簪子又勾起了她的離愁別緒，眼眶都忍不住紅了一圈。

等何慧芳買了菜回來，安寧和她感嘆道：「女子要嫁人，心裡總是忐忑的，今日見林小姐的模樣，真叫人心疼。」

何慧芳買了幾串葡萄回來，用清水洗了洗，端到外頭來，招呼大家吃，心裡還惦記著秋娟的事，嘆一聲說：「能不忐忑嗎？誰知嫁過去是福氣還是厄運呢？」

蓮香吃著葡萄，快言快語地說：「沈老太太今日怎麼多愁善感起來了？都不像您了！」

「嗐，沒啥，你們忙吧。我啊，去把內院的菜伺候一遭。」

何慧芳想著安寧要生了，秋娟那檔子事便摁下沒告訴她，以免勞神費心。又將沈澤秋拉到一邊，把今早看到的事情和她的打算給說了。

「嗯，娘您安排的對。」沈澤秋點頭，覺得何慧芳的安排極是妥當。

回頭他便把慧嬸子、蓮荷等人都叫到跟前，囑咐她們不要在安寧身邊瞎說。

不僅是秋娟的事，生意上有啥惹人心煩的，直接告訴他就好，不要說到安寧的耳朵裡，惹得她不高興。

「嘖，咱們沈掌櫃別看是個大男人，倒是細心，也會心疼人。」慶嫂忍不住說。

慧嬸子不由得想起當初去沈家村老家幫做工的時候，笑著道：「妳才瞧出來啊？當年我們去鄉下做活時，我早說了嘛！」那時候安寧和沈澤秋臉皮薄，被她們調侃得耳根子都紅了。慧嬸子又說：「還好安寧和沈掌櫃大度，沒記咱們的仇。」

「人家那叫宰相肚裡能撐船！」慶嫂回到裁衣臺後面裁剪衣裳。「欸，妳家元山有相看好的姑娘嗎？要是沒有，我幫忙留意著。」

「行啊，要脾氣秉性好的，模樣嘛，過得去就成……」

安寧現在大部分時間都待在內院，偶爾在鋪子裡逛逛，看看帳本而已，何慧芳又照顧得細緻，每日水果、肉蛋不斷，沈澤秋還搜羅了些茶樓裡流行的小段子，每日睡前給安寧說，所以她的心情一直很好，沈大夫隔日就會上門來把一次脈。

到了十月初八這日，安寧陣痛了。

沈澤秋等在門外一直原地轉圈，十月的天已有幾分涼意，可他腦門上還是沁出了一層又一層的汗。

請的兩位接生婆都是經驗豐富的高手，何慧芳和趙大媽忙進忙出的送熱水、乾淨棉帕。

「哎喲，你在這兒杵著擋著我們進出了，一邊坐著去！」何慧芳把一桶熱水提進屋，嫌棄沈澤秋擋門了，叫他往邊上挪一點。

「嗯，好。裡頭怎麼樣了？」沈澤秋生怕因為自己而耽誤事，忙往邊上退了兩步，焦急地問道。

可惜何慧芳忙得很，一門心思全撲在安寧身上，沒聽完這句話又進屋了。

沈澤秋一拳打在掌心，焦急得團團轉，後來實在忍不住了，推開門就要往裡頭走。

「哎喲，沈掌櫃你不能進來！」接生婆攔著沈澤秋，不准他進屋。

他只好退出去，繼續在屋外焦慮的等待。

不知過了多久，屋內總算傳出嬰兒響亮的啼哭聲，沈澤秋懸著的心終於落回到了肚子裡，他三兩步走到門前，正好何慧芳抱著孩子，喜孜孜的出來了。

「生了、生了！是個男娃，六斤六兩！」

沈澤秋掃了孩子一眼，皺皺巴巴、渾身紅彤彤的，和他想像中的初生嬰兒不一樣，有點醜，不像他也不像安寧。不過此刻沈澤秋顧不了什麼，疾步往裡間走去。

安寧滿臉疲倦地看著他，露出一個淺淺的微笑。

她鬢髮已經濕透了，唇色也十分蒼白，輕輕喚了聲。「澤秋哥，我們的孩子好看嗎？」

沈澤秋攥住安寧的手，心裡又暖又難受，他們有孩子了，可安寧卻為此吃了這麼多苦，他恨不得全由自己來承受。

「好看。」為了不叫安寧擔心，沈澤秋一邊回憶剛才那個小醜娃的樣子，一邊違心地說道。

話音才落，何慧芳抱著孩子進來了。

「來，讓咱們的寶寶和爹娘待一會兒，奶奶去熬點紅糖水來給你娘喝，好不好呀？」

安寧滿懷期待地望過去。

何慧芳將孩子放在她身邊，笑著出去了。

沈澤秋緊盯著安寧的神情，生怕她因為孩子的醜而傷心。

安寧用指腹輕輕摸了摸孩子的臉蛋，笑著說：「澤秋哥，我覺得孩子的眉眼像你。」

沈澤秋很糾結，最後仍是違心地附和道：「喔？我也覺得。」

好在沒過幾天，孩子就越長越水靈了，皮膚上的紅痕漸漸淡去，有了鼻梁，也會眨眼睛了。

孩子的大名沈澤秋給起了叫做沈煜皓，說到小名，看著鋪子外那棵結滿了紅彤彤果兒的石榴樹，一致決定叫做石榴。

「石榴，小石榴，喜歡這個名字不？」

安寧抱著小石榴晃了晃，輕言輕語地問。孩子剛吃飽了奶，看著安寧咧開嘴，露出一個笑。

「哎喲，他喜歡呢！」邊上的何慧芳樂滋滋的，這孩子才十多日就會笑了，以後肯定是個聰明孩子。

前半個月安寧基本上沒有出屋，偶爾慶嫂跟蓮荷她們會把帳本抱進來，安寧則趁著孩子睡覺時看上幾眼。這兩個月的生意根本用不著操心，換季外加進了新貨，每日的流水帳都非常可觀。

何慧芳每日不是燉雞就是燉魚，把湯熬得清爽鮮美，拿來給安寧補充營養。聽說產婦吃鯽魚好，她便常去找漁民買新鮮的鯽魚來煲湯。

這日出門，何慧芳聽見街上的人嚷嚷著——

「上月那樁殺夫案查清楚了。」

「衙門口貼了告示，大家快去看！」

何慧芳這一個多月時間光忙著照顧安寧，都快忘了秋娟這碼子事，急忙和大家一起跑到衙門口去看。

告示上白紙黑字，密密麻麻地寫滿了字，有認字的在一旁幫著唸出來，何慧芳大概聽明白了。

原來啊，李元出事的那天中午，李母在田裡撿了隻半死不活的母雞，她心疼小兒子，於是拿回來殺了炒好給李元做下酒菜，誰知那雞是吃了鼠藥的，肉裡有劇毒，等秋娟從鎮上回來時，正好撞見李元毒發。
吃剩的雞肉、拔掉的雞毛都由仵作驗出了鼠藥的毒性，由此可證明秋娟確實無辜。
「唉，竟然是這樣！好好的一個家，就這麼毀了……」
眾人都忍不住感嘆。
一位婦人惋惜地說：「這路邊撿的死物怎麼能隨便吃？哎喲，貪小便宜，搭上了兒子的一條性命啊！」
「是啊，這下只怕毀得腸子都青了……」

李母確實後悔，可她悔的不是自己撿了雞回來煮給李元吃，而是咒罵秋娟是瘟神，自從娶了她後，家裡一天安寧日子都沒有。秋娟就算沒有下毒，也該為她兒子抵命！
衙門口貼告示的時候，這樁案子的詳細情況已經稟到了縣裡，魏大人親自批了，秋娟才正式從大牢中放出來。回李家，她不敢；回娘家，李元的家人天天來砸東西，砍他們的莊稼。
劉春華整日愁眉苦臉，哭天搶地的說這日子沒法過了。
李遊聽了下面人的稟報，蹙眉思索。王秋娟這樣回不了婆家、娘家也不敢收留的弱女子，若被李家人逼緊了，或許會發生投井自盡等慘案，他身為桃花鎮的官，理應護一方百姓。

恰好縣裡的慈幼局正缺幫工，工錢雖低廉，但能給王秋娟一條活路，又能避開李家人的騷擾，於是他便差人問秋娟可願意去？

臉色蠟黃的秋娟很乾脆地說願意。

她的兒子是李家孫輩唯一的男丁，李家無論如何不會讓她帶走的；而娘家人她也早看清楚了，根本不在意她的死活，繼續留在這兒，只會是死路一條。

因此秋娟收拾了東西，連夜和衙差走了。

「大人，您要為民婦作主啊！那王秋娟就是害我兒的凶手……」

秋娟不見了，李家人問不出秋娟的下落，更加篤信秋娟是做賊心虛，偷偷潛逃了，所以便改成上衙門口鬧。

但衙差豈容他們放肆？架著胳膊把人給拉開了。「再來胡攪蠻纏，小心挨板子！」

李母鬧夠了，坐在樹下憫憫的直喘氣，這時走來幾個穿短衣的男人，把李母嚇了一跳。

「老人家，妳走大運了，咱們老闆可憐妳，要幫妳一把呢！妳兒子死得冤，李大人斷案斷得偏，妳若想討回公道，我們老闆願意給妳指一條明路。」

李母的眼睛立即亮了，嚥了下口水。「什麼路？」

「去州府鳴冤，重審此案！狀紙、路費，咱們老闆都給妳準備好了。」

說完，那幾個人丟下東西，又和李母說了許久，他們越說，李母越覺得李大人在包庇秋娟，她兒子是冤死的，說不定自己撿回來的那隻雞根本沒毒，全是他們胡編亂造！對，她要去州府，要找更大的官來查這個案子！

「謝謝你們老闆，他真是天大的善人啊！」李母抹了一把眼淚，拿起東西，忙不迭地回去了。她要馬上去州府，一定要為兒子討回公道！

此時，周海慢悠悠地從巷子裡走出來，望著李母的背影，勾起邪笑。「等著瞧好戲吧！」

小石榴能吃能睡，滿月時已變得白白胖胖，格外惹人喜歡，身子軟得像塊嫩豆腐，眼睛漆黑如墨，清澈得像鹿眼。

胡雪琴送了孩子一塊小銀鎖，上面墜著三個小銀鈴，搖起來叮鈴叮鈴的響。

「好聽嗎？喜不喜歡呀？」胡雪琴可喜歡小石榴了，拿紅繩串起銀鎖，掛在孩子身上，一邊抱他，一邊說話。

「胡姑娘，這銀鎖太貴重了。」安寧目光慈愛地望著小石榴，孩子健康平安的長大，是她最欣慰的事。她自己一出生就體弱，幸好小石榴沒像她，才一個月就能看出來是個健壯的娃兒，晚上也好帶，不像尋常孩子似的愛哭鬧。

胡雪琴抱著小石榴，愛不釋手。這小娃娃長得真精緻，長大以後定是個帥小子，不知要迷惑多少小姑娘的芳心呢！她一邊逗孩子，一邊說：「無妨，值不了多少錢，給咱們小石榴，我願意。」

今日是孩子的滿月酒，就在家裡辦，請的都是街坊鄰居和朋友，大概三、四桌席，百日宴則回沈家村辦。

「胡姑娘，今日李大人也來吃席。」安寧笑著道。

「嗯。」胡雪琴抱著小石榴靠著床沿坐下，面上有幾分羞怯，瑩白的臉埋在立領裡，一改平日的爽利，完全一副小女兒家的樣子。

很快地，太陽落了山，沈家後院點起了一串串大紅燈籠。在家吃是圖個親近和熱鬧，但四桌席全靠自家置辦就太勞神了，何慧芳縱然捨不得錢，也依了安寧和沈澤秋，從鳳仙樓訂了菜餚、酒水。天一灑黑，酒樓的夥計就將酒菜都送到了。

主桌是自家人還有李遊及胡掌櫃一家，剩下一桌是家裡的幫工，其他兩桌都是一條街上的鄰居。

「恭喜沈掌櫃，喜得麟兒！」

「恭喜弄璋之喜！」

在一片賀喜聲中，人都到齊了。

小石榴收到了一大摞禮金，何慧芳摸著厚厚的紅包，心裡頭喜孜孜的，悄聲說：「這錢得幫小石榴攢著，以後給他娶媳婦用！」

安寧忍俊不禁，抿了口米湯，壓低聲音對何慧芳道：「娘，莫忘了今日還有正經事。」

「我記得，妳放心。」何慧芳摸了摸手上的鍍銀銅鐲子，佯裝無意地看了李遊幾眼。

「李大人，喝好、吃好哇！」

李遊微微頷首，勾唇輕笑，端得一派儒雅清雋。

鳳仙樓有一道招牌菜，叫做酥炸冰梅鴨，先用蔥、薑醃製過，裹上粉炸得外焦裡嫩，再用冰糖、梅子、醬油調製出濃香爽口的醬汁，均勻地裹在炸好的鴨塊上，吃起來格外的酸甜爽口、甜而不膩，擺盤時撒上些白芝麻和細絲狀的碧綠小蔥，既養眼又好吃。

胡雪琴鼓起勇氣，仰起臉對李遊笑著道：「李大人嚐一嚐這道菜，是咱們清源的本地菜，鳳仙樓做得最道地。」

「喔？我嚐嚐。」

李遊今日穿的是月白色的便服，胡雪琴覺得，他在紅燭皓月的映襯下極文雅。

「滋味不錯。」李遊嚐了一塊冰梅鴨後說道。

胡雪琴唇邊噙著笑。「這酥炸冰梅鴨說起來，還有個典故，相傳從前有位皇帝，微服私訪時路過清源縣，嚐到了這道菜……」

看著他們倆相談甚歡，安寧和何慧芳對視一眼，都覺得有譜。至於楊小姐戴的那支簪子，或許只是巧合吧？

席散了，客人逐漸散去，李遊喝得微醺，正向沈家人告辭，何慧芳笑盈盈地提著盞燈籠過來了。

「李大人，我送送你。」

李遊忙推辭。「不必了，我的侍從就在路口等我。」

「別客氣，李大人，老婆子我有話和你說呢！」何慧芳不管那麼多了，她是個粗人，不會那些個彎彎繞繞的，決定今天晚上索性就直說了，若碰了釘子，改日就說自己喝多了，胡說哩！

走到鋪子門口，街面上已經鮮有行人，何慧芳說送送他，腳下步子卻定住了，笑咪咪地問：「李大人功名已成，為人又這般正直，沒想過成個家嗎？」

李遊伸手扶著門板，穩了穩身子。何慧芳一開口他就懂了，剛來到桃花鎮的時候，有好幾個媒人搶要幫他相親，可後來不知怎的，他就變得無人問津了。唉，許是他不懂風情，遭人嫌了吧？

「沈老太太，我是緣分未到。」李遊道。

何慧芳眉一蹙，挺直腰背。「要是李大人不嫌，我幫你留意著，緣分說不定就到了。」見李遊沒說話，何慧芳又道：「李大人將來是要做大事的，家裡那位必要賢慧，能上得了廳堂，下得了廚房才好。我倒是想到了一人，聰明、爽利，模樣也好，李大人想見見嗎？」

李遊蹙起了眉。

何慧芳往鋪子外瞄了眼，壓低聲音道：「我直說了，就是胡姑娘。李大人喜歡嗎？」

驀地，李遊的手指抖了抖。胡姑娘是位性情中人，幾次相見，彼此都聊得很好。

「沈——」

「喲——」

李遊和何慧芳同時開了口，何慧芳指了指門外。「巧了，胡姑娘還沒走呢！這黑燈瞎火的，李大人可以送她一程。」

李遊回身一顧，胡雪琴就站在不遠處，夜風捲起她的裙角翩翩飛舞，長髮飄飄，正等著他。

「給。」何慧芳把手中的燈籠往前一遞。

「……多謝。」李遊沒有猶豫，接過燈籠向胡雪琴走去。

二人並排走在空曠無人的街道上，天空中繁星點點，照耀著人間男女的悲喜。

李遊一手背在腰後，一手提燈。「胡姑娘小心腳下。」

「嗯。」胡雪琴笑著應道。

「明日立冬，我家裡包餃子，李大人愛吃什麼餡的？我做些送到衙門去，你也嚐嚐味，應個景。」胡雪琴側臉看著李遊說，星輝灑在她的臉龐上，有種恬靜的美。

胡雪琴很害怕李遊會拒絕，忐忑的攥緊了手指。

「白菜豬肉、韭黃蝦仁、芹菜牛肉……」

「李大人胃口這麼好？」

「哈哈，民以食為天嘛！」

這一刻，胡雪琴的心安了。李遊身上終於有了絲絲煙火氣，不再是安寧說的，是住在月亮上的人。

啪！楊家府邸中，楊筱玥正準備睡下，最近一直戴著的琉璃玉珠簪子卻被她不小心碰到地上，簪子齊根斷了。

「唉，真可惜。」楊筱玥噘起嘴，心裡悶悶的不開心。

春杏走來把碎簪子用帕子包好，仰臉問道：「小姐，妳這麼喜歡，要不我找銀匠用銀絲把它補起來？」

「算了，一支琉璃簪罷了，賞妳處置吧。」楊筱玥拿起木梳，對著鏡子梳髮，邊梳邊問：「這簪子是母親買給我的吧？改日我問問，再去買一支。」

春杏蹙眉想了想。「好像不是，是上回茶會，哪家小姐送的……好像是林小姐？」她也記不得了。

「不想了，睡吧。」楊筱玥叫春杏熄了燈。

原來那日李遊買了簪子後，覺得直接送上門去不妥，畢竟簪子、首飾是女兒家的貼身物，他一個外男，需要避嫌，因此就差侍從孫七送去。

孫七是個機靈的，為了他家大人和楊筱玥的「清譽」，又轉手託人，等簪子送到楊宅，早就安上了他人的名頭了。

天寒了，一日比一日冷，家裡得開始燒炭了。

何慧芳上街一口氣買了十幾筐，叫賣炭翁直接送到了家，花了不少錢，她又累又心疼，坐在堂屋裡倒了杯熱茶，一邊喝，一邊對安寧說：「唉，我算是知道了，家窮有家窮的苦，這家大業大也有難處。」

小石榴趴在安寧懷裡睡得正香，安寧輕拍著他的背。「娘，要不咱們請個奶娘吧？幫著帶帶孩子，這樣您、我還有澤秋哥，就不用那麼辛苦了。」

家裡添丁是樁喜事，小石榴又乖巧好帶，可奶娃娃的衣裳、尿片一日就好幾盆子，天涼了，井水凍骨頭，還得燒熱水洗，要是乾得不及時，又要燒火烘。此外，安寧的飲食少鹽清淡，也需單獨做。加上小石榴小，一日十二個時辰都離不開人。因此這一個多月下來，家裡三人都累著了，而沈澤平又不能幫忙帶孩子。

「好，明兒我就去找找。」何慧芳捨不得叫寶貝孫子給別人帶，她不放心，不過找個幫忙做家務活的倒是不賴。

沈澤秋準備趁雪還沒下，再去青州進今年最後一次貨，剛才出門找伴，胡掌櫃也正有此打算，於是商量著過三五日就出發。

「澤秋啊，把院裡的炭給大家分分。」何慧芳見沈澤秋回來了，給他倒了杯茶。「慶嫂、慧嬸子、蓮荷、蓮香，一人分一筐。天冷了，咱們做東家的，也該有些人情味。」

安寧點頭。「徐阿嬤那裡送兩筐，她的小竹屋透風，冬日裡得多燒炭。」

對這位徐阿嬤，何慧芳實在搞不懂，這人古怪透了。不過她敬重徐阿嬤，這位老姊姊是有真本事的手藝人哩！而且那什麼雲裳閣的比賽，有她幫忙繡花，用安寧的話說，叫做雪中送炭，自己可不得敬重著？

「上回家裡買了茶葉，也包些給她送去吧，黃糖也包上幾塊。」何慧芳邊說邊往灶房去，把東西包好了塞給沈澤秋。

沈澤秋叫上沈澤平，一塊去小竹林給徐阿嬤送東西。

過了會，胡雪琴提著個食盒到家裡來，裡面是酥炸冰梅鴨、蟹肉水晶包、蜜汁魚排等菜餚。「今日我下廚，多做了些，拿來給你們嚐嚐。」

胡雪琴這些天一直在練習廚藝，一日能做好幾次，自己家裡吃不了，就分給沈澤秋一家吃。別說，經過這幾日的練習，是越做越像樣了。

「胡姑娘，妳最近怎迷上做菜了？」安寧接過食盒，有些納悶。

胡雪琴抿嘴笑，眨了眨眼睛。「我也想像沈老太太一樣，做一手好菜嘛！」

「但這口味？」安寧也學著胡雪琴眨眼睛，這都是口味清淡、偏甜偏鮮的菜，明明全是李遊愛吃的。

看破不說破，眼看胡雪琴臉上浮起了紅霞，安寧沒再調笑她。

「安寧、娘，好消息！」

沈澤秋從徐阿嬤那裡回來，滿臉的喜色，手中還提著一個大包袱，打開來看，裡面正是安寧設計的那款廣袖曳地裙。

衣襟和袖口繡了飄逸的雲紋，一簇簇鴉羽墜在袖口和衣襟上，顯得仙氣飄飄；而裙襬上一朵朵用銀線勾勒的曇花則是點睛之筆，針腳勻稱又細密，銀錢自帶亮眼的光暈，花蕊用小顆的玉珠為飾，瞧上去栩栩如生，又帶著逼人的貴氣，流光溢彩，華而不俗。

慶嫂、蓮荷等人都圍攏過來看，無不連連驚嘆，誇安寧設計的巧妙，徐阿嬤的手藝高超，這樣的裙子，也只有〈清平調〉中的貴妃娘娘才能襯得起哩！

「太好了，澤秋哥過幾日去青州，正好能將這件衣裳送去雲裳閣，參加比賽。」安寧心裡的一顆大石頭也終於落了地。徐阿嬤是慢工出細活，她一直不敢催，現在提前做好，就不用待臘月裡再匆匆跑一趟青州了。

安寧對徐阿嬤極為滿意，付工錢吧她不收，更不願去鋪子裡幫忙，只說以後還有像樣的、不俗的繡活，可以直接到小竹林去找她。

嘖，何慧芳是看出來了，這就是高手的脾氣。雖然徐阿嬤不肯收工錢，也不願繼續幫她家做活兒，但隔三差五的，何慧芳還是會準備幾道好菜，叫沈澤平給徐阿嬤送去，這情誼不能斷。

家裡請了個叫文嬸的婆子幫忙做家務事，手腳麻利、人勤快，嘴也嚴實，從不問東問西，能幫何慧芳不少忙。

等沈澤秋從青州回來後，桃花鎮下了一場初雪，飄飄揚揚的雪花細如柳絮，一夜天明，在烏瓦黑地上積下薄薄一層，天還陰著，估計白天還會下場痛快的。

冬天的早晨，被子裡暖哄哄的，舒服極了，安寧睜開迷濛的睡眼，靠在沈澤秋的臂彎裡打了個呵欠。

昨日後半夜小石榴吃了回奶，叫何慧芳抱到了自己屋裡，難得沒有孩子鬧，小夫妻倆睡了半個囫圇覺。

「再睡會兒吧，還早。」沈澤秋摟緊安寧，迷迷糊糊地在她臉上親了親。

「嗯。」安寧也難得懶散任性一回。家裡有了文嬸幫忙，早上何慧芳不用備一家人的早飯，起來洗漱完吃現成的就好，讓她有的是時間抱著小石榴玩。

睡了一會兒，沈澤秋不老實了，大掌摁在安寧的腰上，勾了勾手指頭。

安寧睡得正香，完全沒發現沈澤秋的小心思，迷迷糊糊地呢喃著。「別鬧……」

「安寧。」沈澤秋翻了個身，語氣像討糖吃的小孩。「偏要鬧。」

「欸……」安寧輕捶沈澤秋的肩膀，被他鬧醒了，嗔了句。「輕點兒！」

下了雪，小孩子總是最興奮的，沈澤平沒賴床，見外面下雪，麻溜地鑽出被窩，穿上棉袍、靴子就往院子裡衝，一邊在潔白齊整的雪地上踩腳印，一邊興奮地喊：「蓮香，下雪啦！快出來，我給妳堆雪人！」

蓮香領著姪子、姪女出來，耳朵上戴著護耳，搓了搓手。「雪這麼小，怎麼堆雪人？」

「小雪就堆小個子雪人。」沈澤平很興奮，一年有雪的日子就那麼個把月，不玩豈不是吃虧了？

辰時初，安寧和沈澤秋也洗漱好到了院子裡，準備吃完早飯開門做生意。

何慧芳看著沈澤平直搖頭，調笑一句。「還像個孩子似的。」

「娘，他還沒成親呢，可不就是個孩子？」沈澤秋端起粥碗喝了幾口，舔了舔唇，說完把碗一擱，道：「澤平，哥和你一塊兒堆！」

安寧笑出了聲，他還好意思說沈澤平呢，自己成家了不也同孩子似的？

「汪汪汪……」

這時候大黃和小黑從狗洞裡鑽了進來，大黃搖著尾巴汪汪叫，小黑叼著個白茸茸的東西，大家定睛一看，居然是一隻紅眼睛的小兔子。

大黃和小黑又跑了幾趟，一共叼回來四隻小兔子。

小兔子在雪地裡凍得有點僵了，瑟瑟發抖，瞧著怪可憐的。

「造孽唷！」看著弱小無助的兔子，何慧芳忙找來幾塊棉絮，墊在木板上給這四隻兔子搭了個簡單的窩，然後挪到了灶房裡。

大黃和小黑搖著尾巴跟進跟出的，特別自豪。

這冰天雪地的，四隻小兔子要是沒被狗叼回來，說不定會凍死呢！

「你倆立功了，中午給肉吃啊！」何慧芳擼了擼狗頭說道。

第二十二章

就在沈家人為小兔子搭窩的時候，大葉街葉掌櫃家的鋪子前圍滿了人。

韓瘸子盤腿坐在門口，破鑼嗓子一吼，就連半里外的人都能聽見。

「葉掌櫃，你不仁、我不義，咱倆誰也別怪誰！今天我把話撂在這兒，你不給錢，哼，背地裡你幹的好事，我全給你抖出來！」

葉掌櫃臉色蒼白，做生意靠的就是好名聲，韓瘸子要真把關於沈家的事抖出來，他還怎麼混？

「有話好好說。」葉掌櫃想把韓瘸子拖起來。「咱們借一步說話。」

「呸，就在這兒說！要麼，你給錢；要麼，我把話全說出來！」韓瘸子根本不吃葉掌櫃那一套。

葉掌櫃猶豫了，給錢吧，店裡流水銀撐不住了；不給吧，又怕這臭瘸三亂說話。

這時候，田夫人從葉家門前經過，她常在葉掌櫃這兒買東西，自詡瞭解葉掌櫃的秉性，雖說款式老舊，可人品沒問題，這個韓瘸子就不是什麼好東西，定是耍無賴訛人呢！

她是個爽利又講義氣的人，這些年家裡做生意、收租子，這種無賴遇多了，她有經驗，從一開始就不能縱容，不然一定會得寸進尺，日後再想甩就甩不掉了。

「葉掌櫃，身正不怕影子斜，這種無賴癟三，別理他！」田夫人插話，柳眉一擰，嚇唬韓瘸子。「你再不走，直接報官抓你，信不信？」

韓瘸子拍掌大笑，笑得都快岔氣了。「報官？趕緊去啊！大不了魚死網破，誰都別好過！」

「哎呀……」葉掌櫃現在簡直是一個頭兩個大，心裡怨田夫人狗拿耗子多管閒事，又恨當初識人不清，沾上韓瘸子這條吸血蟲。

圍觀的街坊、客人越來越多，但大部分人選擇站在葉掌櫃這邊，一齊怒罵韓瘸子。

「葉掌櫃的人品咱們都看在眼裡，沒得說，做生意厚道極了，從不弄虛作假。」

「這瘸子忒不要臉！我說葉掌櫃，別顧忌他的面子了，直接趕走吧！」

聽見周圍都是支持自己的聲音，葉掌櫃心裡突然有了底氣。是啊，怕什麼？大家都不信這個瘸子呢！

「諸位，我葉某行得正、坐得端，問心無愧，今日叫大家看笑話了！」說完轉身對店裡的夥計道：「還愣著做什麼？把這潑皮無賴趕走！」

韓瘸子氣得不輕，咬牙切齒地指著葉掌櫃的鼻子。「好，等著吧！」

這之後一連四、五日，韓瘸子再也沒來鋪子裡鬧過，葉掌櫃抹著額上的汗珠，長舒了一口氣。

眼看快過年了，安寧給一家人都裁製新衣，唯獨到小石榴這兒犯了難，後來靈光一閃，畫了幾套小娃娃穿的對襟小棉褂，丹色或青豆綠的綢緞底，上面繡著黃色的小福字和紅石榴做點綴，袖口鑲一圈絨面料子，特別的喜慶可愛。

花樣子一畫出來，大家都說好，就連慶嫂和蓮荷見了都心動。

「這回過年的新衣，我家娃兒就定這個樣式了！」蓮荷笑著說。

「福氣滿滿、大紅大火，哎呀安寧，算我服了，妳怎這麼有才氣！」慶嫂也讚不絕口。

於是大家連忙趕工，做了兩套娃娃裝掛在鋪子裡。

剛掛上沒一個時辰，就有位女客來問了。

「這衣裳好看，娃娃穿這個過年多應景、多吉祥！還有料子沒？給我兒訂一套。」客人交完訂金，約好日子來取後，又被隔壁的脂粉吸引住目光。

小石榴由何慧芳帶著在房裡睡覺，安寧在鋪子裡坐著招呼生意，她一身桃紅繡花夾襖，挽著倭墮髻，柔柔雅雅，比以前更加光彩照人。

「店裡有新上的胭脂，客人看看吧，好幾種，香味個個不同。」

過年闔家團圓，家境富裕的女子都會買上一、兩盒胭脂香膏，畢竟走親拜年若打扮得體面光彩，說話都會更有自信和底氣。

女客目不轉睛地望著安寧，直嘆這位店家娘子體面，店裡的胭脂肯定差不了，遂喜笑顏開地說：「我看看。都有啥味道的？」

「偏正紅這款是玫瑰花味，偏粉這款是果香，喔，這兒還有桂花味，香味最濃……」安寧認真地介紹，用小鑷子挑了一點在小碟子裡，加水化開，捧給客人看。「聞一聞，是不是很香？」

「是哩，我要一盒！」客人滿意極了，忽然問道：「店家姓沈吧？」

安寧點頭說：「正是呢，夫家姓沈。」

客人一拍大腿，想了起來。「哎喲，說起來挺不好意思的，我前兩個月還真信了外頭的鬼話，以為你們家的東西用了會爛臉，畢竟那外頭傳得活靈活現呢！後來才知道，這都是大葉街葉掌櫃在背後搞的鬼，編排瞎話害你們呢！虧我以前還常在他那兒買東西，沒想到他是這種無恥小人！」

安寧還不曉得外面的新流言已經傳得沸沸揚揚了，因此好奇地問了一嘴。「娘子怎麼知道的？」

「葉掌櫃缺德，雇人做壞事不給錢，人家一生氣，不就把真相抖了出來？」客人不想再說那檔子糟心事，接過胭脂收好後，忿忿地說：「反正我再不會上葉家買東西了！」

何慧芳去菜市場買菜，遇見了桂婆婆，她掃都沒掃一眼，只當沒看見。

「欸，妳們聽說了嗎，那大葉街葉掌櫃的事情？哎喲喲，我早就說了，沈掌櫃一家子都是純良的好人，怎麼會賣壞東西？一定是有人在背後搞鬼！看看，現在葉掌櫃的狐狸尾巴露出來了吧？要我說，這就是現世報，活該！」

桂婆婆就像失憶了似的，完全不記得從前她是怎麼幸災樂禍的，如今一門心思地說沈家好話，提高嗓門，生怕何慧芳沒聽見般。

何慧芳真聽見了，一是詫異桂婆婆翻臉比翻書還快，以前有多惹人厭，現在就有多諂媚；二是好奇她們說的事。那葉家出什麼么蛾子了嗎？

她頓住腳步。「妳們議論啥呢？」

桂婆婆一聽，心裡暗自竊喜，原來沈家人還不知道哇！正好，桂婆婆有心討好何慧芳，立刻繪聲繪色地把葉家的事說了一遭。「葉掌櫃先前故意編造謠言誣陷你們，如今大家都知道啦……」

葉掌櫃搬起石頭砸自己的腳，鋪子裡僅剩的老顧客也不願上門了，本是銷售旺季，生意卻慘澹無比。

而沈家的生意則蒸蒸日上，布坊這邊，新推的小娃娃福氣童裝訂得最好，一天能賣十來套。男女的褂子、夾襖、棉褲、長袍等，安寧也推出了很多新花樣，配色舒服，款式新穎，還免費送小荷包，雖然只是用零頭布做的，但客人們喜歡得不得了，一日下來，訂上三、四十套衣裳不成問題。

脂粉、首飾鋪這邊的生意更是好，脂粉鋪、首飾鋪在桃花鎮的數量本就不多，曾經大好的葉家如今名聲臭了，於是客人們紛紛改到沈家買。

「沈家娘子眼光好，咱們看簪子五花八門不知道選啥，人家一眼就能看出咱們適合戴什麼？不僅給配簪子、脂粉，還教人梳髮呢！」

「要我說，家裡有錢的，就該直接讓沈娘子瞧著幫忙置辦整套，衣裳、裙子、簪子、脂粉、髮型，搭配了出來，保管像換了個人似的！」

整個臘月，店裡每日的流水銀都很豐厚，何慧芳藏錢的小陶罐都裝不下了，叫沈澤秋拿去錢莊換了銀票回來。

十二月二十日，沈澤秋拿著銀票找了馮二爺，在胡掌櫃和李遊的見證下，提前結清了房款，從此他們在鎮上就是有房的了。

在何慧芳看來，這就是在鎮上紮下根，她忍不住樂滋滋地說：「咱們年二十三回家過年！二十二的晚上先辦桌席，專門請慧嬸子、蓮荷她們吃頓好的，感謝她們一年到尾的幫襯，來年啊，咱們再卯足幹勁，繼續好好過日子！」

「嗯，這主意好，聽娘的。」安寧和沈澤秋連連點頭。

小石榴趴在安寧的懷裡，烏溜溜的大眼睛一會兒看看這個、一會兒瞅瞅那個，而後格格地笑了起來。

何慧芳越瞧這寶貝孫兒越可愛，理了理小石榴頭上戴的老虎帽。「喲，你怎麼這麼招人疼啊？你笑啥？嗯？」

小石榴伸手往前抓，眨了眨黑葡萄似的眼睛，又笑了。

「要奶奶抱啊？」何慧芳忙接過來抱在懷裡，心裡甜甜的，她這孫兒不僅可愛，和她也親近。「今日天氣好，有太陽呢，奶奶帶你上街溜溜啊！」

大黃和小黑也搖著尾巴跟在後面，隨何慧芳一塊兒出門，二人二狗，別提多威風了。

到了二十二這日，何慧芳叫了趙大媽來，還有文嬸，三人一塊兒上街買菜，雞鴨魚肉、大肘子、肥豬肚，買起來毫不含糊，個個都是硬菜。

忙活了一個白天，到了下午開席。

豬肚燉雞香氣撲鼻，用砂鍋煲的湯，撇去了油沫，喝起來又甜又爽，一點都不膩；魚是整條煎出來然後紅燒的，濃油赤醬，特別的鮮香；肉丸子爽口不塞牙，一口嚼下去口齒留香。

不過讓何慧芳最驕傲的是擺在中間的滷豬肘，這肘子細火慢燉，燉得肉質酥爛，就連骨頭都能嚼得動，每一寸肉都吸滿了滷汁，入口即化，卻一點都不肥膩，外表金黃，正裊裊散發著熱氣。

一桌好菜當然要配好酒了，酒是安寧備的，有兩種，一種是不烈、入口甜的梅子酒，適合女眷們喝；另一種是酒香濃郁的老黃酒，適合男子飲用。

「今天是臘月二十二，大家最後一天上工，吃完這頓席，咱們來年再見了。」沈澤秋起身，舉起酒杯，臉上帶著笑。「來，我敬大家一杯，敬這一年我們順順利利，生意興旺，來年會更好。」

「對！一定會的！」大家都很高興，舉杯同飲。

這頓飯吃得又熱鬧、又舒心，到快散席的時候，安寧笑著說：「我們還備了紅包，八百八十文，圖個喜慶，大家別嫌少。」

「不少哩！哎喲、哎喲，我從沒收過這麼大的紅包呢！」慶嫂笑道。

沈澤秋站起來，笑著給大家發紅包。「明年是初八開業，到時還有開年紅包哩！」

臘月二十三的早上，毛毛趕了最早的船回到了桃花鎮，何慧芳把家裡的活物暫時託給慧嬸子、慶嫂她們照顧，一家子這才坐上馬車，熱熱鬧鬧地回鄉過年。

大房分家後是一地雞毛，何慧芳怕毛毛回大房家住會受夾板氣，和大嫂唐菊萍說了聲小石榴還小，家裡事多，要留毛毛在家住好幫幫忙，讓他們別操心了。

事實上，自從毛毛去了錢掌櫃家做學徒後，就沒叫沈家大房操過一次心。大半年過去，他個頭長了不少，臉上也有肉了、白淨了，看上去不再瘦骨伶仃。

前幾回沈澤秋一家回鄉時，王桂香是最激動的，整天追在何慧芳屁股後頭打轉，現在卻連面都不想露了。

沈澤石推了推王桂香。「小嬸娘家添了丁，妳不去看看吶？」

「有啥好看的？」王桂香一癟嘴，把身子往裡邊一扭。「不去！」

安寧生下小石榴以後，沈家大嫂唐菊萍及二嫂吳小娟一起去看過一回，這次回家來過年，按理澤玉、澤石這樣的平輩也該去看看的，這是禮數，丟不得。

「澤石、桂香，你們不去嗎？」外頭的大嫂梅小鮮和二嫂周冬蘭都準備好了，帶著茶、糖、酒，準備結伴去看小石榴。

「不去！」王桂香甕聲甕氣地回道。

「那我們走了。」梅小鮮沒勸，拉上周冬蘭就走。

沈澤石抓了抓頭髮，有些猶豫。

王桂香瞪他一眼，紅著眼睛說：「澤石，你也不准去！」

「……好，我陪妳，我不去。」看著王桂香委屈的樣子，沈澤石心軟了，不去也沒啥。

二十三下午回到家後，安寧就抱著孩子在二伯母吳小娟家裡待了大半天，等何慧芳領著沈澤秋及毛毛把屋子打掃得乾乾淨淨了，才回自己屋。

隔日估算著平輩就要來看小石榴了，何慧芳早早備好了糖茶，拿出簸箕擺了六個盤子，有糖衣花生、芝麻薄餅、水果糖，還有小橘子等等。

果然，沒過一會兒，門口就熱鬧起來，大房二房的媳婦們都帶著禮品、抱著孩子來了。

「呦，進來坐！喝茶、吃果兒！」何慧芳把院門拉開，高興地招呼著。去年買的芝麻糖什麼的，何慧芳還省著省著擺，今年日子更好了，別的不說，各色糖餅管夠，小孩子頓時樂得合不攏嘴。何慧芳給大家倒糖茶喝，又將每個孩子的荷包都塞滿了零食。「吃吧，別和嬸娘客氣！」

小石榴剛吃完奶，現在正乖乖地躺在小被子裡睡覺，隨著呼吸，肉嘟嘟的臉頰一鼓一鼓的，可招人喜歡了。

「真體面，將來長大了肯定是個美男子哩！」

「五官瞧著像澤秋，又精神又好看，皮膚像安寧，又白又嫩……」

大家你一言、我一語地誇，沈澤秋和安寧聽了高興舒心。

何慧芳更是笑得合不攏嘴，說句得罪人的話，她這寶貝孫兒，比別家的孩子都好看，又聰明呢！

「嗯……呢。」小石榴在睡夢中呢喃一聲，動了動小拳頭，一舉一動都很招人喜歡，大家都想多看兩眼，捨不得離開。

梅小鮮開腔了。「小石榴真可愛！咱們出去吧，讓娃兒好好睡。」

安寧感激地看了梅小鮮一眼，她剛才正思索著怎麼開口呢，沒料到梅小鮮就替她說了。

「小鮮嫂子，待會兒妳留下，我有話和妳說。」安寧低聲道。

吃過了茶，大家要走了，何慧芳給備了回禮：一壺好酒、一包水果糖、一包糕餅，還有一大包鮮橘子，都是在桃花鎮提前備好的，算是很豐厚的回禮了，裡面還放了個六十六文錢的小紅布包。

其他人先告辭了，梅小鮮單獨留下，她以為安寧要問王桂香為什麼沒來，便先開了口。「桂香有點小脾氣，別和她一般見識。」

梅小鮮要是不提，安寧和何慧芳都沒發現王桂香沒來呢！

安寧笑笑。「不是這個，是鎮上林府的姑娘要出嫁，正在準備嫁妝，床椅箱櫃的，要打好多家具，年後招木工，工錢高，還有吃有住，大哥願意去不？我認識林府的管家，可以幫著搭橋。」

「太好啦，這樣好的活計，當然去！」梅小鮮喜不自勝，連聲說好。

等客人都走了，何慧芳才嘀咕了一句。「喲，王桂香沒來啊？」

安寧以為何慧芳會發火生氣，誰知何慧芳只是聳了聳肩。

「不來正好，看著她就彆扭！」說完美滋滋地進屋去看小石榴醒了沒？

「大嫂，帶了啥回來？」梅小鮮一進院門，王桂香就圍了上去，她猜回禮也就是一包花生、幾個雞蛋罷了，等看清楚全是好貨，竟還有大紅包的時候，眼睛都瞪大了，悔得直跺腳，早知道她就去了！「大嫂，她們問了我為啥沒去嗎？」王桂香又問。她這樣不給面子，小孀娘該氣得不輕才對。

話剛說完，邊上的周冬蘭就嗤笑一聲。「作妳的白日夢吧！當自己是誰啊，還問起妳？妳算個什麼東西？」

「沒問。」梅小鮮急著要和沈澤玉說好消息，把話撂下就急匆匆地回屋了。

王桂香心裡後悔死了。

在家過了個安心年，沈澤秋帶著沈澤平初七就先回鎮上去，準備初八開業；何慧芳和安寧則要帶著孩子留到元宵節後，等辦了小石榴的百日宴才回桃花鎮。

剛出正月，沈澤秋又找上胡掌櫃一塊兒去青州。

胡掌櫃苦笑道：「澤秋，你當我家生意和你家一樣興旺吶？年前進的貨還剩一半呢，等要開春了再去。」

「那家裡缺啥貨嗎？我可以幫著帶回來。」沈澤秋喝著茶說道。

胡掌櫃在鋪子裡轉了幾圈。「幫我帶幾種棉料吧……」

沈澤秋帶著沈澤平出發了，等到青州城找客棧住下後，第一件事不是進貨，而是領著沈澤平去雲裳閣總店，據說一月就要貼出比賽名次了。

走到雲裳閣一樓的大廳裡，看見裡面圍滿了人，沈澤秋不禁一喜，定是名單出來了！他擠進去一看，果然，前十名的排名已經貼了出來。

上次把廣袖曳地裙交過來後，店夥計給了他一個小銅牌，排名是第八十八號。

「快找找有沒有八十八號？」

沈澤秋和沈澤平仔細地將一到十的號碼看了幾遍，沒有發現八十八號。

他們送來的衣裳不在前十之列，沈澤秋有一些失落，不過很快就看開了。那件曳地裙飄逸好看，就算沒拿名次，帶回去掛在布坊裡，做鎮店寶也是極好的。

「我們來取落選的衣裳，這是編號。」沈澤秋走到櫃檯前，放下銅牌說道。按照雲裳閣定的規矩，落選的衣裳會原封不動地還回，若有損毀遺失，則依市價賠償。

「稍等。」店夥計拿著編號第八十八的銅牌，去庫房拿衣裳，稍頃，捧了個小包袱出來。「給，請慢走。」

沈澤秋感覺不太對，這包袱比送來時要輕巧許多，忙解開來看。「這不是我家送來的衣裳！」包袱一開，展現在眼前的是一件大紅繡百花紋的齊胸束腰襦裙，雖做工精美，但俗氣繁贅，比不上自家那件廣袖曳地裙。

店夥計一愣，把號碼牌又細細地核對一遍。「這就是八十八號，沒錯。」

「號碼沒錯，可衣裳不對。我家那件是雪色的廣袖曳地裙，下襬用銀線繡曇花，玉珠為蕊，袖口墜滿鴉羽，跟這件完全不同。」沈澤秋雙眉微擰。「一定是弄錯了！」

這時候，從二樓走下來一位三十多歲的婦人，一身碧藍襦裝，挽著高髻，氣質不凡，挑眉問：「我是雲裳閣的管事周玉，閣下剛才所描述的衣裳，我有印象，但號碼是第八十九，並非八十八。」

沈澤平聽了一驚，旋即又喜。「八十九？那不是排在頭名的衣裳嘛！」

周玉打量著沈澤秋和沈澤平。「請隨我到二樓來。」

這次比賽得前十的衣裳都掛在二樓一間庫房中，獲得頭名的衣裳如眾星拱月般擺放在最中間，雪白的綢緞、熠熠生輝的銀色曇花、飄逸的鴉羽，每一個細節都很熟悉。

「這件正是我送來的。」沈澤秋說道。

這就奇怪了。周玉見沈澤秋語氣篤定，神情自然，以她多年識人的經歷看，不似說謊，可好端端的，號碼怎麼會錯？她決定試探一番，遂問道：「這次比賽以〈清平調〉為題，是給花容月貌、貴氣逼人的貴妃娘娘做衣裳，大部分人都用朱紅、緋紅、銀紅的料子，而這條裙子為何用雪色呢？且曇花美是美，卻天亮就凋零，也不如牡丹吉祥。」

沈澤秋早就把安寧設計這款裙子時的想法聽熟了，微微頷首，不卑不亢地說：「〈清平調〉中的貴妃娘娘美得不染俗塵，好比瑤臺之上的仙子，仙子自然白衣飄飄，裙裾飛揚，而曇花一現，最能代表貴妃娘娘的驚豔美貌。」

周玉蹙起眉，心裡已經信了一半。第一次見到這條裙子的人，做不到這般滴水不漏的言行。

「周娘子，這衣裳的領子包邊下，還有我家布坊的名字，不信請看。」沈澤秋能這麼冷靜，是因為徐阿嬤在將衣裳交給他時，特意交代了一句，她在暗處留了標記。當時徐阿嬤神情淡淡地說「防人之心不可無，有的人花花腸子多」。沒想到，這個標記真的起了作用。

周玉急忙翻開衣領，果然看見了一排小字——桃花鎮沈氏布坊所製。

真弄錯了！

「沈掌櫃稍等，我去找雲老闆。」周玉急匆匆地將人帶到外面，吩咐夥計倒茶，然後去找雲裳閣的大老闆雲綏。

沈澤平掩不住臉上的喜悅。「哥，五十兩黃金是咱們的了！」

沈澤秋沈穩地端起茶啜了一口。「等周娘子回來吧。」

「小石榴啊，嚐嚐看好喝不？」

今天何慧芳去市場買了幾個又紅又大的蘋果，切成片後煮了一碗蘋果水，她先嚐了一口，微甜，有股淡淡的蘋果香，滋味不賴，這才抱著小石榴，一小勺、一小勺地餵。

小石榴四個月了，這是他第一次吃到奶水以外的東西。

「嗯……啊！」小石榴喝到了蘋果水，眨了眨眼睛，好像感到很新奇，愣愣地盯著何慧芳看，嘴裡咿咿呀呀地喚，特別可愛。

等把蘋果水嚥下肚，嚐到了甜味後，小石榴更加興奮了，小腿一蹬一蹬的。

何慧芳心滿意足。「好喝吧？咱們多喝一點！」

「慶嫂、慧嬸子，過來吧，我剛騰出些空，咱們把前幾日的帳記一下。」

從年前開始，安寧和沈澤秋還有何慧芳便商量好了，以後叫沈澤平學著記簡單的帳，比如店裡每日的流水、女工們的工錢、慶嫂及蓮荷等人的提成，而安寧只要管總數和大頭就好。這樣自己沒那麼累，也有更多精力放在經營上。

可這些天沈澤平跟著去青州進貨了，安寧只好又自己記。生意太好了，她要掐著機會抽時間。

「安寧，妳今天想吃啥？黃豆豬腳湯，還是鯽魚豆腐湯？」等安寧忙完了，好不容易抽出空坐一會兒，何慧芳就問起了明天的吃食。

這幾個月安寧吃肉吃魚都快要吃吐了，她拍拍手接過小石榴抱在懷裡，苦笑著說：「娘，我今天想吃素。」

何慧芳哭笑不得。「吃啥素？」

安寧想了想。「炒老南瓜吧，以前咱家經常吃。」

「成，灶房裡還有兩個哩，那中午咱們就素一頓！」何慧芳說道。

年前狗叼回來的小兔子已經長到三斤了，白茸茸的一團，長長的耳朵，一蹦一跳尤其可愛。小石榴很喜歡看兔子，一看就笑，揮著小拳頭咿咿呀呀的。

何慧芳原想把兔子養大了紅燒或辣炒，到時候美美地吃上一頓，多好。可看小石榴這麼喜歡，她又捨不得了，便叫沈澤玉抽空幫忙做了個半人高的木籠子，給四隻小白球搭了個舒舒服服的窩，每天都抱小石榴來看幾回。

「走吧，看完了小兔子，咱們睡覺去。」

何慧芳現在最大的樂趣就是帶孫子，每天開心得合不攏嘴，就連皺紋都少了幾條。啥叫天倫之樂？這就是啊！

「咱們鎮上來了欽差大人哩！」沿街賣燒餅的小販喊道。

「真的假的？」一位白鬍子老者搭腔。

「騙你做啥？」賣燒餅的一瞪眼。「我親眼見的，穿著緋袍哩，至少也是四品官！」

沒過多久，鎮上來了欽差大人的消息就像雪花般傳遍了。有人說欽差只是偶然路過，也有人猜是李遊要升官了，眾說紛紜，沒一個猜中的。

那位穿緋袍的是京中正四品，在刑部任職，這次繞路到桃花鎮，只為有人攔轎喊冤，那人便是李母。

原來李母當初拿了周海的錢和寫好的狀紙後，就像中了邪般，不聽家人的勸，一個人出發往北走，見有官衙就喊冤，見官轎就攔，結果真叫她碰到了一位肯出手管的官，便是李遊眼前這位宣文山。

宣文山叫侍從接了狀紙看，這份狀紙是由周海差人寫的，全篇避重就輕，用春秋筆法將一樁清晰的案子寫得疑點重重，宣文山先怒後疑，最後選擇繞道來桃花鎮親自看看。

「李大人，若不是遇見了我，這位老母親說不準會一路告到京城去呢。」宣文山啜了口茶，擰著眉毛對李遊道：「真相到底是什麼？」

李遊頷首作揖，冷靜沈著地說：「相關物證、口供均保留在案，驗屍的仵作、辦差的衙差也都在，請宣大人隨下官來。」

等李遊將案件的來龍去脈細細地說了一遍後，宣文山更加印證了自己的看法，那份狀紙果然是有心人故意挑事。他從一開始便沒有信過，繞道來桃花鎮，純粹是覺得此案曲折，很多人會先入為主，認定王秋娟是下毒者，再加以嚴刑拷打，很容易屈打成招，可審理此案的九品主簿卻細心謹慎，將每個細節反復推敲，才使得案子真相大白。

宣文山拿著案卷，苦笑搖頭。「唔，這樣看來，是那位老母親的無心之過，害死了自己的兒子。她不能接受這個結果，只能自我欺騙凶手另有其人，唉，可憐可悲可嘆啊！」

李遊點頭。「正是如此。」

宣文山搞清楚了真相，叫衙差把李母送回家，還吩咐衙差傳話給李家人：看好你家老太太，再亂告狀，定不輕饒！

隔日宣文山就要離開桃花鎮了，李遊送他出鎮，宣文山笑著拍了拍李遊的肩膀。

「地方官三年一次考核大計，李大人好好幹，為民謀福，說不準能得個勤職評價。」

李遊淺笑。「不敢奢想，不過為民謀福，乃是下官分內的事。」

地方官的考核有三種好的評價等級，分別是「稱職」、「勤職」、「供職」。能得到「勤職」評價的官員，必會升官；要是得到「稱職」評價，基本上是聖上欽點。而每一種，李遊都不敢妄想。

沈澤秋和沈澤平從青州回來後便沈著臉，悶悶不樂的樣子，瞧上去心裡藏著事。

「累了？還是病了？」安寧出來迎他倆，瞧著他們一個個如同霜打過的茄子似的，不由得心中一緊，擔心地問道。

「沒事。」沈澤秋搖了搖頭，聲音有氣無力。

內院的何慧芳聽見了動靜，抱著小石榴迎了出來，納悶地看著這哥兒倆，一個不高興，一個懨懨的。「怎麼了？」

沈澤平摳著衣角，癟著嘴。「沒事。」

沈澤秋招呼車夫將貨卸下來，付了車錢，然後往內院走。

沈澤平跟在他身後，嘆了口氣。「雲裳閣比賽的名次出來了。」

難道是沒得到名次鬧的？安寧跟著往內院走，雖然她十分想得頭名，但萬事不可強求，執念過深反倒不好。「澤秋哥、澤平，沒得名次也沒關係，咱們不要太難過。」

「就是，鋪子裡的生意極好，咱們小日子美著哩，牛角尖鑽不得！」見此情景，何慧芳抱著小石榴，也跟著往內院走，進了堂屋。

沈澤秋以拳抵唇，乾咳幾聲。

沈澤平一聽，忙不迭地把堂屋門給關上，還上好了門栓。

「看，這是啥？」

沈澤秋從包袱裡掏出一個木盒，打開盒子，裡面是十個金元寶，金光燦燦，耀得人眼睛都睜不開。

「咱們得了頭名？」安寧瞪大雙眼，露出一個大大的笑容，忍不住攥緊了沈澤秋的手腕。「一定是！你們剛才合起夥來騙我和娘呢！」

「金子的？」何慧芳完全被桌上那一堆金元寶吸引住目光，哎喲，親娘哎，她一輩子都沒見過這麼多金子，現在感覺就和作夢一樣。等她看夠了金子，才回過身把沈澤秋、沈澤平各捶了一把。「你倆就是一對皮猴，害得我和安寧擔心！」

沈澤秋笑著倒茶喝，摸著金元寶說：「這不是想給妳們一個驚喜嘛！」說完坐下來，和安寧、何慧芳說了在青州雲裳閣的事情。

原來負責收衣裳的夥計豬油蒙了心，和外人勾結，將他們衣裳的編號從八十八換成了八十九，才有了那日的烏龍。現在那夥計已經被雲裳閣的老闆扭送到了衙門，估計沒有好果子吃。

「真是個大傻子，做這樣的蠢事！」何慧芳罵了一句，旋即美滋滋地說：「唯一的優點是眼光好，咱們家的衣裳一看就是要拿頭名的！」說完就要出去，準備去鳳仙樓叫一桌好酒好菜回來，一家人慶祝一番。

「娘，等會兒，還有事沒說哩！」沈澤秋正色，把雲裳閣老闆雲綏的話娓娓道來。

雲綏原話是這樣——

「雲裳閣舉辦比賽，除了選出做工精緻、設計新穎的衣裳外，還有另一個目的，就是找合夥人。我想把雲裳閣的分店開滿大江南北，這個宏偉的願望我一人完成不了，所以想找沈掌櫃這樣既懂得經營，又有品味和技術的人合作，不知沈掌櫃可有意？」

何慧芳是第一次聽說有人想將自家的店鋪開滿大江南北，不禁吃了一驚。哎喲，那得是多有能耐、有本事的人吶？她可是想都不敢想，她家現在有兩間鋪子，就已經很滿足哩！

安寧攥緊手指，暗想這位雲老闆實在是個妙人，把鋪子開遍全國，普通人想都不敢想，忍不住問道：「雲老闆想怎麼合作？」

沈澤秋目光有神，一字一句清晰地說道：「他出錢，我們出人、出力，在清源縣開新店，賺的錢按照他六我們四來分成。」

何慧芳「喲」了聲。「有這種好事？」

沈澤秋搖搖頭。「不，新店的選址和籌備、選貨、招人、經營，都要由我們來做，而且最後店要是沒開成，或者是虧本的買賣，這五十兩黃金，我們要全部還回去。」

話音一落，大家都沈默地思索著。一邊是現成的五十兩黃金，一邊是充滿未知，但很可能幹成一番大事業的機會，該怎麼選呢？

沈澤秋把目光看向安寧，帶著詢問的意味。不管安寧怎麼選擇，他都支持。

安寧仔細地想了想，有些猶豫，一方面有了這五十兩黃金，對今後的經營有極大的幫助，另一方面又對雲裳閣存在極大的好奇心，他們的幕後老闆雲綏能將鋪子開滿幾個大城，一定有過人之處。

不過，這是件大事，安寧還想再觀望觀望，便問道：「如果我們同意，經營上全由我們作主嗎？雲老闆能給多少本金？」

沈澤秋輕輕搖頭。「過幾日雲裳閣的管事周玉會來，到時再聽聽她怎麼說吧。」

何慧芳抱著小石榴，心裡不太贊成合作，目光流連在那堆黃金上。哎喲，多漂亮的金子啊，她多看幾眼就能笑得合不攏嘴。一想到要是和雲裳閣合作，最後虧了，要把金子還回去，她就心肝兒顫抖，忍不住小聲嘀咕道：「我不大贊成。」

「娘，您放心，我們不會莽撞決定的。」安寧摸了摸何慧芳的手，勾唇淺笑。

何慧芳一瞧安寧，心裡立刻安定了幾分，有安寧在，她就踏實。想了想後，她問：「這金子咱們晚上放哪兒？」如果還放在她的屋子裡，她恐怕整宿都要睡不著了。

「還是放到錢莊去吧。」沈澤秋邊喝茶，邊說道。

一家子先把這一茬放到了一邊。

新貨到店，客人每次都會增長一波，好些熟客都會約上親戚姊妹，一塊兒來店中試用新貨，家裡小女要說親了、訂婚了，家裡的長輩也喜歡把孩子帶到店裡來。

「沈娘子幫我家女兒看看吧，馬上要及笄的大姑娘了，該打扮打扮，您幫著選幾身好看的衣裳，脂粉也來兩盒。」一位客人帶著女兒進來，笑著說道。

可憐天下父母心，自從做了母親，安寧完全能體會這些母親的心思。佛靠金裝，人靠衣裝，打扮得體了，從前唯唯諾諾的人，也會逐漸有昂首挺胸說話的勇氣。

「好啊，來小隔間坐吧。」安寧柔柔一笑。

店中的屏風多添了兩盞，共有四個小隔間，裡頭有梳妝鏡、椅子，遇見這種想要全身改變、煥然一新的客人，安寧都會帶進來，從換一個適合的髮型開始，從頭到腳給客人配一身。

「蓮香，倒兩杯茶進來。」安寧探出身子吩咐一聲，接著拿起木梳輕輕給小姑娘順髮。

十五歲的姑娘如含苞待放的花朵，眸光中有羞怯也有對安寧的好奇。

小姑娘叫做小柳兒，她滿心想的都是，這位店家娘子真美，她長大了，也能像這位店家娘子一樣好看嗎？

「柳兒姑娘，今日給妳挽十字髻好不好？」看出了小柳兒的緊張，安寧說話更加的溫聲細語了。

「嗯。」小柳兒羞赧一笑，點點頭。柳葉眉、櫻桃口，已經有幾分大姑娘的美豔了，可惜稚氣濃郁了些。

安寧從這對母女進門時的穿著打扮就看了出來，只是家境優渥的普通人家，所以推薦的裳子也只是尋常的棉料，簪子和胭脂推薦的也是平價的東西。

小柳兒母女最後花了三兩銀子，歡歡喜喜地出了鋪門。

這時候，鋪子裡不知何時來了位穿碧藍衣裳的女子，三十多歲的年紀，氣質突出，打扮無一處不精緻，對安寧笑著道：「方才那對母女家境雖平，但娘子要是推薦總價五兩的東西，應當也買得起。」

安寧微微一怔，話是如此，但沒有必要。三兩銀子母女兩個都覺得在可以承受的範圍內，五兩恐怕就得肉疼一陣子了。何況，她推薦的都是最適合柳兒姑娘的東西。「說笑了。這位娘子，您要看點什麼嗎？」

蓮荷、蓮香對視一眼，皆鬆了口氣。這人來了半刻鐘，兀自坐在美人圖下的高背椅上，冷冰冰的不理人，還好沈娘子出來了，不然真不知該怎麼接待呢！

碧藍衣裳的女子勾唇笑笑，站起來微頷首。「忘記自報家門了，我是從青州來的，是雲裳閣的管事，叫做周玉。」

原來是雲裳閣的人到了。安寧淺笑道：「周娘子，久仰大名。」說完後，叫蓮香趕緊去找沈澤秋回來。三月就要到了，冬去春來，安寧畫了幾身春裳，設計了幾款適合郊遊踏青時描畫的妝容，叫沈澤秋給老客送請柬去了，他暫時不在店中。

等沈澤秋回來，安寧已經帶著周玉先去了鳳仙樓，包了個雅間，邊坐邊談。周玉來桃花鎮，肯定是為了談合作的事情。

春雨霏霏，雨絲兒細如牛毛，遠處桃花江水天一色，偶有一、兩艘船飄過，江邊桃花已經開了，粉粉綠綠，一簇簇，格外的勾人。

「桃花鎮如其名，果真是桃花朵朵，人傑地靈。」周玉喝一口茶，望著被春雨浸潤的街道，笑道。

說話間，沈澤秋到了。

三人叫了一桌菜餚，邊吃邊聊，周玉先說了雲綏的故事。

「我們雲老闆出身於書香門第，是家中的幼子，上頭有兩位哥哥，皆考取了功名，在外地做官。咱們雲家老爺跟老夫人捨不得幼子再離開故鄉，所以再三強調不許雲老闆參加科舉，老老實實繼承家產便是，可惜啊……」周玉啜了口茶，輕笑著說：「我們雲老闆當初年輕，不懂體諒父母的苦心和難處，偷偷去參加科舉，在鄉試中考中了舉人，名列前茅，要是繼續參加會試，必定能成為貢士，說不準還會在殿試上大放異彩，成為天子門生。我們老夫人跟老爺嚇壞了，生怕他也和兩位哥哥一樣走仕途，便在會試時將雲老闆扣在家中，讓他錯過了考試的時辰。」

安寧和沈澤秋聽完，都嘆了聲。「原來雲老闆的經歷這麼的跌宕起伏。」

周玉點頭。「是啊！後來我們老闆看開了，不再參加科舉，但也沒有繼承家業，而是選撐白手起家，創建了雲裳閣。他一路吃了不少苦，受了不少累，但從未向家人求助，全憑自己的能力，一步步走到今天，老夫人跟老爺見雲老闆如此有骨氣，也很欣慰。不僅如此，我們雲老闆還在開設粥棚，為災民施粥，收養流落街頭的孤兒，雖是生意人卻一點都不貪財。」

安寧和沈澤秋都聽呆了，雲老闆的經歷簡直比說書先生講的故事還要精彩。

周玉又啜了口茶，輕輕一笑。「言歸正傳，不知沈掌櫃跟沈娘子想好了嗎？和我們合作，大家雙贏。」

「嗯，我有些細節想問問。」安寧道：「是關於經營、本金還有分成的。」

周玉挑了挑眉，一般人聽完雲老闆的故事後，無不神情激動、情緒激昂的，像沈娘子這般平靜的人，算是少數。在雲裳閣裡，每一個夥計都對雲老闆佩服得五體投地，等沈家加進來後，也一定會如此的。

「經營上的進貨和招人、選址，你們可以自己拿主意，我們會從總店派一位帳房先生，管理新店的帳。關於本金和分成，到時候帳房先生會與你們細細地談。」周玉微微一笑。「在我們雲裳閣，業績非常重要，像沈娘子剛才那種明明能賣出五兩銀子的東西，卻只推出三兩，就和我們不同了。要做大事業，就得有硬心腸，等事業起來了，才有能力幫助更加弱小的人。」

安寧和沈澤秋對望一眼，沈澤秋給了安寧一個堅定的眼神。

安寧對周玉笑了笑，以茶代酒敬了她一杯。「辛苦周娘子跑一趟了，我們小本經營慣了，還請另謀高明吧。」

「我們雲裳閣是青州這一片最大的布坊，我們的店不僅會開滿縣城，還會開到鎮上，以後百姓們說起做衣裳、訂新裙，都只會到雲裳閣來。這樣千載難逢的好機會，沈掌櫃跟沈娘子當真要放棄嗎？」周玉無比的詫異，光是雲裳閣這個響噹噹的招牌就充滿了誘惑力，她根本沒想過沈家會拒絕。

「我們想好了。」安寧篤定地說道，雲老闆的故事很精彩，可聽到總店會派帳房先生來，安寧和沈澤秋都不約而同地感到掣肘太多，而且所謂的「做大事需硬心腸」，為了掙錢只推薦貴的而非對的，這樣的想法，安寧不能苟同。

唉，到底是小地方，養不出大格局的人。

周玉先是詫異，而後無奈一笑，也不強求。頭名不願合作，還有第二名、第三名，有的是人搶著哭著要和雲裳閣合作。

吃完飯從鳳仙樓出來後，周玉忽然想起了那件廣袖曳地裙上面所繡的曇花，技巧爐火純青，定然出自高人之手，便對安寧道：「我想見見店中的繡娘，不知可以引薦嗎？」

安寧知道周玉想見的其實是徐阿嬤，以雲裳閣這樣一切向錢看的風格，想也不用想，徐阿嬤一定厭惡到了極點，安寧不想平白給徐阿嬤找不痛快，於是輕笑著婉拒了。

「周娘子想見的是在那條裙子上繡曇花的繡娘吧？實在抱歉，那位繡娘我們也是偶然相識的，她性子孤傲，不喜見外人，我不便引薦。」

周玉點頭，也不再多留了，她趕著去找第二名合作，遂微笑著告辭了。

沈澤秋和安寧送她到了清水口，目送她上了船。

周玉身邊的侍從委屈巴巴地說：「周管事，這兩口子怎麼不識好歹呢？咱們和他們合作，是瞧得起他們，竟然還回絕了！」

「住口。」周玉剜了侍從一眼，昂首站在船頭，看著漸漸遠離的桃花鎮，淡淡地說：「每個人都有自己的活法，他們不願加入就罷了。」

不過，總有一日，雲裳閣會成為聞名大江南北的布坊，到時候，沈掌櫃和沈娘子一定會後悔今日的選擇。

春去秋來，夏收冬藏，不知不覺一年過去了。

小石榴快一歲半了，穿著小褂子、小布鞋，已經會走、會說話。他小時候乖得不得了，稍微大些之後，屬於小孩子愛動愛鬧的天性便出來了。

「娘，抱抱！」小石榴一步一小抖，從內院裡走出來，扯著安寧的衣襟，眨著黑漆漆的眼睛要抱。

安寧低頭一看，心都要化了，抱起他在臉頰上親了一口。

小石榴雙手摟著安寧的脖子，格格地笑個不停。

安寧歪著頭逗他笑，鬢邊的簪子珠花一顫一顫。

小石榴伸出手要去抓，一邊抓一邊笑，清脆的笑聲帶著孩子特有的感染力，清脆得像外頭的黃鸝鳥。

玩了一會兒後，小石榴眨了眨眼睛，主動在安寧的臉頰上親了一口。「糖。」

他噘著小嘴，剛學會說些簡單的詞語，糖這個詞就是沈澤秋教會的。

前幾日家裡吃飯，有很多小石榴不能吃的菜，他扶著凳子一直仰頭看，眨巴著眼睛，委屈極了，好像在說「為什麼我不可以吃？我也想吃」！於是沈澤秋在桌上掐了粒葡萄，剝了葡萄皮，剔了裡頭的籽，放在小石榴肉乎乎的小手裡，哄他說「吃吧，這是糖」。

小石榴學得快，把果肉塞在嘴裡吃完了，這糖又香又甜，是他第一次吃，他飛快地記住了這種奇妙的味道。啊，糖太好吃了，他喜歡！

小石榴從此愛上了這種味道，現在總央著家裡的大人給他吃「糖」，還會主動親親撒嬌來要。

初夏葡萄剛出來，市集上賣的人不多，何慧芳剛才就是出門給寶貝孫兒買「糖」去哩！好不容易碰上有賣的，趕緊買了幾串回來，等她回到鋪子裡，小石榴已經在背書了。

「雲對魚，寫對風，王召對晴空。」

安寧早晚會捧著《聲律啟蒙》給小石榴讀上幾段，他才一歲半，自然不指望他能知其意和背誦，安寧的本意是叫小石榴先聽熟悉了，等再大些，學起來會更加的容易。

沒想到他多聽幾遍後，話還說不索利，就會口齒不清地背上幾句。

「喲，小石榴，你怎這麼聰明？」何慧芳看得心裡熱呼呼的，高興極了。她現在每天都給孩子吃一個雞蛋，隔三差五就買魚蝦回來煮，瞧瞧，孩子養出來多聰明、多可人疼！

小石榴扭身一看是奶奶回來了，立即露出甜甜的笑。「奶奶！」

何慧芳手裡提著幾串新鮮飽滿的葡萄，可惜孩子小，不知道那一串串紫皮圓球形狀的果兒，就是他惦記的「糖」，還在賣力的背書。

「哈哈哈……」看著小石榴又可愛、又賣力的樣子，大家不約而同地笑起來。

小石榴呆了呆，而後把臉埋在安寧的脖子後頭，有些羞澀。

大家都看著他，他不好意思了。

何慧芳的心都快被孫兒給融化了，趕緊進內院，挑了五、六顆最大、最飽滿的葡萄，用剪刀絞下來，洗乾淨後仔細地剝了皮，挑去了果肉中的籽兒，用小碗裝好捧出來。

「小石榴，糖來了！過來，奶奶餵你吃！」

小石榴的眼睛一下子就亮了，喜孜孜地從安寧身上滑下來，蹣跚地朝何慧芳身邊走去，他現在走路還不夠穩，要伸出兩隻小短胳膊保持平衡，走起路來有點像一隻小肥鵝。

沈澤秋伸手扯了扯兒子頭頂的小揪揪，忍不住道：「兒子，你怎這麼傻？」說完還彎下腰，在小石榴肉嘟嘟的臉頰上揉了幾把。

何慧芳急得瞪了沈澤秋一眼，這當爹的怎還欺負上兒子了呢？「沒點兒當爹的樣！」

沈澤秋笑了，他剛從外頭回來，有事情要找安寧商量。

小倆口進了屋，沈澤秋對安寧說：「我聽說大葉街葉家脂粉鋪要出售了，八百兩銀子，連房契帶家具和存貨打包賣。安寧，妳覺得怎樣？」

一年多過去，他們不僅將欠錢掌櫃的貨錢給結清了，還以五百兩的價格買下了錢家的鋪子，加上之前掙的五十兩黃金，和一年的利潤，現在有近一千兩的現銀。

年後他們就商量著想開家分店，但一直沒選好新地址，沈澤秋剛才出門選新鋪，路過大葉街時，剛好看到了葉家貼出的告示。

「葉家的鋪子位置好，又有兩層，我覺得挺划算的，我們去看看吧。」安寧覺得挺可靠的。

「掌櫃的，咱們怎麼就走到了這步哇？唉……」

葉家脂粉鋪裡，葉掌櫃已經把夥計們都解散了，店裡只剩下他和帳房先生老祁，老祁跟他做了很多年的事，半輩子兢兢業業，葉掌櫃心裡清楚。「老祁，等這間鋪子賣了，得了錢，我給你二十兩做遣散費吧。」

老祁忍不住濕了眼眶，哽咽著說：「謝掌櫃的。」

「唉……」葉掌櫃垂頭喪氣，這間鋪子從榮到衰，都是他一人造成的。

這一年來為了支撐鋪子，他在錢莊借了幾百兩銀子，到今天算是看清楚了，再磨下去，他恐怕要資不抵債，還不如嚥下這口氣，服輸認栽，拿著剩下的幾百兩回鄉，多置些田地、種幾畝果園，安度晚年吧……

第二十三章

七月七日乞巧節，沈家在大葉街上開了分店，取名寧秋閣，專營各色衣裳鞋襪，加脂粉、首飾，一樓還擺了個小貨臺，賣點針頭線腦和日用小百貨，什麼蠟燭、蒲扇、小鏡子都有。這樣進門的顧客多了，無形中加多了來鋪子裡逛的客人。

沈澤平聰明機靈，雖然還沒二十，已經能抵半個管事用。葉掌櫃家原來的帳房老祁是個踏實人，沈澤秋和安寧沒叫他走，留在店裡仍舊做帳房先生。慶嫂、蓮荷等人也加了工錢，做起事情來更加兢兢業業，把自己分內的活兒做得漂亮又體面。

新店一開業，賓客盈門，新貨、新首飾一上架，很快就能成為緊俏的貨。

可過了中秋後沒多久，店裡的生意忽然斷崖般地往下跌，帳房先生老祁嚇壞了，急忙捧著帳本來和安寧說。

半個月前，兩家鋪子的流水銀加起來每日都有近五百兩，這些天卻只有一、二百，而且秋日的新貨才剛剛上架，按理應該會賣得更加好才是，怎麼流水不升反而下降了？

沈澤秋和安寧都琢磨不透。

隔日，楊夫人帶著楊筱玥來鋪子裡買胭脂，隨口問起做一身蘇州緞的衣裳要多少錢，這種蘇州緞是新進的料子，進價就要十兩銀子一身，還不包括裁剪、縫製和繡花，安寧笑著給了個實惠價。「楊夫人要是喜歡，十六兩便好。」

誰知楊夫人一聽，面色瞬間有點不自然，細眉一蹙。「沈娘子，這……有些貴了吧？縣裡才賣十兩銀子一身，你們怎麼賣得比縣城裡還貴吶？」

安寧一聽，覺得難以置信。「楊夫人，不是我喊高價，這十兩銀子，可是連本錢都不夠。」

「真的，不信沈娘子出去打聽打聽，縣裡最近新開的布坊，款式多樣、花色豐富，價格也比你們家便宜多了。聽說若是鎮裡人去縣裡訂做，只要留下住家處所，做好以後，還會免費送貨上門呢！」楊夫人說完笑笑。「我也不在意這幾個小錢，所以還是愛來你們家，可別的人，我便說不準了。你們最好去縣裡走一遭，親自去瞧瞧吧。」

夜晚的風有幾分涼意，淡淡的桂花香隨著風被吹進來。

沈澤秋攬著安寧躺在床上說話，小倆口商量了一陣，安寧摸著沈澤秋的臉頰道：「我們明天就去縣城裡看看吧？」

「行。」沈澤秋吻了吻安寧的臉，寬慰她。「妳別太著急。」

安寧將滿頭烏髮披在腦後，露出白皙又修長的脖子，眼眸清澈如泉，聲音溫柔。「我不急，也不怕，但我好奇，十兩銀子一身蘇州緞這樣的虧本買賣，究竟是誰在做？」

沈澤秋的喉結滑動了幾下，嚥了嚥口水，覺得躺在他懷中的安寧特別美，怎麼看都看不夠，忍不住有些心猿意馬，手撫上她的背。「明天就知道了。」

「呵……」安寧的癢癢肉長在背上，一碰就笑個不停，她攀住沈澤秋的肩膀，笑得眼淚都要流出來了。「澤秋哥，別鬧，我們說正經事呢……」

隔日清晨，安寧和沈澤秋收拾好包袱去了縣城，小石榴還沒有出過遠門，何慧芳給孩子套上小褂，戴著小圓帽，穿上小棉鞋，交給沈澤秋跟安寧，讓他們帶孩子也去鎮上耍耍，見見世面。

「娘，咱們走了，在鎮上住一晚，明天再回來。」沈澤秋把小石榴架在自己脖子上坐好，一邊扶著孩子的腰，一邊囑咐沈澤平。「我和你嫂子不在家，鋪子裡的事你得管好了，有事就找老祁、慶嫂他們商量著辦，大事去找胡掌櫃。」

沈澤平點點頭，拍著胸脯說：「哥，你就放一萬個心吧！」

九月秋高氣爽，天高雲淡，碧藍的天空上一朵朵白雲悠哉地飄於天際。

「哇喔！」小石榴頭回坐船，船一開，陸地漸漸遠去，水波蕩漾，船身輕輕的晃悠著，小石榴一開始有點害怕，攥著爹娘的衣裳，奶聲奶氣地瞪大眼睛說：「石榴，怕，怕怕。」

沈澤秋拎著小石榴的胳膊將他抱起來，走到船舷邊，指著水和天，貼著小石榴的臉和他解釋。「這是船，下面是水，上面是天，現在咱們站在船上，坐船去清源縣玩。」

「玩！」小石榴似懂非懂，一歲多的小朋友，能把大人的話聽懂一小半就算極聰慧的了，小石榴摟著沈澤秋的脖子，把最後一個「玩」字聽做了重點，玩好啊，他拍了拍手，他喜歡玩。

沈澤秋把他放到地上，最初的害怕勁過去後，小石榴邁著小短腿，滿船的溜達，還和同船一個年齡相近的小孩交上了朋友。

兩個孩子手牽手，咿咿呀呀的不知道在說啥，時不時格格直笑。

中途小石榴餓了，安寧從包袱裡拿出一塊綠豆糕要給他拿著吃，綠豆糕外皮酥脆，餡兒又甜又糯，滿是豆粉的清香，小石榴愛吃，何慧芳常常帶他去糕餅鋪子買。不過這東西甜，吃多了對牙齒不好，還容易不吃飯，所以大人每天只給他吃一塊。

「綠豆，糕！綠豆，糕！」小石榴眼巴巴地看著安寧從油紙包裡拿出綠豆糕，雙手往前伸，目光灼灼地盯著糕餅。哇啊，好香好香，可好吃了！

看著兒子小饞貓似的模樣，沈澤秋的手又癢癢了，他掐了掐小石榴的肉臉，故意問：「糖好吃還是綠豆糕好吃？」

小石榴張大嘴看著他爹說話，愣住了，呆呆的。

安寧用手肘推了推沈澤秋，語氣溫和又有點無奈。「澤秋哥，你別逗他了，孩子小，還聽不懂呢！」

不過這回安寧猜錯了，小石榴是聽懂了，可他被這個問題難住了。「糖」好吃，綠豆糕也好吃，但哪一個更好吃呢？小石榴不知道，最後往安寧懷中一躲，他拒絕回答這個問題。

「都好吃，是不是呀？」安寧把綠豆糕塞到兒子手裡，溫柔地說。

小石榴格格笑了，把剛才難倒他的那個問題拋在腦後，捧好綠豆餅正要啃，忽然想起什麼，腳步不穩地朝著剛才和他一塊玩耍的小孩兒走去。「吃。」他眨巴著黑漆漆的眼睛，嘴角還掛著饞出來的口水，卻忍痛割愛，要把好吃的分給朋友。

周圍的船客見此情景，都忍不住誇讚。

「哎喲，這孩子還這麼小，就懂得分享哩，真乖！」

「是啊，看這小模樣，白白淨淨，多招人疼吶！哎喲，那位娘子，要不咱們兩家結個娃娃親吧？」

這是句玩笑話，可話一出，旁邊又有人附和了。

「那位娘子，和我家結吧，我孫女兒剛滿一歲，也體體面面的……」

小石榴聽不懂，把綠豆糕給了小夥伴後，邁著小短腿一溜煙地跑了回去，藏在安寧身後。

「哈哈哈，你小子不得了喲，小小年紀桃花就這麼旺！」沈澤秋大笑，又忍不住揉小石榴的臉。

安寧這個做母親的只好出來「狠心斬桃花」，笑著說：「你們是沒見到他皮的時候，一不留神就溜出去搗蛋呢！」

有過來人道：「孩子都這樣，越調皮越聰明哩！」

一路說說笑笑，很快便到了清源縣城，下了船還要沿著河堤走一段路。

現在已經到了晌午，日頭有些熱，安寧和沈澤秋帶著小石榴進了縣城，找了家客棧住下，安頓好以後下樓來，在一樓廳堂裡點了一葷一素兩道菜，吃一頓簡單的便飯。

剛吃完飯，客棧門口來了一老一少兩個乞丐，站在門口和店家討水喝。

「給！喝慢點，別嗆著肺管子了。」店家娘子心善，舀了一瓢水給他們喝。

安寧把碗筷放下，他們還剩下一點炒青菜，幾塊肉也沒有吃完，便扭頭叫店家再盛兩碗米飯記在他們帳上，和剩菜一起送給那兩個乞丐吃。

「哎喲！謝謝、謝謝，今天我們走運哩，一下子遇見兩個好心人！」

老乞丐接過飯菜，和小乞丐蹲在客棧門口狼吞虎嚥，三兩口就吃完了。

安寧抱著小石榴進屋歇晌去了，沈澤秋則扯了張凳子出來，和那兩個乞丐搭話。乞丐、說書先生是每個地方消息最靈通的人，沈澤秋正想和他們打聽打聽關於縣城裡的事。

「聽說咱們縣上新開了一家布坊，生意很好，價格也便宜呢。」

老乞丐一聽，把破褲腿往上一擼，就見枯瘦如柴的小腿上有幾團瘀青，瞧著特別嚇人。「這就是叫那家布坊夥計給打的！」

「喲，這是為什麼？」沈澤秋擰眉問道。

老乞丐見沈澤秋願意聽他說話，便滔滔不絕起來。「那日下大雨，我帶著孫兒抱頭躲雨，不小心就躲到了那家布坊門前，叫什麼雲……喔雲裳閣！還沒站穩哩，就叫店裡的夥計拿著掃帚、棍子給趕了出來，這腿就是跌在石階上磕傷的！您看看，這是人幹的事嗎？我知道裡頭都是乾乾淨淨、有身分的老爺、夫人、小姐們，見不得我們這種骯髒人，但也用不著一句招呼都不打，就用棍子、掃把招呼吧？」

沈澤秋看著老乞丐的傷腿，心有不忍，掏出幾枚銅錢給他，讓他買點藥酒擦一擦，瘀血散得快。

「謝謝，您真是個大善人！」老乞丐連忙拉上小乞丐，一塊兒給沈澤秋道謝。

「不用謝，大家都不容易。老人家，請問那雲裳閣怎麼走？我想去看看。」沈澤秋起身問道。

老乞丐伸長脖子指著街口。「走到街盡頭，左拐就看得到了。」

「客官，慢走了，小心點門檻，下回再來！」

「哎喲，謝夫人，好久沒見，您還是這麼光彩照人呢！裡邊請，來看看新貨吧！」

沈澤秋一拐出路口，就看到了寫著「雲裳閣」三個大字的燙金招牌。這兒原來是一座茶樓，位置非常好，南來北往的人想不注意到都難。

剛走到門口，就有夥計迎出門，喜笑顏開地說：「這位老爺，瞧著面生哩，頭回來咱們雲裳閣嗎？」

沈澤秋微微點頭，挺直肩背跟著夥計走了進去。

這夥計口舌十分伶俐，邊走邊提醒沈澤秋小心門檻。「咱們店裡款式多，價格實惠，您想選點什麼？」說著拿餘光在沈澤秋身上打量。沈澤秋穿的是綢緞裳子，腰間還掛著一塊月牙玉，一只做工精細的小香囊，一看就是有點財力的。小夥計把沈澤秋看成了一條大魚，不等沈澤秋答話，就引他上二樓賣綾羅綢緞的地方。「店裡新進了蘇州緞，那是最新的工藝，州府的大老爺都穿這個呢，貴氣！老爺您要來一身不？」

沈澤秋望了店夥計一眼，開口問：「做一身多少錢？」

「十兩銀子，不貴。在其他布坊沒有十五、六兩可買不著！」夥計殷勤地介紹道。

沈澤秋摸了摸料子，和自家的一樣。「為何你們的價比外頭便宜四、五成？這樣豈不是虧本買賣？」他問出了最好奇的問題。

夥計嘿嘿一笑，插科打諢一句。「客人放一萬個心，咱們老闆有錢，這是發善心做善事哩！」

沈澤秋輕笑，知道再問也打聽不出什麼，便不再多言。

做貨郎的那幾年，沈澤秋偶爾會到縣裡進貨，在縣城裡有幾個相熟的掌櫃，因此從雲裳閣出來之後，他按照記憶，想一家家去拜訪。

去到第一家，店裡坐滿了食客，店家笑著招呼一聲。「要吃麵不？」

沈澤秋搖搖頭，看著招牌上的「李記麵館」四個字，嘆了聲物是人非，這都變成麵館子了。又去第二家，招牌還在，只是大門緊閉，門鎖上落了層厚厚的灰。

「一個月沒開門咯！」隔壁鄰居搭嘴道。

走到第三家，沈澤秋終於看到了故人，忙快步走進鋪子裡。「王掌櫃的，我是沈澤秋啊！」

「喔——想起來了！喲，士別三日，真是刮目相看呢！你發了呀？」王掌櫃愣了一會兒，才把眼前穿綾羅、蹬錦靴的英俊男子和記憶中的窮小子對上號。

「哪裡，比從前好點罷了。」沈澤秋謙虛地說，目光在店裡梭巡。「王掌櫃，你們收拾東西去哪兒？」

王掌櫃拍拍沈澤秋的肩，長嘆一口氣。「把鋪子賣了，回家養老。」

「這？實不相瞞，我一路走來，看到縣裡的布坊關了大半，這是怎麼回事？」沈澤秋再也忍不住了。

王掌櫃坐下，倒了杯茶給沈澤秋，從鼻腔裡發出一聲冷哼，沈聲開口。「還不是因為雲裳閣！咱們有的貨，他有；咱們沒有的貨，他還有，而且價格甚至比我們低好幾成，這樣一來，雲裳閣賓客盈門，我們就門可羅雀了啊！死撐著不降價就沒生意，跟著降價又是虧本買賣，左右鬥不過，便都認栽了。」

沈澤秋聽完倒吸一口涼氣，雲裳閣現在不僅將清源縣的大部分布坊擠兌倒了，更波及到鎮上，連他們沈家的生意都受到了影響。「王掌櫃，大家都是奮鬥了半輩子才攢下的家業，就這樣撤手了嗎？」沈澤秋攥緊拳，心裡憋著氣，原來雲裳閣的分店是這麼個開法！

王掌櫃想了想道：「他們想成立一個商會，一起對付雲裳閣，你要是有興趣，明早來找我，我帶你去看看。」

「好，多謝了。」

夜幕降臨，月亮、星星都探出了頭，小石榴洗了澡，穿著棉布小褻衣，蓋著小薄被，在安寧輕柔的歌聲中睡著了。

「千里草，禾青青……」

哄睡了孩子後，安寧掩上門，和沈澤秋一塊兒商量起今天所見的事。

雲裳閣春天才在清源縣開店，到秋天就將一大半的布坊擠兌到倒閉，可見手段是多麼的厲害。

「明日和我一塊兒去商會看看吧？」沈澤秋對安寧說。「看看其他人怎麼想。」

「好。」安寧點點頭。

第二日一早，他們就隨王掌櫃一起到了姓姜的一戶人家裡。

姜家的布坊，曾經在清源縣開到六家分店，現在只剩兩家。

一進堂屋，裡面已經滿滿當當坐了幾十號人，眾人議論紛紛，吵得不可開交。

「要我說，從雲裳閣開業的時候，咱們就得團結，現在啊，晚了！」一位絡腮壯漢粗聲粗氣地說。

另一個白面書生模樣的站起來道：「徐兄此言差矣，咱們現在是亡羊補牢，為時不晚。」

「還不晚？黃花菜都涼咯！」一位年近四旬的女掌櫃揮了揮帕子，嗤笑道。

沈澤秋和安寧帶著小石榴站在人群最末，忍不住蹙起眉，這樣吵下去有什麼用呢？不只他們這樣想，組織眾人前來的姜掌櫃也連連搖頭。

一場集會不歡而散，沈澤秋和安寧都有些失望。

眾人散去時他們倆走在最末，快出姜府的時候，一個小廝跑上前喚住他們。

「是桃花鎮的沈掌櫃和沈娘子嗎？」

「正是。」沈澤秋點了點頭。

小廝微微一笑，躬身哈腰道：「我們老爺留二位有話說，請。」

原來姜掌櫃有親戚在桃花鎮，偶然間聽說過桃花鎮沈家的事情，這對小夫妻不僅白手起家，手裡攥著兩間旺鋪，還參加過雲裳閣的比賽，獲得頭名，斬獲五十兩黃金，更妙的是，拒絕與雲裳閣合作，因此姜掌櫃早就有意去桃花鎮找他們。

進到廳堂，裡面已經擺好了飯。

姜掌櫃年逾花甲，頭髮和鬍子都白了，笑呵呵地說：「沈掌櫃、沈娘子請坐，咱們邊吃邊談。」

話題自然圍繞著雲裳閣，安寧微微頷首，說出了自己的看法。「雲裳閣款式多、花色多，最重要的是價格低，只要有這一層優勢在，他們的生意只會更好。當務之急是查清楚他們的價格為何這麼低？都半年了，若是虧本的買賣根本幹不長久。」

沈澤秋贊同安寧的看法。「或許是進貨的管道不一樣？」

姜掌櫃捋著鬍鬚，看著這對小夫妻，露出讚許的目光。

「沈掌櫃、沈娘子，雲裳閣做生意不講規矩，擠兌同行，擾亂市價，我就是把家產全部豁出去，也要和他們鬥上一鬥！你們的生意也受到了很大的影響吧？有意一塊兒加入嗎？姓雲的騎在我們頭上，若不反抗，早晚會被吃得骨頭渣都不剩吶！」

安寧和沈澤秋對望一眼。

沈澤秋問道：「姜掌櫃有何高見？」

「開新店，而且這家店要一炮打響，和雲裳閣打擂臺，風頭壓過他們。」姜掌櫃目光炯炯，眼睛裡都快噴出火來了。「你們沈家的寧秋閣，就是塊不錯的招牌。」

看著姜掌櫃這樣說，沈澤秋和安寧都愣住了。「姜掌櫃，您這是？」

「寧秋閣口碑好，據我所知，店中衣裳的花樣子都是沈娘子親自描繪，脂粉、首飾也賣得好，在桃花鎮你們是頭一份。而且你們年輕，主意多、精力充沛，不像我們這些老人家，失去了鬥志，除了自己人互相鬥嘴爭執，沒一點兒志氣！」說完後，姜掌櫃捂著胸口乾咳幾聲，他太激動了。深吸幾口氣，喘勻了以後，他才接著道：「不說繞彎子的話了，這事非同小可，我知道你們定要回家商議的。」姜掌櫃起身，叫下人拿薄衫來給他穿好。「這樣吧，我先帶你們去看看鋪子。」

姜宅的下人備好了馬車，馬車緩緩駛出小巷，到了大街上。

「姜家原有六間布坊，每一間都是我的心血。」

陽光下，姜氏布坊的招牌還反照著太陽光，可大門早已緊閉，門前長滿了小草、野花。姜掌櫃帶著安寧還有沈澤秋去看了自家被擠兌倒閉的四家鋪子，那淒涼的場景深深印在安寧的腦海中。

「這間鋪子的位置最好，兩層樓，坐北朝南，地勢高，氣派敞亮。」最後馬車停在雲裳閣斜對面，姜掌櫃將車簾掀開，指著路邊的一間鋪子道：「若你們願意和我一起對付雲裳閣，這裡就是新鋪的位址，是我姜家曾經最旺的布坊，可惜，也是最先關門的那家。」姜掌櫃把簾子放下。「若我再年輕個十五歲，定自己出面和雲裳閣鬥，可惜我老了，精力不濟。年輕人，好好想想吧。」

回到客棧後，安寧和沈澤秋商量了許久，姜家和縣城裡的其他布坊一間間關門大吉，或許不久後就會輪到他們沈家了。

「澤秋哥，你還記得周玉的話嗎？」把小石榴哄睡了，輕輕抱到床上蓋上薄被，放下帳簾，安寧一邊去開窗，一邊和沈澤秋說話。窗戶一開，柔和的風徐徐吹進來，拂動著安寧烏黑的秀髮。

沈澤秋用手指勾了幾縷在指尖纏繞，隨即從背後抱住安寧，另一隻手輕輕環在她的腰際。「我記得，他們想把鋪子開滿每一個角落。」

初始安寧一聽，覺得雲綏十分有雄心壯志，可見識到他們的手段後，她感到渾身的不對勁。

沈澤秋把下巴輕輕靠在安寧的肩上，將她摟緊。他想讓安寧、小石榴還有娘過上和和美美的好日子，不忍叫他們受苦，所以不能叫雲裳閣毀掉了現在的生活。「安寧，我們和姜掌櫃一起吧。」沈澤秋眼瞳黑如稠墨，專注地看著安寧，一字一頓，說得特別篤定。

安寧回轉過身，雙手輕輕捧著沈澤秋的臉，四目相對了一會兒。「好，我們一起面對。」

「嗯。」沈澤秋勾唇露出一個心滿意足的微笑，低頭親吻著安寧，極盡溫柔。

坐船回到桃花鎮已經是傍晚時分，火紅的夕陽如一疋豔光四射的雲錦，美得叫人挪不開目光。

一家三口下了船，小石榴可興奮了，回家嘍，回家他就能看到奶奶了！

「叮叮叮——賣糖咯！又香又甜的糖咯！」

夕陽將人影拉得格外瘦長，不急不躁的風吹得人渾身舒暢。看著路邊的碧波流水，垂柳、野花，還有展翅翩躚的粉蝶，安寧和沈澤秋心中的積鬱一掃而光。

他們兩個走在後面，小石榴邁著小短腿，蹬蹬蹬地跑在前頭一點兒，小圓帽上墜著的小圓球一跳一跳的，非常可愛。

這時候，一個賣糖果的老翁敲著鑼，腰挎著竹編筐迎面走來，一邊走一邊響亮地吆喝著。「賣糖哩！」

糖！小石榴一聽，驚喜地拍了拍小手，「哇」了一聲，他最喜歡吃糖了！

看著面前這粉團子似的小男娃，賣糖翁停下腳步，慈祥地問：「小孩兒，想吃糖嗎？」這麼可愛的孩子，他就是白送幾顆也願意。

「想！」小石榴眨巴著眼睛，肉嘟嘟的臉頰鼓了鼓，口水都要流出來了。「爹、娘！」他回轉身子，展開雙臂朝後面的安寧、沈澤秋飛奔過去，大大的眼睛有著滿滿的渴望，一歲多的稚童還不足以說出完整的字句，小石榴只能摟著安寧的脖子，在她臉上「木嘛」地親了一大口。「糖！」小石榴指著賣糖翁，他好久沒有吃糖了。

「小饞貓！」沈澤秋掐了掐小石榴肉嘟嘟、粉嫩嫩的臉頰，無可奈何地說：「爹幫你買。」說完對賣糖翁招了招手。「老翁，我們買糖。」

「欸，好哩！你挑挑。」賣糖翁走到跟前，把竹編筐放下，掀開蓋在筐子上遮灰的白棉布。

布一掀開，一股綿香清甜的麥芽糖香味就撲面而來，還有花生碎、炒芝麻的香氣。糖果一種一種隔開放好，有白色的麥芽糖裹白芝麻的糖球、有加了花生碎及瓜子仁的糖餅，還有小棍子模樣的糖手指、葉子模樣加薄荷的涼糖，都是老翁自己做的。

「一樣來點吧。」沈澤秋笑著說，順便給蓮荷的孩子也帶了一份。

「好哩！」老翁笑咪咪地用油紙將糖包好，還多給了幾顆糖球。「多送你們的。」

沈澤秋一邊給錢，一邊道謝。「老翁，多謝了。」

小石榴眼巴巴地看著沈澤秋手中的油紙包，砸吧砸吧著嘴，指了指自己的嘴巴，他想吃。

「掐點給他嚐嚐吧，澤秋哥。」安寧道，小石榴都快饞得不行了。

「吃吧。」沈澤秋掰了半塊糖餅給小石榴拿著舔，不再逗他了。

等回到鋪子裡，小石榴還一心一意地吃著糖餅。

怕吃多了對牙齒不好，沈澤秋嚴肅著臉把他的糖餅收走了。「爹幫你收著，明天再吃咯！」

「喔。」小石榴被抱坐在小木凳上，呆呆地眨著眼睛。

何慧芳在邊上看著，心裡不禁一急，把沈澤秋叫到灶房裡，皺著眉埋怨。「澤秋啊，你對孩子得溫柔些！瞧你，剛把他給嚇呆了！」

「娘，沒事，男娃兒禁得起。」沈澤秋把剛從兒子手裡繳來的糖餅扔進嘴裡，喀嚓喀嚓地嚼碎吃掉了，滿臉自然地說著自己的道理。「我還嫌對他太柔了哩！」

何慧芳瞪了沈澤秋幾眼，不想理他，出去抱乖孫兒了。

小石榴還呆呆地坐在小凳子上，不過他並不是被沈澤秋嚇著了，而是在用稚嫩的小腦袋瓜苦苦思索著一個很嚴肅的問題——為什麼這次吃的糖，和以前的不一樣？

這是為什麼呢？唉呀，小石榴想不明白，呆住了。

晚上，安寧坐在梳妝鏡前梳髮，剛洗過頭，塗了沈澤秋從青州買的、據說可以養髮的玫瑰油，現在正散發著一股好聞的花香味。

沈澤秋推門進來，把門關好，很自然地朝安寧走去，邊接過木梳邊說：「娘子，為夫幫妳梳。」

透過銅鏡，安寧似嗔非嗔地望了他一眼，趁沈澤秋要胡鬧前，柔聲說：「娘今日和我講，你對咱們小石榴太凶了，嗯，比大鵝還嚇人。」

沈澤秋梳著安寧柔順的長髮，放下木梳，把安寧抱起來往床邊去，故意瞪大眼睛。「我有那麼凶？」

安寧忍俊不禁，笑著把臉埋在沈澤秋的胸膛。「我不知道。」

「待會兒妳就知道了。」沈澤秋的聲音有些發緊，隨手落下帳簾。

安寧的聲音斷斷續續傳來。「手……壓著我……頭髮了。」

隔日清晨，沈澤秋想去找胡掌櫃聊幾句。

沈家的生意都受到了那麼大的衝擊，胡家自然更嚴重，沈澤秋去胡家，就是想拉胡掌櫃一塊兒入夥。

臨出門前，何慧芳從灶房裡探出頭，留沈澤秋等會兒。

「澤秋，等會兒，我摘點新鮮的菠菜、黃瓜，你拿去給他們嚐嚐。」

也是這時間，沈澤玉抱著個小木馬還有幾個撥浪鼓到了鋪子前，進門後高聲說：「小嬸娘、澤秋，我抽閒給小石榴做了幾樣玩具，你們看看！」

何慧芳正在摘菠菜，聞聲直起腰，一邊往外走，一邊說話。「喲，澤玉來啦？吃了早飯嗎？坐下吃點吧！」

沈澤玉笑著抓了抓頭髮，也不客氣。「沒吃呢！小鮮帶孩子去娘家走親了，明天才回來。」

「你不早說！那今天跟明天，到飯點了就來鋪子裡吃，別客氣！」何慧芳從灶房裡端出剩下的一大碗南瓜粥、幾個蔥油煎餅，端到堂屋裡招呼沈澤玉過來吃。

沈澤秋接過沈澤玉手裡的撥浪鼓和木馬細看，扭頭笑著說：「哥，你這手藝越來越好了！」

「還湊合吧。」沈澤玉笑了笑，端起粥碗埋頭苦吃，他真餓了。

沈澤玉三兩口把早飯吃完了，喝了一杯茶順食，然後站起來往外走。「手裡活計多，我先走了！小嬸娘、澤秋，回頭見哈！」

瞧著沈澤玉的背影，何慧芳還挺欣慰的。「澤玉這一家子，也算混出人樣了呢！」

沈澤秋把新摘的菠菜跟黃瓜用稻草捆好，點頭稱是。「澤玉哥的手藝沒得說，現在桃花鎮上好多人找他打家具呢，他徒弟都收了兩個了。」

原來去年林府打家具給林宛做嫁妝，沈澤玉在沈澤秋的介紹下也進了林府做木匠，雖然只是打打下手，幫大師傅做些邊角料，可沈澤玉從不馬虎，後來被一個大師傅看重，教會他不少。半年過去後，沈澤玉的手藝更上一層樓，他又喜歡鑽研，慢慢地也能接到鎮上的活兒。到了今年，乾脆就在雜院裡租了兩間房，搬到鎮上來做活，現在找他打家具的人絡繹不絕，也算在桃花鎮站穩了腳跟。

安寧抱著小石榴到院子裡，揉了揉有些痠痛的腰，早上看了半個時辰的帳，現在想到院子裡轉悠轉悠，順便再去大葉街的鋪子裡看看。

「安寧，妳多注意著點身子，我領小石榴上菜市場買菜去啊！」何慧芳牽過小石榴的手，又問：「今天妳想吃啥？」

安寧想來點清淡的，想了想說：「娘，要是看見有賣藕的，買幾節回來，我想喝藕湯。」

「成！」何慧芳點點頭，祖孫倆歡歡喜喜地奔著菜市場去了。

文嬸提著菜籃子，一塊兒跟在後頭。

「當家的，咱們這小半年生意都是虧的，家裡的開支吃的都是老本，得虧鄉下有兩個果園，還有兩個雜院能收租子，這雪琴的嫁妝……」胡娘子面露憂色，正在和胡掌櫃商量胡雪琴的嫁妝。

李遊和胡雪琴經過納采、問名，終於將婚期定在十二月初九，一個宜嫁娶的好日子。胡雪琴有了好歸宿，李遊是個知禮謙遜的好男子，胡娘子真心為這小姑子高興。

可在嫁妝這件事情上，她是真犯了難，因為今年生意難做呀！

胡掌櫃用不容置喙的語氣說：「一個果園、一間雜院，加上五百兩銀子，還有床椅箱櫃、被面、錦緞，這些別人家姑娘有的，咱們家的姑娘也要有！雪琴這些年為胡家付出太多，咱們做哥嫂的不能虧待她！」

胡娘子垂下頭，抹了抹眼淚。「我知道。」

雖然心有不捨，但還是咬著牙在嫁妝單子上列下了剛才胡掌櫃所說的東西，邊寫邊嘆氣。「我出嫁時，娘家給了兩個黃銅梨木百寶箱，也一齊給了雪琴吧！」

胡掌櫃摸了摸妻子的手，眼眶也有些濕。「那可是妳最喜歡的箱子。」

「有什麼要緊？給雪琴多添點吧！李大人是個清廉的人，咱們是該多給些嫁妝，免得他們太拮据。」

這時候太陽剛升起來，秋日的陽光，不燥不熱，曬在身上還挺舒坦的。

「掌櫃的，沈掌櫃來了。」

沈澤秋邁步走入胡家布坊，胡家的夥計一看是熟人，忙不迭地去二樓稟告了。

「澤秋小弟，上來坐吧！我新得一斤廬山雲片，就等著和你嚐呢！」胡掌櫃一掃方才的憂傷，笑呵呵地說道。

沈澤秋把帶來的菠菜、黃瓜交給胡娘子，一邊朝胡掌櫃走去，一邊說：「我啊是個大老粗，這茶無論好壞，我都品不出特別的滋味，用好茶招呼我，叫什麼來著……對，暴殄天物！」

「我樂意！嘿嘿，坐！」胡掌櫃招呼沈澤秋坐下，兩人泡茶、聊天。

「過幾個月，我妹子和李大人就要成婚了，哎，我心裡說不上是個什麼滋味。」胡掌櫃苦笑，拍拍沈澤秋的肩膀。「還好你家是個兒子。」

沈澤秋寬慰胡掌櫃。「李大人的人品及學問沒話說，待人又寬厚，胡小姐和李大人必定能舉案齊眉，白首一生，胡大哥別太擔心了。」

話雖如此，可胡掌櫃心裡還是很捨不得。

聊了一陣子，見胡掌櫃情緒好些，沈澤秋便將今日要談的正事說了。

「前兩日我和安寧去了趟清源縣，終於找到這回生意忽然變差的緣由，縣城裡開了一家雲裳閣的分店，店中大部分雲錦、綢緞賣得比我們低三、四成，好多熟客都去縣裡裁衣裳了。咱們布坊就靠錦緞、綢緞賺得多，剩下買棉料、麻料的客人也被吸走了許多……」

沈澤秋把在清源縣城見到的情況細細地和胡掌櫃說了，他越說，胡掌櫃的眉擰得越緊。

「雲裳閣只把店開在縣城，我們的生意就降了好幾成，要是他們把分店開到了桃花鎮來，我們恐怕要直接關門大吉。」

「不錯，所以現在和他們鬥，還不算晚。」沈澤秋沈聲說道。

胡掌櫃讚許地點了點頭。「算我一個。現在最缺的可是資金？」

沈澤秋搖搖頭。「我家裡能擠出一千多兩，姜掌櫃也會出力，如果胡大哥也加入，錢不是最大的問題，而是貨源。我們要找到更便宜的貨源，才能和雲裳閣鬥。」

胡掌櫃蹙眉思索。「難道要去州府看看？可州府路途迢迢，還要走陸路，聽說還有土匪橫行，專門攔路打劫來往的客商，這……」胡掌櫃覺得很犯難。

「胡大哥，原先我和安寧也是這麼想的。」沈澤秋啜了口茶潤喉，接著說：「可後來一琢磨，州府在北方，並不是綢緞、雲錦的原產地，要找便宜的貨源，該往南走才對。」

「有道理！」胡掌櫃恍然大悟，暗嘆安寧和沈澤秋總是這麼一針見血。

「咱們今天包肉包子吃！」何慧芳喜孜孜地提著幾節蓮藕、兩斤大肉排骨、幾斤豬後腿肉回來了。家裡好久沒做包子吃了，今天得做上一回。

安寧剛從大葉街回來，幸好鋪子裡還有首飾、脂粉的生意支撐，雖然布坊生意垮得厲害，但總額算下來，暫時還有盈利。聽見何慧芳說要做包子，她興致挺高的，生意上的事情再煩心，也不能擾亂了清靜的生活，日子還得高高興興的過下去。「娘，我和妳們一塊兒弄。」

「行哩！」何慧芳連聲說好，心裡喜孜孜的。「不過這包子得下午才能包，得先發麵。」

小石榴一回來就騎在沈澤玉給坐的小木馬上玩，聽見家裡要做包子了，拍著手特別高興，蹦躂著走過來看。「包紙！做包紙！」

想要做出鬆軟可口的包子，發麵絕對是個講究活兒。何慧芳把麵粉倒在大木盆裡，加溫開水揉成一個大麵團，然後拿出麵起子，一塊兒揉在新麵中，再放到盆裡，用好幾塊布蓋得密密實實。這還不夠，木盆上還要再倒扣一個大盆，縫隙中塞上濕布，要一點氣都不透，這樣麵過上兩、三個時辰就發好了。

「咱們先剁餡吧！」

何慧芳和文嬸輪流剁肉餡，直把肉餡剁得均勻細碎，何慧芳又往裡頭加了醬油、鹽巴還有十三香，拿了雙筷子往一個方向使勁的攪拌，這樣絞出來的餡才勁道好吃。

等到了下午，麵團終於發好了，膨成了好大一團。

安寧好久沒上手做過包子了，笑著把木盆端出來。「娘，我來揉麵。」

「行啊！」何慧芳笑盈盈的，她用棉帕子把堂屋的飯桌抹乾淨，灑了層乾麵粉在上頭。這發好的麵，要把裡頭的氣揉出來才能包。

肉餡裡加了碧綠小蔥、新鮮多汁的芹菜，大家圍坐在一起，有的切麵，有的包，說說笑笑都挺高興的。

等包好了一屜，何慧芳先拿去上火蒸了。

日頭一點點西斜，天灑黑了，在外一日的沈澤秋踏著夕陽回屋了，不一會兒，忙活了一日的沈澤玉也到了。

「開飯咯！」

何慧芳把蒸好的包子端出來，這包子一個個白白胖胖、熱氣騰騰，吃起來鬆軟極了。芹菜爽口、豬肉彈牙，薄皮大餡，個個有料，吃了第一個保管還想吃第二個。

包子是主食，排骨蓮藕湯是主菜，撇了最上頭的油沫，喝起來甘甜清爽，排骨肉酥爛入味，那蓮藕粉甜，風味十足，加上一盤韭菜炒雞蛋、一碟子油炒小菠菜，齊活啦！

都是自家人，飯桌上沈澤秋沒有避諱，說了想和胡掌櫃去南邊的打算。

蓮荷的男人趙全早就辭了碼頭的工，如今改幫沈家做活，他聽了皺皺眉頭道：「掌櫃的，我聽來往的船員們說，那南邊不比我們這邊太平，民風特別剽悍，雖然是走水路，一路上也很艱難呢，沒有老師傅帶，恐怕走不動。」

趙大媽生怕兒子不會說話，得罪人，忙偷偷踩了趙全一腳，意思是叫他說話多注意點，別好的壞的都往外冒，得罪人了都不曉得！

誰知道趙全直愣愣的不會拐彎，提高嗓門說了出來。「娘，您踩俺幹啥？」

何慧芳笑笑，給趙大媽遞過去一個肉包。「沒事！趙全說得對，叫他說！」她呀，還就稀罕趙全這種直爽勁，痛快，花花腸子少，好交往。

聽見沈老太太都誇自己，趙全挺起胸膛，憨厚的笑了，抓起個肉包狠狠咬下一大半。

「唉，這個我也打聽到了，可惜今日打聽了一下午，沒有熟悉南下路的人。碼頭倒是有許多南邊的船來往，要是跟著船南下……」

沈澤秋有些猶豫，話還沒說完，努力大嚼肉包的趙全就抬起頭，急忙插話。

「不行！掌櫃的，碼頭上有句行話，叫做水路走多了，心眼子也多！這些跑長途的船工們都很狡猾，您和胡掌櫃這樣的體面人一上船，半路准會被劫，不成的，他們不可信！」

何慧芳默默地碼了兩個肉包在趙全的碗中，這小子話雖不中聽，可說的都是實情呢！

「澤秋哥，趙全說的對。去趟南邊至少得兩、三月，沒有信得過的人帶，不行。」安寧蹙眉說道。

沈澤玉幹了一日的活計，早就累壞了，剛才一直埋頭苦吃，不過他們的談話他都聽在耳朵裡，此時擦了擦嘴說：「我住的院裡，有個光頭老爺子，他好像就是打南邊回來的，熟悉路，聽說年輕時也南來北往的做生意，老了，想落葉歸根，才回咱們桃花鎮。」

「欸，那明日帶我去見見吧？」沈澤秋興致很高。

沈澤玉點頭。「行，不過我得先回去問問他。」

回到雜院裡，沈澤玉拿上一壺酒、一包花生米，叩開了樓下光頭老爺子的門。老爺子今年五十多，還健壯得很，就是腿受過一點傷，走起路來不太方便。

「光頭老爺子，睡了嗎？咱們喝幾口不？我帶了酒和花生米。」

不一會兒，屋子裡響起窸窣的腳步聲，光頭老爺子披著件外裳，提著煤油燈開了門。

「進來吧。」

沈澤玉愛聽光頭老爺子說天南地北的見聞和故事，老爺子也樂得傾訴。喝多了酒，沈澤玉往後一栽，靠著椅背佯裝睡熟了，他腰間的錢袋子鼓鼓囊囊，特別的明顯。

光頭老爺子一口悶完杯子裡的酒，嘟囔著。「澤玉，你這酒量不怎樣啊……」

隔日早晨，沈澤玉晨起從屋裡出來，一眼就看見光頭老爺子在院裡曬太陽。

「澤玉，你過來！」老爺子粗聲粗氣地說。等沈澤玉走到他邊上，才從懷裡摸出個錢袋子塞給他，嚴肅地說：「你怎這麼不小心？錢袋子落我屋裡都不曉得！」

「哎喲，我太馬虎了，謝謝您啊！」沈澤玉雙手接過，連連道謝，心裡頭有些不好意思。老爺子這麼敞亮，他卻故意設計試探。

不過，害人之心不可有，防人之心不可無，為了沈澤秋的安全，他不得不這樣。

下午梅小鮮領著孩子從娘家回來了，帶了幾斤田螺回來，這季節的田螺最肥美。梅小鮮拿了一半去花街，給沈澤秋一家子嚐鮮，剩下一半用桂葉、乾辣椒、蔥薑蒜還有酒炒了滿滿一盤。

那香味飄得整個雜院都能聞見，沈澤玉盛了一碟子去找光頭老爺子喝酒了，這回把話挑明了說，問他願意領人往南邊去一趟不？

「去！怎麼不去？我還想趁年輕時多攢些棺材本哩！」光頭老爺子脆口答應了。

九月初八是個宜遠行的好日子，何慧芳今日特意去鎮外香山寺找人問來的。可惜慧能大師又遠遊去了，是他那小徒兒給算的，算完了說啥都不肯收錢，轉身就跑了。

小和尚跑，老和尚站在禪房門口道：「阿彌陀佛，出家人怎能如此不沈穩？」

「師祖，徒兒不想被毒蟲咬，阿彌陀佛！」小和尚邊跑邊說。

何慧芳笑咪咪地瞧著，嘖，高僧的徒弟也這般厲害，說的話高深莫測，叫人聽不明白啊！

時間過得很快，九月初八很快便到了，沈澤秋和胡掌櫃、趙全還有光頭老爺子一塊兒到清水口等船。

光頭老爺子姓何，沈澤秋他們便稱呼他為何老爺子。

何老爺子一聽他們要找產綾羅綢緞的地方，當即爽快地說：「這個好辦！去江南，金陵、蘇州、杭州有很多，這路我熟。」

坐在茶棚裡等船的時候，何老爺子蘸著茶水又把地圖畫了一遍。

「咱們桃花鎮吃的是桃花江的水，而桃花江發源於桑水河，青州城就是依桑水而建，而江南是依託長江水系而建，和咱們桑水不是一條道，我們得坐船南下去到桑水河的末端，吳州城，再穿過吳州城，走到小河港，到了小河港，就有船去江南了。」

沈澤秋點點頭。「幸好有您指路，光靠我們幾個，准會走丟！」

「沈掌櫃別客氣。」何老爺子笑笑。

趙全突然蹙起粗眉。「這樣說來，碼頭的那些船員根本就不是從江南來的？咱們桃花江和長江根本不通航哩！」

「一半一半吧，小河港才是大港口，大船靠在小河港，船員雇車把貨從小河港運到吳州城，換吳州城的船再北上。」何老爺子吸了口旱煙說道。

他們這回出去，沈澤秋和胡掌櫃都帶著六百兩銀票，貼身放好，穿上普通的衣裳，和何老爺子假裝成父子，何老爺子是老父親，胡掌櫃是大兒子，沈澤秋是二兒子，趙全是姪子，就說是一塊兒去南邊尋親的。

船很快就到了，三日後就會到吳州城。

看著船影消失在遠處，何慧芳心裡忐忑得不行。唉，這趟走得遠，抵得上進京趕考咯！安寧寬慰著她。「娘，您放心吧，澤秋哥不是個莽撞人，胡掌櫃也是見多識廣，趙全身強力壯，還有何老爺子領路，定能一路順風。」

小石榴趴在安寧的肩頭，愣愣地望著白茫茫的江面，看了一會兒後他傾身摸摸何慧芳的臉，好像在學安寧安慰何慧芳。

「乖，走吧，咱們回家。」何慧芳心裡好受不少，領著小石榴回了鋪子。

「安寧，吃飯咯！」

估算著等沈澤秋他們從南邊回來已經是隆冬，要在清源縣城開店也是冬日或者初春了，安寧乾脆提前畫起冬衣和春裳的新款。

前兩年她畫花樣子只側重衣裳本身，現在有了經驗，她會先打草稿，定下來以後塗上顏色，衣裳、鞋子、髮型和首飾都成一套，顏色搭配也有講究。

比如她現在就發現，體胖的人不宜穿淺色的裳子，瘦矮的人不宜著過於繁複華麗的裳子等等。

這一日，不知不覺又描到了日暮時分。

何慧芳在院裡招呼安寧吃飯，今晚的菜挺豐盛，一碟子色香辣俱全的肉片熗青椒、一碟乾煸豆角、一截滷肉店買的滷豆腐腸，還有一大碗清爽的黃瓜湯。

「嗯，來了。」安寧下樓到院子裡，用清水洗了洗手指上不小心染上的墨漬。往常一到飯點，大黃和小黑就會搖著尾巴圍著飯桌繞圈，今兒沒見，她忍不住問道：「咦？蓮香還有大黃和小黑呢？」

蓮荷幫著拿碗筷出來，無奈地笑笑。「蓮香關鋪子後去菜市場找豆腐娘子家的女兒耍去了，狗兒估計也叫她帶走，今晚不回來吃了。沈娘子，她回來我一定說她。」

「沒事，就讓她多和姊妹們玩耍吧！」安寧笑笑，轉臉又對沈澤平道：「澤平，吃了飯去菜市場接一接蓮香。」

沈澤平乾脆地「欸」了一聲。就算安寧不提醒，他也會去接的。夏天的時候家裡已經給沈澤平和蓮香訂了親，蓮香現在算他半個媳婦哩，他當然得呵護著。

第二十四章

「汪汪汪——嗚嗚……」

「蓮香！哎呀，捉住牠，那隻最亮！」

菜市場裡豆腐娘子的家靠著山邊，院子裡還有幾簇雜草，夏秋兩季經常有很多螢火蟲在院子裡飛舞。今天豆腐娘子一家回鄉下去了，留下十六的女兒雲巧看家。雲巧和蓮香玩得好，所以一關鋪子，蓮香就帶著大黃和小黑來找她玩了。

兩隻狗兒打架玩，她倆則用一個小口袋捉螢火蟲玩，正在撲一隻最大的。

蓮香無意間看見房後頭用紅墨水畫了一朵芙蓉花，忙叫雲巧過來看。「雲巧，這朵花還挺好看的，妳畫的嗎？」

雲巧奇怪地搖搖頭。「不是我啊！」

兩姊妹正在疑惑，門外沈澤平提著燈籠來敲門了。

「蓮香！蓮香，我是澤平，我來接妳回家了！」

蓮香咧嘴一笑。「是澤平來了。」她和雲巧開門把澤平放進來，蓮香捨不得走，對沈澤平說：「今晚我想和雲巧一塊兒睡，澤平，你先回去吧，幫我和沈娘子還有我姊說說。我明兒一早就回去，不會誤了事的。」

沈澤平用腳踢著院子裡的小石子，總覺得這院子不安全，回家睡多好啊！他想了想，道：「這樣吧，我留在這兒幫雲巧看家，蓮香，妳帶雲巧回家睡吧。」

「沈娘子跟沈老太太會同意嗎？」蓮香有些忐忑。

沈澤平把燈籠塞給蓮香。「放心，我嬸娘和嫂子不會怪妳的。」

「這樣也好，我攢了好多花鈿樣子，正好拿給妳看！我還會用蜻蜓翅膀做呢，晚上我就給妳做一個！」蓮香挺高興的。

雲巧也很樂意。「沈澤平，謝謝你。」雲巧道了謝後，和蓮香一塊兒回花街，還帶走了大黃。

沈澤平擼了擼小黑的頭，嘆口氣，去雲巧她二哥的床上躺下，喃喃自語。「睡吧！嘖，我怎覺得蓮香待雲巧比待我還好……」不一會兒，他便睡熟了。

不知道過了多久，安寧迷迷糊糊地醒來了。今天晚上小石榴和她睡，她摸了摸小石榴的被子，幫他掖了幾下被角，打了個呵欠後，準備繼續睡。

這時候打更的路過，她側耳聽了聽，原來子時已經過了，現在是丑時。剛閉上眼睛，忽然聽見右邊開的側門被拍得砰砰砰響。

「嬸娘！嫂子！」

「汪汪汪！」

「快開門啊，我是澤平，出事啦！」

趙大媽和蓮荷幾人最先出來，不一會兒安寧也披衣下樓。

就連睡得最沈的何慧芳也被叫醒了，她半夢半醒，恍惚間還以為是沈澤秋出了啥事，一個激靈睜開眼睛，緩了一會才明白過勁，不過仍心有餘悸。

等她到院裡，門已經拉開了。

沈澤平氣喘吁吁地撲進來，指著自己胳膊上的紅色芙蓉花，扶著門框喘了幾口氣才說：「我睡得好好的，突然被小黑的叫聲吵醒了，睜眼一看，發現有一個黑衣人在我手臂上蓋了個章，我罵了一句『什麼人』後，他撒腿就跑，我追了但追不上！妳們瞧，這手臂上的章好生奇怪！」

安寧擼起沈澤平的袖子，借著燈光細看。「這花是什麼意思？」

這時候蓮香和雲巧也出來了，看見沈澤平手臂上的芙蓉花後，不約而同地驚叫一聲。

「這不就是妳家房後畫的花嗎？」蓮香先是莫名其妙，然後一陣後怕。「難道那朵花也是那個黑衣人偷偷畫的？」

雲巧被嚇得臉色都白了。

這時候，附近的兩家人聽到了動靜，提著燈過來，睡眼惺忪地問：「怎麼了？」

在聽完事情的來龍去脈後，鄰居的臉色忽然變得很難看。「不好，恐怕是採花賊！」

「走走走，咱們快去報官！」

安寧擔心地望了蓮香和雲巧一眼，還好今夜她們是在自家睡，要是宿在菜市場，豈不是要碰上採花賊？

「李大人，真的是採花賊嗎？」

隔日清晨，李遊親自來問雲巧和沈澤平相關情況，安寧問道。

李遊細看了沈澤平胳膊上的芙蓉花，輕輕嗅聞，還有股甜膩的花香氣，他回身看向安寧，抿唇微微頷首。

「沒錯，此人外號叫做『芙蓉面郎』，是多年來流竄犯案的採花大盜，罪行累累，據說能飛簷走壁，並且十分狡猾，好幾次險些被抓住，臨到頭又叫他跑了。」

安寧忍不住攥緊了手指，鎮上有這樣一名採花大盜，整個鎮上的女子都無法安心。

衙頭田老四家裡就有個如花似玉的閨女，他擔心極了，急忙拱手道：「李大人，屬下覺得現在應立即戒嚴，衙差們晝夜不停的巡邏，以免採花賊又出來做惡！」

李遊輕輕搖頭，他需好好想想，該怎麼和這個狡猾的「芙蓉面郎」交手。

「李大人，我有話，不知當說不當說？」在送李遊出去的時候，安寧有些忐忑地開口。

李遊頷首。「沈娘子但說無妨。」

「方才田衙頭的話有理，可這樣若採花賊提高警覺，久不露面，由此會產生兩個結果，一，他偷偷溜走，繼續流竄害人；二，偷偷藏於百姓中，等我們放鬆警戒再犯案。無論哪種，都會遺禍無窮。」安寧緩緩道出心中所慮。

「不錯，沈娘子說的極對，這也是我為難之處。」李遊讚許地點頭。「我是要抓住此賊，而非趕跑他。沈娘子有何見解？」

安寧苦思一番，忽然靈光一閃。「學垂釣者，放出魚餌，引他上鉤。」

李遊一喜，連聲說好。「沒錯，是該這麼辦！」

到了中午，桃花鎮來了採花賊的傳言已經沸沸揚揚，可是衙門卻貼出告示，明明白白寫清楚這只是謠言。

告示就貼在衙門外，白紙黑字寫得很清楚，圍觀百姓一層又一層，神情都透著古怪。昨晚的動靜好多人都瞧見了，怎麼一到早上就成了「謠言」？

田老四生怕百姓們不認字，看不懂，把衙差叫出來兩個，站在告示前輪流讀了四、五遍，確保每一個人都聽得清清楚楚、明明白白。

「欸，田衙頭，這告示上說的可真？」

「聽說……」

百姓們七嘴八舌地向衙差們打聽。

田衙頭眼睛一瞪，粗著嗓子回道：「真！聽衙門的准沒有錯！」

而衙門裡頭，幾十個著便服的衙差整齊地排成幾列，正聽李遊說話。

「鎮上來了採花大盜，我們一定要將他繩之以法，為了不打草驚蛇，你們輪流暗中巡邏，有什麼蛛絲馬跡，立刻來報。」

衙差們都是本地人，家中也有娘子、妹妹和女兒，因此齊聲洪亮地答道：「是，屬下知道了！」

霜降過後，天一日日變涼了，鋪子前的石榴果熟了，紅彤彤的極為好看。

「欸，趙大媽，妳可得看好蓮香，叫她待在屋裡，千萬別出來溜達！」

何慧芳正抱著小石榴在鋪子門口耍，看見趙大媽經過，忙壓低聲音提醒了一句。

「放心，衙門裡的人悄悄通知咱們了，這沒出閣的、剛出嫁的女子都得注意，門窗要關好，不能落單。」趙大媽也壓低了聲音，同何慧芳說。

衙門口那張告示是專門貼出來給採花大盜看的，實際上李遊早就派衙差通知了各家，這「芙蓉面郎」好芙蓉花，以紅芙蓉作為自己的標記，獨愛沒出閣的大姑娘，偶爾也會禍害剛成婚沒多久的少婦。

前兩日，鎮上都風平浪靜的，沒一點兒波瀾。

大清早天有些陰，風吹起來涼意頗濃，晨起後何慧芳翻出櫃子裡的厚衫出來穿，藍布坎肩、繡花的小褂，穿戴得舒舒服服，這才提上菜籃子去買菜。

就算鎮上來了活該千刀萬剮的惡人賊子，這小日子還是得照常過。小石榴快滿兩歲了，現在魚、肉、蛋她家頓頓有，就盼著娃娃長得高壯，身體好。

何慧芳要了一斤五花肉準備中午做粉蒸肉吃，肉有了，還想買塊鮮嫩的水豆腐煮湯。剛走到豆腐攤子前面，豆腐娘子就瞅見她了。

「沈老太太，您想要啥？水豆腐還是油炸豆腐圓子？今日不收您錢，白送！」

「欸，這不成，要給的！」何慧芳選了兩塊水豆腐，從荷包裡摸出四文錢。賣豆腐是小本生意，她不能白占人家便宜。

豆腐娘子說什麼都不肯收，看邊上人少，抓著何慧芳的手紅了眼，小聲道：「那日要不是你們澤平替我家雲巧守家，只怕雲巧就……唉！」

「沒事就好，咱們以後多注意，再不敢叫娃一個人在家過夜哩！」何慧芳想起那晚，還是一陣後怕。

豆腐娘子連連點頭說是，把豆腐包好，又從案板上抓了一斤的油炸豆腐圓子，一起放在何慧芳的菜籃子裡。「這豆腐圓子撕開燙在熱湯裡，好吃，吃不完還能留，拿回去吃吧，只是我的一點小心意，快收下。」

「好，謝啦！」何慧芳沒多推辭了。人情往來，有來有往，下回她帶一小包碎布條給豆腐娘子，留著打補丁或是拼小荷包都挺好的，好多人問她要哩！

過了一刻鐘，日頭終於升起了，太陽照下來，整條街都明亮了。

何慧芳買完菜往家走，半道上看見了一個十七、八歲，穿黃色襦裝的姑娘，水汪汪的大眼睛，頭戴碧色絹花，正在酒鋪裡買酒，嗓子脆生生的，好比枝頭的黃鸝。

「酒老闆，我要二十斤水酒，麻煩幫我送到後頭細街上的雜院裡，俺爹娘跟哥哥回老家去了，我自己提不動。」

何慧芳挎著菜籃子站在邊上，眉頭蹙得可深了，忍不住跨前兩步，伸手扯了扯姑娘的袖子。「閨女，妳注意著點啊，鎮上有採花賊妳不曉得嗎？還嚷嚷的這麼大聲！」

黃衣姑娘眨眨眼睛，脆生生地答道：「沒事的！」說完付了酒錢，頭也不回的走了。

回到鋪子裡，何慧芳把這事情和慶嫂還有慧嬸子說了，連嘆這姑娘是個心大的，又問她們知道細街雜院裡有這戶人家嗎？

「咦？昨天我去買菜，也見到個水靈靈的小姑娘，和米鋪要了三十斤米，說的也是爹娘不在家，只她一個人。」不說還好，何慧芳一說，慶嫂便想起來了。

慧嬸子一拍腦門子。「我好像也見過呢！」

「這有點奇怪啊……」何慧芳感到莫名其妙，挎著菜籃子進內院了。

二樓的大廂房裡，安寧執筆描著花樣子。早上小石榴奶聲奶氣地喚娘親，想跟安寧在一塊兒，何慧芳就把沈澤玉送的小木馬搬上來，讓小石榴在書桌後騎馬玩，安寧坐在書桌後畫畫。

小半個時辰過去了，小石榴從小木馬上爬下來，安安靜靜地坐在地毯上玩布老虎，過上半刻鐘，他就扭頭看一眼安寧，發現娘親還在畫著，他就繼續玩，玩不久，再扭頭看……如此反反覆覆，明明很希望娘親和他一塊兒玩，卻不吵不鬧。

安寧看見了，心裡忽然一陣愧疚，忙擱下筆，輕喚一聲。「小石榴。」

小石榴立刻把頭扭過來，看著安寧笑起來，肉嘟嘟的臉頰上露出一對可愛的小酒窩，奶聲奶氣地喊：「娘！」

他從地上爬起，邁著小短腿，展開雙臂朝安寧「蹬蹬蹬」地走過來，那模樣要多可愛有多可愛。

「咱們下去玩，看小兔子。」安寧把小石榴抱在懷裡，在他臉上親了親，帶著他一塊兒下樓玩耍。

天很快就黑了，這兩日何慧芳都來大廂房和安寧還有小石榴一塊兒睡覺，三人好作伴，小黑就拴在房門口，沈澤平睡在隔壁。

「這一日日提心吊膽的，可啥時候是個頭喲！」晚上睡覺前，何慧芳忍不住嘀咕。這採花賊一日不被抓，她便一日不得安寧。

小石榴睡在靠牆的那面，已經睡著了，安寧幫他掖了掖被角，輕聲說：「快了，娘，您今日在菜市場遇見的姑娘，我總覺得不對，說不定是在故意引採花賊上鉤呢！」

何慧芳一下子來了精神，在心裡琢磨一回，哎喲，還是安寧聰明，一眼就看出關竅了！

「是呢，這就對了，難怪那姑娘成天在外頭晃悠，一副脆嗓子，生怕旁人不知道她一人在家，原來是這麼回事啊！」

安寧勾唇笑笑。「時候不早了，咱們早些睡吧。」

「嗯，我心安了，睡得著哩！」何慧芳閉上眼睛。連她都被矇了過去，這色鬼採花賊遲早會上鉤！

果不其然，當天夜裡，細街上某個雜院裡，便傳來了一陣摔打聲。

白天水靈靈、嗓子脆生生的黃衫姑娘一腳踹在採花賊身上，眉一挑，潑辣極了，抱著手惡狠狠地說：「採老娘的花？作你的白日夢吧，活該！」今日採花賊一進屋，埋伏在屋外的衙差就衝進來將他牢牢抓住，還從他身上搜出了繩子、迷煙等物。

李遊跨步進去，一把扯下採花賊的蒙面巾，是個油頭粉面的男子，眼下烏青，眼神猥瑣。「押到衙門去！」李遊目光炯炯，嚴厲地盯了採花賊幾眼。

這時候周海從外面冒出頭，笑咪咪地問：「李大人，事情都辦妥了？」上次他指使李母去州府翻案失敗後，就徹底被嚇破了膽，如今對李遊殷勤得很。

李遊輕輕點頭，對黃衫姑娘拱了拱手。「多謝你們宜春樓的合作，改日我派人將酬金送去。」

「李大人，這就見外了！抓採花賊是為了鎮上所有人的安全，我們宜春樓出力，那是應當——」周海逮著機會就想和李遊攀交情。

不過他話還沒說完，李遊就淡淡地看了他一眼，急著回衙門審人。「周老闆，咱們一碼歸一碼，本官有事，先走一步。」

留下周海無奈地嘆了口氣。

黃衫姑娘絞著頭髮，伸長脖子看李遊的背影，嘆了句。「李大人真是年少有成，長得也俊，要是……」

「姑奶奶，妳也少作點白日夢吧！」周海戳了戳黃衫姑娘的腦袋。「讓胡家小姐知道了，能活撕了妳這小蹄子！」

也是這個時辰，安寧和何慧芳還在睡夢之中，遠在吳州城的沈澤秋卻還沒睡。

「欸，醒醒，這店不大對勁！」

深更半夜，何老爺子睡眠淺，被窗戶外頭輕微的腳步聲給吵醒了，借著月光，他明明白白地瞅見窗外有人影閃過。

他們在吳州的港口下了船，要走幾日的陸路才能到小河港。這路上多山林和偏僻的小村子，前兩日他們一直在破廟裡湊合，今晚好不容易遇見客棧，大家都累慘了，進來吃了晚飯後，要了一間大房四人睡，不一會兒，呼嚕聲就此起彼伏。

「掌櫃的，他們睡著了。」店小二貓著腰，從他們房間門口走開，跑到堂屋裡對客棧掌櫃小聲說。

那掌櫃的手裡攥著尖利的剔骨刀，嘿嘿笑著點頭。「走，上去。」

月光朗朗，照著寂靜的村莊，安靜極了，連狗吠聲都沒有。

沈澤秋他們住在二樓，幸好屋子裡有扇窗戶，被何老爺子拍醒後，沈澤秋立刻掀開被子翻身下床，乾脆地說：「既然這裡不對勁，咱們還是快走吧！」

現在往大門顯然是走不成了，說不定還會正面撞上店家的人。

「咱們跳窗戶。」沈澤秋把包袱挎在身上，推開窗，探頭往下瞄，離地大概一丈多一點，下面是鬆軟的沙地，長著幾簇雜草，剛好摔不傷人。深吸一口氣，沈澤秋第一個跳了出去，然後是胡掌櫃、趙全。

何老爺子年紀大了，腿腳又不太方便，難免慢了幾分。

他們在下面展開手，壓著聲喊：「何老爺子，放心跳吧，我們接著你！」

何老爺子聽得分明，門外走廊上又響起了窸窣的腳步聲，離他們越來越近，可不能因為他這老東西，把沈澤秋和胡掌櫃他們給連累咯！何老爺子心一橫，往下一跳，沒受傷。

四個人馬上順著小路往前跑，跑了一會兒，沈澤秋覺得不妥當。「我們還是躲到一邊的樹林裡吧！」

何老爺子跑得上氣不接下氣，喘勻幾口氣後附和道：「沈掌櫃說得沒錯。」

等他們躲進山林裡藏好沒多久，果然，客棧那方向就來人了，店家帶著小二順著路追了上來，邊跑還邊罵娘。

「這夥人屬飛毛腿的？怎能跑這麼快！」

「別停，趕快追！」

胡掌櫃聽著他們跑遠的聲音，心有餘悸地嘆口氣。「還好何老爺子耳朵靈，澤秋小弟聰明，要不今天我們四個都得折在這兒。」

夜晚天寒，大家縮坐在一起聚團保暖，沈澤秋從乾糧袋子裡摸出幾塊煎餅分給大家充饑。一邊啃乾糧，一邊疑惑地問：「這地方叫什麼？治安怎麼如此混亂？」

何老爺子抿了口酒。「好像叫宛縣。唉，荒山野嶺多，這麼多年來一直如此。」

熬了兩個時辰，天終於亮了，沈澤秋及胡掌櫃一行人走到了宛縣縣城內，四人進了家麵館，要了四碗熱氣騰騰的牛肉湯麵吃，湯熬得香，熱呼呼吃下肚，舒服極了。

在集市上補充好乾糧後，他們去了趟縣衙，把昨晚的事報了官。

縣令立刻派人去那家客棧打探情況，好巧不巧，正好撞上收拾好細軟、準備開溜的「店家」還有「店小二」。其中一個衙差曾來過此處，認得這兒的店家，立刻粗聲呵斥他們站住，詢問他們是什麼人？

話音未落，那兩個人撒腿就跑，被衙差們追上去，將他們摁倒在地。

到了宛縣城內，已經離小河港不遠了，雇一輛牛車走一個白天就能到。

風兒瑟瑟的很涼，樹上的葉子都快落光了，四人正商量著雇車走，縣衙的衙差尋到了他們，喜笑顏開的。

「太好了，終於找到你們！快同我去見縣令大人！」

沈澤秋感到奇怪，心裡有些沒譜，路上一直和衙差打聽到底發生了什麼事？

衙差邊走邊笑。「你們四位立了大功了！」

原來前一天晚上的店家和小二是賊人假冒的，真正的店家早被他們五花大綁塞著嘴關在柴房裡了，而這兩個賊人還是衙門懸賞通緝的要犯呢！沈澤秋四人來報官，不僅助衙門抓住了賊，還間接救了真正的店家一條命。

「這五十兩銀子是懸賞金，來，拿好了！」

宛縣縣令笑呵呵地把鼓鼓囊囊的錢袋子塞到沈澤秋手裡。「你們可以拿著這筆錢回鄉置些地、買點田，以後就能過好日子了。」

沈澤秋看了看自己穿得破衣爛裳，點點頭，這五十兩銀子純粹是意外的收穫。

宛縣縣令看著他們帶著賞銀離開，心裡可高興了。抓住了賊人，他的好日子也要來了。三年一次地方官考核，他這回一定能調走，再不用在宛縣這種治安不好又窮的縣做官咯！

一大早起來，何慧芳就有些心神不寧，昨晚她夢見沈澤秋被人拿刀追著跑，那刀尖尖泛著寒光，把她唬得不輕，魂都丟了半條，嗓子也乾得冒煙。

聽何慧芳說完這個噩夢，安寧寬慰她。「娘，夢都是反的，這正說明澤秋哥他們一路順風呢！」

安寧的嘴特別靈，何慧芳信了，心裡頭舒服了很多。

洗漱妥當後，一大家子人圍坐在廳堂裡吃早飯。一鍋熬得又稠又香的小米粥，配上一碟何慧芳親手做的辣椒拌脆蘿蔔，吃起來嘎嘣脆，特別的爽口。

小石榴吃的是一碗芙蓉雞蛋羹，蒸得水滑鮮嫩，滋味很好，小石榴愛吃。

過一會，鋪子開門了，沒一會兒何慧芳和安寧就聽到了一個天大的好消息——昨晚上那採花賊被捉住了，現在就關在衙門裡呢！

「安寧，妳猜對啦！」何慧芳心頭的鬱悶一掃而空，喜孜孜地誇安寧說得靈。所以說，澤秋這回也一定會平平安安的！

蓮香在屋子裡悶了兩日，終於能出門了，央著何慧芳要跟她一塊兒出去買菜。

「行，一塊兒去吧！」何慧芳挺喜歡蓮香的，過了年，她和澤平的婚事一辦，這俊俏懂事的丫頭就是她的姪媳婦嘍！

不一會兒，太陽出來了，街上的人也多了起來。前幾日女眷們害怕採花賊，不敢出門逛，現在賊人被抓了，人人都很高興，紛紛約著出來逛，脂粉、首飾的生意好了不少。

一個早上，店裡就銷了差不多二十盒胭脂，還有十來支簪子。可布坊的生意依舊不好，只訂了一套棉布裳子出去。瞧這個趨勢，安寧越發篤信她和沈澤秋的選擇是對的。

前幾天，何慧芳買了些老豆腐回來做毛豆腐吃，經過四、五日的時間，一塊塊四方形、二指厚一寸寬的老豆腐上已經長滿了絨絨的白毛，和小兔子身上的一模一樣，甚至更加蓬鬆，這樣的煎起來肯定好吃。

何慧芳把毛豆腐身上的白毛給擼平了，在鍋裡熱上油，把毛豆腐煎得外表焦黃，一陣陣勾人的香味從灶房裡飄出來，聞著便叫人流口水。

最後淋上一層豆瓣醬和香油蔥薑末一塊兒調製出來的醬汁，再撒上幾簇碧綠小蔥就能吃哩！鮮醇爽口，又香又辣，配上一碗茶，吃起來特別美。

「欸，怎不見蓮香來吃？」何慧芳一邊摘圍裙，一邊問。

沈澤平吃著油炸毛豆腐，蹙著眉說：「她說不想看到我，一看我就來氣。」

「怎了？你們又鬧彆扭啦？」何慧芳看著沈澤平。這兩個孩子打從見第一面起就投緣，說說笑笑和睦得很，不過自從斜對面搬來一家麵館後，他倆三天兩頭就鬧彆扭。何慧芳坐下來，問：「你又幫麵館的三娘做事了？」

沈澤平喝口茶潤嗓，然後點點頭。「今兒早上三娘叫我幫她挑了幾桶水。」

「她叫你挑，你就去挑啦？」何慧芳忍不住瞪沈澤平。「你怎這麼憨！」

沈澤平疑惑地抓了抓頭髮。「三娘提不動，我就幫了。再說，不是嬸娘您還有嫂子、哥教我要與人為善嘛！」

安寧無奈地笑著搖搖頭，把一碗盛好的毛豆腐推給沈澤平。「給蓮香端過去，哄哄她，說以後不幫三娘做事了，快去吧！」

「蓮香是為了三娘生我的氣？」沈澤平大驚。

這下安寧和何慧芳都更無奈了。

安寧點點頭。「快去吧。」

吃了幾塊豆腐，喝了一碗茶，何慧芳叫文嬸待會兒收拾桌子、洗碗，她呢則擼了擼袖子，往斜對門去了。

斜對門這個三娘今年才二十，是個年輕的寡婦，剛來的時候可會做人了，總送吃的、喝的過來，何慧芳還挺喜歡她的，寡婦過日子不容易，何慧芳是過來人，更添一層惺惺相惜的感覺。可她總巴著沈澤平算怎回事？搞得蓮香總和沈澤平鬧彆扭！何慧芳可忍不了，今兒非給這沒安好心的三娘一個厲害看看！

「娘，抬頭不見低頭見的，您……」安寧攔了一把。

何慧芳衝安寧點點頭。「妳放心，我有分寸。」說完，大步往斜對門的麵館子去了。

三娘見何慧芳來了，笑盈盈地出來。「沈老太太，您可好久沒來看我了，我還以為哪兒做得不對，惹您不高興了呢！」

何慧芳撣了撣衣襟上的灰，冷冷瞅了三娘一眼。都說伸手不打笑臉人，可三娘這種面上笑、暗地裡壞的人，她是見一個打一個！「原來妳有自知之明啊？我還當妳不曉得咧！」

「嗯？」三娘的笑容僵在臉上，一陣紅、一陣白的。一般人可能就要發脾氣了，可三娘忍下了，眨巴著大眼睛，臉上頗有幾分委屈。「我有什麼不妥的，沈老太太您直說。」

這我見猶憐的模樣，恐怕是個男人都會被哄住，何況是沈澤平這樣的毛頭小子？他心善，把三娘當作姊姊看，可三娘的心裡不知藏著啥齷齪心思呢！

何慧芳懶得和她打太極，直接把話給挑明了。「以後妳家有啥體力活，叫妳自家店裡的夥計做，別總使喚澤平，他過了年就要成親了，妳該懂得避嫌，少在這兒給我學妖精興風作浪，在我眼裡，妳那點小心思藏不住。下次再攬事，別怪我不給妳臉！」對付這種人，就該直接撕破臉皮。

果然，何慧芳說完，三娘臉都氣白了，啥也不敢說，轉身進麵館了。

何慧芳回到自家鋪子，看見蓮香和沈澤平又湊在一起說話了。

沈澤平追在蓮香身後。「蓮香，我明天帶妳去茶樓聽說書，去不去？」

一對傻孩子！何慧芳心滿意足地跨進來。

安寧迎上前，忙問何慧芳。「娘，妳們聊得怎樣？」

何慧芳把小石榴抱起來，邊抱邊笑。「沒事，聊得可好哩！我稍微提醒了幾句，希望她知趣吧！」若不知趣……哼，等著吧！

「表姊，妳久沒出門耍，咱們先去買胭脂，還是去戲園子聽戲？大葉街上的糕餅鋪子出了新點心，想去嚐嚐嗎？」

一大清早，楊筱玥便去姨父家接許彥珍出門逛，許夫人背地裡塞了張銀票給楊筱玥，溫聲囑咐她。「帶妳姊姊多逛逛，到處走走散散心，知道嗎？」

楊筱玥今年十七了，比起前兩年多了絲沈穩嫻靜，五官也長開了，比之前更加豔麗，穿著紅綢裙子，明豔又動人。她不肯收姨媽的錢，乖巧的應聲。「筱玥都明白的，姨媽您放心吧。」

看著女兒上車，和楊筱玥一塊兒出門玩耍，許夫人臉上終於有了笑意，嘆一句。「不知不覺都大了，連筱玥也懂事了。」

花街布行裡，帳房先生老祁剛把九月中旬的帳簿送來給安寧看，收支相抵，略有盈餘，但不多。

「沈娘子，這夥計的工錢，下月是不是要減幾成？」老祁問道。這鋪子裡收益不好，東家減夥計的工錢是個沒挑明的行規，畢竟東家都吃不飽了，下面的人自然也要餓肚子。

安寧合上帳本，搖了搖頭。「不用，照常發。他們都靠月錢養家餬口，只要沈家不倒，月錢不會少。」

「欸！」老祁眼眶一熱，這家人厚道啊！

老祁走了沒多久，楊筱玥帶著許彥珍就到了鋪子裡。

安寧有一陣子沒看到過許彥珍了，她消瘦了不少，下巴尖了很多，皮膚也蒼白得沒有血色，一身淺色襦裝，好像一陣風就能把她給吹跑了。

「楊小姐、許小姐，裡面請。妳們今日來得真巧，我家自己做了豌豆黃，要嚐嚐嗎？」

楊筱玥笑盈盈的。「好啊，恭敬不如從命，我和彥珍表姊都喜歡吃！」

蓮香從內院端了碟豌豆黃出來，又泡了壺花茶。

楊筱玥招呼蓮香一起坐下吃。

蓮香搖搖頭。「我吃飽了。」

「蓮香，妳今天梳的髮式真好看。」楊筱玥誇了句，接著道：「待會兒幫我表姊綰一個，再配兩支合適的簪子，要喜慶點的。」

許彥珍啜了口茶，輕輕推了推楊筱玥的胳膊，紅著臉嗔怪道：「說什麼喜慶呀！」

「表姊，妳要訂親啦，當然要喜慶啊！我說錯啦？」楊筱玥挑了挑眉毛，笑盈盈地說。

話一說完，許彥珍更害羞了，作勢要打楊筱玥，楊筱玥笑著躲開了。

邊上蓮香問道：「恭喜呀！不知是哪家公子？」

「我表姊的青梅竹馬，姓張。」楊筱玥和安寧、蓮香她們已經很熟了，加上真心為表姊高興，所以乾脆的答了，惹得許彥珍輕輕在她肩上捶了一把。

安寧是許彥珍和張陵甫這對小情人一路坎坷的知情人，一聽許彥珍終於和張陵甫成為眷屬，也為之高興，去貨架上取下一塊繡著百合花的帕子包好。「這是送許小姐的禮物，恭喜了。」

「多謝沈娘子。」許彥珍低下頭，羞澀地收了。

看著表姊雖然羞怯，但臉上終於露出笑容，楊筱玥在心裡長舒了一口氣。

許父的固執不是一朝一夕能改變的，許彥珍的抗議在他眼中根本不值一提。他後來看上了縣城裡私塾的一位秀才，認定人家有文采、有學識，將來必定會金榜題名，執意要秀才入贅，和許彥珍成婚。

許彥珍自然百般不願，反抗無效後，和張陵甫竟然相約私奔，幸好家丁發現得及時，在他們到達濱沅鎮要搭船的時候將人追了回來。張陵甫被張父結實地打了一頓，三日下不了床；許彥珍被關在閨房裡三日沒出門。兩個癡人私奔不成，竟有了殉情的念頭，所幸家人看得緊，都被救了下來。

許夫人再也受不了了，嚷著要是許彥珍有啥三長兩短，她也不活了。張父也為了兒子帶了豐厚的聘禮上門提親，承諾許彥珍若是嫁去張家，一定不會受半點委屈。

許父想了一宿，眼看女兒過年就十八了，再也挨不起，這才鬆口答應了這門親事。當然，這些內情只有少數人知道，就連楊夫人都不曉得。

吃完了豌豆黃，喝了兩杯茶，楊筱玥和許彥珍選起胭脂和首飾來。

趁著蓮香給許彥珍梳頭，楊筱玥拿出個九連環解著耍。

安寧笑著誇道：「這東西可難解了，楊小姐竟會玩這個。」

「特別難，我玩了好幾日也沒解開。」楊筱玥道。

聽到楊筱玥這麼說，邊上的許彥珍可算是找到扳回一城的機會了。「那誰會解？妳的謝二公子可會？」

楊筱玥嬌嬌地瞪了許彥珍，低聲說：「他應該會。」他那麼聰明，有本事、有學識，一定會。

安寧忍不住笑了。年初楊筱玥和謝家二公子訂了親，謝家也是生意人，和楊家門當戶對，謝二公子模樣俊，性子溫柔，秉性也是極好的。

「瞧，這就誇上了！」許彥珍噗哧一聲也笑了。

楊筱玥低著頭把還是沒解開的九連環收好，雙手捧著臉看許彥珍梳髮，等許彥珍梳好了後，眨眨眼睛道：「選簪子嘍！」

沈家鋪子的各色簪子用鮮花襯著，更顯精緻好看。

許彥珍要了支琉璃桃花簪，目光落到隔壁的琉璃玉珠簪，拿起來對楊筱玥說：「這支和妳之前摔斷的那支挺像的，我買了送妳吧？」

「嗯，我不喜歡這樣的了。」楊筱玥拿在手裡看了看、摸了摸，最後搖搖頭。

許彥珍伸手戳了戳她的腦門。「妳呀，喜新厭舊。」

「才沒有呢！」楊筱玥吐了吐舌頭。

最後兩姊妹買了一對簪子、好幾盒脂粉，這才歡歡喜喜的離去。

趁著這段時間有空閒，安寧畫了好些花樣子，其中有一套大婚的吉服，十分的華麗精美；還有一身碧色的襦裝，裙尾繡碧荷，衣袂飄飄，都很好看。她把花樣子備好，去小竹林找徐阿嬤，問她願不願意幫這兩身衣裳繡花。

圖紙一打開，徐阿嬤眼睛一亮，滿意地點了點頭，細看後還給安寧指出了幾處可修改得更加精美的地方。

安寧細細一琢磨，徐阿嬤指出的每一個細節，都改得極好。「徐阿嬤，您是願意幫忙繡了？」她問道。

徐阿嬤點點頭，挺直肩背說：「我的這份手藝，也不想埋沒了。妳是有天分的，畫出來的東西好看，我自然願意幫。」

安寧高興極了。「多謝徐阿嬤了！」

牆壁上巨大的美人圖算是沈家寧秋閣的標誌，安寧根據新鋪的位址畫好了八幅姿態各異的美人圖，將畫稿給了陳畫匠，請他去清源縣畫在新鋪的牆壁上。

姜掌櫃那邊會負責安排陳畫匠的食宿。

一切都在穩穩當當的籌備中，安寧還按照需要設計了一批貨架，讓沈澤玉幫忙打製。

慢慢的，到了十月裡，晨起時院裡的樹梢都會結霜了。

而一路南行的沈澤秋四人，終於到達了金陵。

金陵城在沈澤秋的印象中，簡直是傳說中的大城，聽說這兒的經貿特別繁榮，遍地都是黃金，就連城裡要飯的乞丐，端的都是金飯碗。

當然，沈澤秋不會信這樣荒唐的傳言，可金陵的富饒和繁榮可見一斑。

他們在碼頭下了船，走到城門外剛好是傍晚，天就快黑了，而排隊進城的隊伍卻一眼望不到盡頭。

趙全踮著腳，伸長脖子往前看。「咱們今天還能進城嗎？這人可真多！」

沈澤秋剛想說今日進不去也沒關係，在城外住一宿，明早排隊也成，這時候邊上來了個二流子似的人，抱著手臂湊上來，一挑眉，嘴裡「嘚」了聲。

「你們幾位趕著進城吶？我有門道可以插隊，五文錢一個人，怎麼樣？」

沈澤秋頭次聽說還能花錢插隊的，看來這氣派軒昂的金陵城，確實遍地都是生財之道。

「嗐，我們爺幾個倒是想花錢插隊呢，可渾身上下也湊不出二十文，小哥你還是問別人去吧。」何老爺子說道。

那流裡流氣的小子上下打量他們幾眼後，歪了歪嘴。「呵，沒錢還敢到金陵來！」說完又問其他人去了。

等那小子走遠，何老爺子才壓低聲音對沈澤秋幾個道：「城裡頭三教九流什麼人都有，咱們低調些，能不搭理人就不搭理。」

「欸，行，咱們繼續唱戲。」趙全點頭答應，一雙大眼睛警戒地注意周圍。

沈澤秋和胡掌櫃也都點點頭，隔著衣裳摸了摸貼身放好的銀票，心裡很穩當，也期待進城後的風光。

過了會，前頭突然吵嚷起來，一位穿長褂子的青年男子脹紅臉高聲道：「剛才說好了五文錢一個人，你怎麼變卦了？」

剛才那流氓兮兮的小子叼著草根，「呸」地吐出來，高聲罵了句，然後道：「五文錢往前插隊，插一個人五文！你自己耳朵塞住了沒聽明白，怪我呢？」

「你……這往前少說還有五、六十人，按照你的說法，我還得給你兩、三百文錢才能進城？算了，把錢還我，我自己排隊！」長褂男子氣呼呼地說道。

退錢？那自是不可能的事，這小子就是專門在此訛初到金陵的外鄉人的！他歪嘴一咧，笑嘻嘻地拋著掌中的五枚銅錢。「咱們的交易完成啦，恕不退還！你呀，往前挪一位是一位。」

「站住！光天化日之下，你這是明搶呢！還講不講道理了？」長褂男子上前想和那小子理論，誰料旁邊又衝出來兩個人，一左一右地架住長褂男子的胳膊。

「想說道理？走！和哥兒幾個到邊上說去！」他們沒好氣的呵斥著，氣勢洶洶，周遭沒一個人敢吭聲。

沈澤秋把這一幕幕看在眼中，對方人多勢眾又是本地人，不宜逞強，可這位長褂男文質彬彬，被拖走說不準會被痛毆一頓，出門在外都不容易，能幫一把是一把。

「欸，有話好好說，這位是我老鄉，我們是一起的。」沈澤秋上前攥住了長褂男子的手腕，沈聲說道。

這時候趙全也跟了過來，他個子魁梧，比這幾個流氓的塊頭大上一倍，站在一旁頗有震懾力。

幾個流氓互看幾眼，沒待說話，後面的胡掌櫃也發話了。

「大家都不容易，何必呢？」

這幾個小流氓就是恃強凌弱、吃軟怕硬的小癟三，一看沈澤秋他們身形高大，人又多，撇撇嘴沒說什麼，走了。

沈澤秋拍了拍長褂男子的肩膀，指了指自己排的位置。「和我們一塊兒排隊吧？」

「多謝。」長褂男子心有餘悸地點點頭。

回到隊伍中，何老爺子笑咪咪地問：「小哥，你是讀書人吧？」

「嗯，在下姓梅，名玉成，這次來金陵便是求學。」長褂男子點頭說道。

何老爺子微笑，讀書人遇見小流氓，不僅理說不通，還會挨打啊！

「還有最後一炷香時間，排在後頭的明日再來了──」此刻天已黑了大半，守城的士兵高聲喝著。

沈澤秋他們運氣好，剛好是最後一行進城的人。

夜幕降臨，華燈初上，徐徐的風悠然飄過。

他們穿過七、八丈深的城樓，舉目一顧，入眼的皆是繁華。街道齊整，鋪著青石板，兩邊的酒肆商鋪林立，一盞盞燈籠將城市點綴得如白晝般明亮。

行人熙熙攘攘，桃花鎮上最熱鬧的元宵燈會也不及金陵的十分之一。

「聽聞長安城是千百家似圍棋局，十二街如種菜畦，我看金陵城也是如此吧……」見到這麼壯闊的景象，梅玉成不禁嘆息。

望著香車寶馬徐徐駛過，穿羅裳的美人和俏公子絡繹不絕，沈澤秋暗暗想，這一趟來得值。

「咱們先找家客棧住下吧。」

十月末，大雪後沒多久，桃花鎮上落下了今年的第一場雪，雪花飛揚，在院子裡積下了薄薄一層。

小石榴滿了兩歲的生辰，又長高了一截，穿著紅色的小褂，和蓮荷的孩子一塊兒在院裡玩雪。

「哥哥！哥哥等等我！」小石榴喜歡和大孩子玩，蓮荷的兒子阿武今年五歲，小石榴最喜歡跟著他耍。

何慧芳搬張凳子在簷下一邊看孩子，一邊納鞋底。

趙大媽眼睛不好使，只好陪著聊天。「今年雪下得早，冷得也快哩。」

何慧芳點點頭，不免想到南下的沈澤秋。「是啊，也不知道澤秋他們怎麼樣了？」

趙大媽也想兒子了。「何姊，明天咱們去香山寺拜拜吧？」

「欸，這主意好！咱們多捐些香火錢，保佑孩子們平平安安的！」何慧芳說。

鋪子裡頭，安寧正在教女工們縫衣裳和繡花的技巧，都是徐阿嬤提點的，比如怎麼收針更好看？如何將衣裳縫得更平整？還有熨燙的技巧。最重要的一條，是學將羽毛縫製在衣裳上。

上回做的廣袖曳地裙就縫了羽毛上去，效果還不錯，今年安寧畫了幾款冬裳，都是要在上頭綴羽毛的。

「用針在羽毛的根部鑽孔，再用結實的線將羽毛整齊地穿好，攢成一串後，用布將尾巴包好，最後再縫到衣裳上，要能拆卸，好洗曬。」安寧一邊說一邊示範，白色的鵝羽墜在腰際或者裙襬處，自帶飄逸的仙氣。

「這樣可真好看，虧沈娘子能想出來！」

女工們無不心服口服，連誇安寧有本事，會想會做。

其中有個叫做芸娘的，學得最細緻，還把安寧放在櫃檯上的花樣子翻看了好幾遍，笑得眉眼彎彎，煞是嘆服。「沈娘子您畫的衣裳就是好看，我啊，就想不出來。」

慶嫂在一邊搭腔道：「這就是天分，旁人無論如何也羨慕不來。」

芸娘低下頭，露出一抹有些苦澀的笑來。

第二日早晨，雪還在下，香山寺的山路上白雪滿地，屋簷、走廊、院子裡樹梢上，都有瑩瑩白雪，風一吹，樹上落雪，天也飄雪，更添一層寒。

小和尚在院子裡掃雪，白淨的臉上凍出一對紅蘋果，「刷刷刷」的掃雪聲不停，忽然他停下來，把掃帚靠在一邊，蹲下身子，雙手從雪地裡捧出一隻受傷的小松鼠。

「師父，牠受傷了。」小和尚扭頭對站在斜上方高臺上的慧能道。

慧能走下來，掐指算了算。「徒兒啊，我看你收徒的緣分到了。」

「您是說……牠？牠也能皈依嗎？」小和尚不禁瞪大雙眼，呆呆地看了看縮在他掌中的小松鼠，有些不敢置信。

慧能呵呵一笑，目光慈愛地看著小徒弟。「萬物都有佛性，自然也能皈依，不過，你的徒弟不是這隻松鼠。」

小和尚興奮極了。「真的嗎？我能收徒了！他在哪裡？」

「阿彌陀佛，天機不可洩漏！唔，我和你師祖今日要下山，你好好地修行做功課，知道嗎？」慧能笑咪咪地摸了摸徒兒的頭，伸出一根手指。「為師給你帶根糖葫蘆回來。」

「好，師父、師祖慢走！」小和尚高興得快跳起來了。他的表情一向淡淡的，很少喜形於色。

到了下午，雪停了，小和尚站在大殿門口，手捧小松鼠，正等他的徒弟緣。

「欸，小和尚，你師父在嗎？我們想為遠行的人祈福。」何慧芳站在石階上，笑咪咪地對他說。

小和尚頷首唸了聲佛號。「師父他們下山去了，二位施主請隨小僧來。」

小和尚領何慧芳和趙大媽到了禪房裡，帶著她們一塊兒誦讀經書。

末了，何慧芳和趙大媽各往功德箱裡丟了一吊錢，小和尚瞪大眼睛，攔都攔不住。

趙大媽和何慧芳安心了，愉快地下山回家。

小和尚面無表情地轉著念珠，他是不是被師父和師祖聯手騙了？

小和尚看看將黑的天，準備馬上回自己的禪房裡待著做晚課，不料半路腳滑踩空，滑到了山坡下！嘶——

小和尚委屈極了，師父怎麼連他也騙？他拍拍屁股正準備站起來，草叢後突然傳來嬰兒的哭聲。

待他走近，就見一個小嬰兒躺在草叢裡巴巴地看著他，襁褓裡有一張紙，歪七扭八地寫著嬰兒的生辰。

「小乖乖，師父抱你起來啊！」小和尚不顧摔疼的屁股，把嬰兒抱在懷裡。「阿彌陀佛，還好我摔下來看到了你，不然你豈不是要被野獸叼走？善哉、善哉！」

「冬吃蘿蔔夏吃薑，今天我買了幾斤大肉排，咱們燉蘿蔔湯喝！」

到了十一月，早晚都離不開炭火，壓箱底的棉褂子都翻出來穿了還覺得冷，非要守著火才能暖和些。

何慧芳大清早就去了菜市場，買好了菜回來，準備燉湯喝。

「好哩！」安寧笑了笑，抱起小石榴，跟著何慧芳到了後院。「娘，明天早上我帶澤平去趟縣裡，晚上就回來。」

「好，去吧，」何慧芳把肉、菜放到砧板上，拿出圍裙往身上捆。「新鋪子裝修得是不是差不多了？」

安寧點點頭。「陳畫師把圖畫好了，新貨架也擺了進去，我帶澤平去看看還有什麼要添的東西沒？順便和姜掌櫃商量些事。」

「嗯，好。澤秋這些日子不在家，可苦了妳了。」何慧芳嘆口氣，輕輕拍拍安寧的手背。幸好安寧性子沈穩，辦事情又妥當，就算澤秋不在家，也能把事情一件件處理得清楚明白，沈家能有這樣的好兒媳，真是祖上積德喔！

「澤秋哥去江南，才是真的辛苦呢。」安寧輕聲說道。

第二十五章

到了臘月，沈澤秋和胡掌櫃已經南下三個多月，按理該回來了。

胡雪琴和李遊的婚事定在臘月十五日辦，胡娘子生怕胡掌櫃回得太晚，趕不上親妹子的婚事，每日都和何慧芳站在清水口等船。

「他們怎麼還沒回來？」胡娘子每天起碼要唸叨數十遍，一下擔心船出事，一會又怕路上遇賊人、強盜，天天提心吊膽。

有她做襯托，何慧芳倒顯得冷靜多了，反過來安慰胡娘子。「沒事的，妳放心吧，那何老爺子下江南不知道多少回了，有他帶路，放一萬個心。」話是這麼說，其實何慧芳心裡也沒譜。

等啊等、盼呀盼，日子一天天飛快地過去了。

這天清晨，小石榴穿戴整齊，披上安寧親手裁的小披風，站在院裡奶聲奶氣地喊：「爹，碼頭！」

安寧給小石榴塗著防凍瘡的精油，親了親娃兒的臉。「想爹了？娘帶你去碼頭等他，好不好？」

小石榴的睫毛特別長，眨起眼來睫毛就像蝴蝶翅膀似的一扇一扇，非常可愛。「好，去碼頭，等爹爹！」

吃過早飯，何慧芳和安寧就帶著小石榴往清水口去了，留下沈澤平看家。

斜對門的三娘看著他們離開的背影，沒等半刻鐘就走到了沈家鋪子前，笑盈盈地說：「澤平，昨晚上我家院牆塌了幾塊磚，你能幫姊把磚頭壘一壘不？」

寒風料峭，穿桃紅夾襖的三娘就像臘月裡的一枝梅花，俏生生的。

沈澤平坐在櫃檯後愣了下，壘院牆他在家裡沒少幹，很簡單，一個「好」字已在喉嚨裡打轉，最後他搖搖頭。「不能，我不會。」

三娘討了個沒趣，訕訕地回自家麵館了。

「呼！」沈澤平長吐出一口氣，輕聲嘀咕。「牆倒了找泥瓦匠啊，找我幹啥？」

清水口的堤岸邊，沈家和胡家都在等船，說句望眼欲穿都不為過。入冬後船少了，今日又沒有霧，江面看得可清楚了，一眼能望很遠。

「哎，好像來了一艘船！」安寧指著遠方，高興地說。

何慧芳揉了揉眼睛，蹙眉納悶地嘀咕。「在哪兒？我怎沒看見？」

過了一會兒，一艘船的輪廓慢慢浮現在水天之際。

何慧芳大喜，連聲說：「哎呀，還是安寧眼尖！」

船很快就靠了岸，船舷上擠滿了要下船的人，一個個摩肩擦踵。

「娘、安寧、小石榴！」

一陣熟悉的聲音從人群裡傳來，幸好沈澤秋個子高，安寧和何慧芳循聲看到了他，見他平安歸來，她們懸了幾個月的心終於安了。

「爹爹！爹爹回來咯！」小石榴也開心地揮舞起小拳頭。

「娘，這兒人太多了，咱們去旁邊等吧！」船上的人急著下船，岸邊也有很多人，安寧生怕他們被人擠落水裡，招呼大家去旁邊的茶棚裡等。

胡娘子喜極而泣，不住地唸叨。「終於回來了，菩薩保佑啊！」

一下船，沈澤秋就興高采烈地說：「找到貨源了，咱們的新鋪一定能準時開業！」

安寧眨了眨眼睛，眼眶裡蒙上了一層水霧，鼻子有些發酸，壓著聲說：「太好了，澤秋哥，一路上辛苦了，咱們回家。」

「唉，回家！」沈澤秋見安寧紅了眼眶，不知為什麼自己也動了情，喉頭哽咽，用了全力才穩住聲音。

看著家中的一切，那麼熟悉，卻又有幾分生疏。走進內院，趴在角落睡覺的大黃和小黑睜開眼，夾著尾巴圍繞著沈澤秋轉圈，又嗅又看。

沈澤秋朝牠們吹口哨。「大黃、小黑，主人都不認得了？」

「汪汪嗷嗚——」、「汪！」兩隻狗嗅出了熟悉的味道，爭先恐後地往沈澤秋身上撲，高興得原地直蹦躂。安寧有些哭笑不得，狗爪子上沾著泥水，把沈澤秋原就沾滿灰的衣裳扒抓得更不成樣子了。

「沒事，反正待會兒要洗澡。」何慧芳樂呵呵地進灶房，和文嬸一塊兒燒熱水去了。

一行四人路上風塵僕僕，各自洗了澡，睡了一下午，到了晚上，一齊聚在沈家堂屋裡吃飯。

「我們在金陵的各坊逛了十多日，把布價問了一遍，各色棉麻、綢緞料子，均比青州便宜三、四成，簪子、水粉也是如此。」

「那兒的款式也比青州的多！」

這頓飯基本上是沈澤秋和胡掌櫃說，安寧及胡娘子等人聽。

「太好了，咱們的價格也能和雲裳閣的一樣了。」安寧心裡很高興。

沈澤秋點頭說不錯。

晚上睡覺時，安寧讓沈澤秋將頭枕在她的大腿上，輕揉他的額際，力度剛剛好，特別舒服。沈澤秋閉上眼睛，盡情感受著這一切。南下的三個多月，他沒有一日不想念安寧。

「就要去縣裡開業了，妳怕不怕？」他問道。

安寧想都沒想。「才不怕呢。」

沈澤秋睜開眼，彎起眼笑了。「安寧，我有東西送給妳。」

「什麼東西？」安寧真有些好奇。

沈澤秋下床把蠟燭吹熄了。「我拿給妳看。」

安寧不免在心裡納悶，什麼東西這麼神秘，要熄了燈才能看，莫非能在夜裡發光？

「好看嗎？」沈澤秋從包袱裡拿出一件赤色小衣，借著月光能看清楚上頭的並蒂蓮。

刷一下，安寧的臉紅透了，拿著小衣如燙手山芋，把耳朵尖都給燙紅了，呼吸急促混亂，嗔怪地瞪沈澤秋。「澤秋哥，你……越來越壞了。」

沈澤秋貼身靠近，在安寧耳畔吐氣說：「換上給我看看……」

臘月初八，沈澤秋他們回來的第三日一大早，沈家就與胡家雇了一艘船，把新進的貨運到清源縣新鋪子裡。

新鋪上下兩層，頗為氣派，入門左右各有四幅美人圖，氣質姿態各具風華，極是搶眼。新做的貨架前面可垂掛布疋，後面可放置整疋的衣料，一切都收拾妥當，夥計都是姜掌櫃的老熟人。

「貨源、店鋪、人都有了，咱們醜話說在前，把股份和分紅定一定。」姜掌櫃提議。

安寧點頭附和。「姜掌櫃說得不錯。」

「這樣，我倚老賣老，先說說我的想法。這鋪子和人都是我的，我占一成股份，剩下的你們兩家按出銀子的多少分，如何？」姜掌櫃說道。

沈澤秋和胡掌櫃都有些意外，這樣姜掌櫃也太吃虧了！

「我呀，活到這把年紀，錢財之物已經看得很淡，我是嚥不下這口氣。你們要是能打敗雲裳閣，我連這一成的股份都可以不要！」姜掌櫃說完，氣得直咳嗽，可見對雲裳閣恨得不輕。

「好，咱們齊心協力好好幹。」沈澤秋重重地點頭。

開業日期定在臘月十八日，姜掌櫃、胡掌櫃還有安寧都給老主顧們發了請柬，還要請舞獅隊來助興。

臘月十五，是胡雪琴和李遊成親之日，喜宴辦得熱熱鬧鬧，暗地裡被人笑話嫁不出去的胡家姑娘，終於覓得良緣。

桂婆婆也來吃酒了，嘆一句。「這胡姑娘還真有造化。」

成親的第二日，李遊的考察結果下來了，因他先後抓到了逃竄的土匪及採花賊，上面的人很滿意，給了勤職的評價，並調任宛縣縣令，是正七品官了。

胡掌櫃和沈澤秋見識過宛縣的治安之亂，沈澤秋不免為李遊捏把汗，而胡掌櫃就更愁了，妹妹剛出嫁沒幾日就要隨夫君赴他鄉，他捨不得。

「大哥、嫂子，你們放心，我們會過得好的。」胡雪琴倒是半點不愁，宛縣除了離家遠，沒什麼不好。李遊升官呢，這是好事，叫做喜事成雙，好兆頭。

李遊年後才赴任，剛好能趕上臘月十八新鋪開業，當日恰逢休沐，他帶著胡雪琴一起去清源縣。

也是巧了，清源縣令魏大人當日乘車出行，正為今年考核不佳而心情鬱悶，冷不防地看見李遊站在路邊，眼睛瞬間一亮。這李遊短短三年就能從主簿升到縣令，從他的屬下變成平職，不是個簡單人物。

他還聽說這次考核，刑部宣文山宣大人特意提了李遊的名字，細細一琢磨，魏大人更覺李遊前途不可限量，趕緊叫車夫停車，他要下車和李遊打招呼。

「李大人，真湊巧！你怎麼在此處？」魏大人樂呵呵的，隨口寒暄，說完一仰頭看到「寧秋閣」三個大字，咦，雲裳閣的掌櫃前不久孝敬了一大筆銀子，好像就是求他「關照」寧秋閣。

李遊對魏大人行拱手禮。「下官為寧秋閣開業而來，魏大人可要一同逛逛？」

「好，一起、一起。」魏大人滿口答應，立即把雲裳閣掌櫃的話完全拋在腦後。和巴結李遊相比，一點小錢算什麼？

隨著一陣鞭炮響過，舞獅隊賣力的戲耍著，敲鑼打鼓好不熱鬧。

見縣令魏大人也來捧場，縣衙的小吏衙差們反應過來，原來魏大人是站在寧秋閣這邊的啊！他們生怕自己站錯邊，紛紛前來恭喜捧場。

看著斜對門熱鬧的場景，清源縣雲裳閣分店的掌櫃方良平冷哼一聲。「走著瞧！」

新店開業，鋪子裡的東西全部便宜一成，比雲裳閣還便宜，加上徐阿嬤所繡的衣裳一掛，瞬間吸引了很多人的目光。縣裡有錢人比桃花鎮多多了，紛紛來問價。

不過想要一炮打響，風頭蓋過雲裳閣，這些還遠遠不夠。

所以，安寧找到了一對雙胞胎姊妹來幫忙。

這對姊妹命不好，生下來就被父母扔在菜市場，餓得奄奄一息時才被發現，許是餓過了頭，姊妹倆長到十六歲還是面黃肌瘦，被戲稱為醜姑娘。

見安寧把醜姑娘姊妹二人叫出來，鋪子裡的太太、夫人們蹙地蹙起眉，不屑地問：「沈娘子，妳叫醜姑娘來做什麼？」

更有嘴損的直接戲謔道：「說實在的，看著她們那張醜臉，我飯都吃不下了！」

安寧安慰地拍拍姊妹倆的肩，站在人群中認真地說：「世上天生麗質的有幾人？只要穿戴打扮合適，就能煥然一新，不信且看。」說完招呼姊妹二人坐下，分別由蓮香和蓮荷負責挽髮、梳妝，並去房間裡換上新衣裳。

香粉遮住了蠟黃的臉色，厚厚的劉海被梳上去，露出姊妹二人飽滿的額頭，還貼上水滴形的花鈿，描眉點唇後，細小平淡的五官也有了亮彩。

姊妹二人身形嬌小，換上束腰闊擺裙後顯高了不少，比之前那套寬大的夾襖好多了。

「喲，原來妳們長得不醜嘛！」

「是了，這樣打扮出來雖稱不上大美女，但說句小家碧玉也不為過呀！」

剛才說看見姊妹倆會吃不下飯的人，也被調笑了。「妳看看，人家打扮起來比妳還好看呢！」

眾人見證了醜姊妹的大變身後，對寧秋閣的好感飛升，誰不想變得更美、更好看呢？於是紛紛搶買。

開業的第一次亮相，寧秋閣出足了風頭。

「在寧秋閣幫忙的那對姊妹叫什麼？」

幾日後，雲裳閣掌櫃方良平派人打探寧秋閣的情況，尤其是店裡的夥計。在聽說有對姊妹是沈家娘子的得力幹將後，起了興致。

「姊姊叫蓮荷，妹妹叫蓮香。」管事哈腰答道。

方良平笑笑，若有所思。「如果把她倆挖到我們雲裳閣來，寧秋閣一定元氣大傷。」

「這……恐怕很難，那蓮香年後就要和沈家的姪子成婚了。」管事的蹙眉說道。

方良平笑笑，不屑一顧。「為了錢財，親手足都能反目，這有何難？」

一連三日，清源縣新鋪的生意非常好，寧秋閣每日辰時四刻準時開店，可辰時初，店鋪門前就已經有幾位客人在等了。

姜掌櫃將自家一棟小院借給安寧他們暫住，離新鋪不遠，坐車一刻鐘就能到。

「沈娘子，今日我最先來，妳得第一個接待我！」

她剛下馬車，等在鋪子前的客人就笑盈盈地說話了。

初升的太陽灑下微暖的朝陽，將安寧的臉鍍上一層白光，越發顯得白淨恬雅。她柔柔一笑，鬢邊的鎏金珠簪微顫，有股說不出的典雅韻味，聲音也極純柔好聽。「好，那是自然。各位久等了，隨我進去先喝一杯熱茶吧。」

人一旦打扮起來，變得體面漂亮了，就會收穫很多誇讚，而誇讚聲養人，兩年前只算清秀的蓮荷姊妹兩個，如今往鋪子裡一站，和安寧在一起，就如三朵金花，同是寧秋閣的活招牌。

清源縣城有許多的富家太太、夫人，買起東西來毫不手軟，還經常互相攀比，妳有的我也要有，是以，鋪子裡的胭脂、首飾都銷得特別好，沈澤秋從金陵進的貨品種類多，很多款式及花色連青州都沒有，稀罕得不得了。

「這支燒藍簪子我要了，幫我包起來吧！」胡夫人家有十幾間商鋪，出手特別的闊綽。

「這支點翠的也包起來。」

而陪她一起來逛的何夫人家境要遜色一籌，但她長得比胡夫人好看，斜眼瞅了瞅胡夫人的暴發戶做派。「胡夫人就是豪氣，買這麼多是準備回家開首飾鋪子啊？」

「送人吶！」胡夫人笑笑。「妳喜歡哪個？我送妳。」

「真的啊？我喜歡這一支！」何夫人一聽，眉眼瞬間充滿笑意，把早就看上的琉璃簪拿起來。剛才還有幾分妒色，現在全是討好的笑意。「多謝胡姊姊了！」

安寧在邊上瞅著，無奈的搖頭。

蓮荷、蓮香也看慣了這些太太們的「姊妹深情」。

待胡夫人付完帳，提著一摞首飾盒、胭脂水粉出門時，何夫人亦步亦趨地跟在她身後，連聲誇讚。

「胡姊姊，妳今天選的簪子真好看，每一支都襯妳。對了，這身湖綠色的襦裙是什麼料子呀？真顯貴……」

望著客人走遠，蓮香快言快語。「胡夫人真傻，看不出何夫人原來是陰陽怪氣嗎？現在得了好處又厚著臉皮拍馬屁，哼！」

安寧蹙眉搖頭，叮囑蓮香。「不要在背地裡議論客人的是非。」

「知道了。」蓮香鼓了鼓嘴，自知失言，低頭收拾櫃檯去了。

而鋪子外頭，胡夫人提著大包小包爬上了自家馬車。

早上何夫人是和胡夫人一塊兒坐胡家馬車來的，現在要回去，她自然要跟著上馬車。

不料胡夫人卻掀開車簾，露出笑容道：「真不巧，我待會兒還有事，不便載何夫人妳回家了，請自便，我先走一步。」

何夫人瞪大眼睛，開什麼玩笑，她家離寧秋閣足足有半個時辰的路，胡夫人不載她，難不成要她走回去嗎？「這天寒地凍……」何夫人忙開口說話。

可惜胡夫人沒管她，乾脆俐落地放下車簾，車夫馬鞭子一甩，馭馬走了，留給何夫人的只有一陣寒風。

車廂裡，胡夫人拿起脂粉、首飾把玩打量，越看越滿意。都是成精的狐狸了，何夫人跟她耍什麼花花腸子？收拾何夫人這一回，下次就不敢造次了！

「來，大家歇會兒，吃點熱的暖暖身子。」

忙了一早上，安寧去旁邊的小飯館點了十來碗糖水湯圓，招呼夥計們過來吃。

糖水甜滋滋的，還有薑的鮮辣，圓嘟嘟的湯圓一口咬上去糯糯的、軟軟的，裡面包了花生、芝麻，吃起來特別香。一碗熱氣騰騰的糖水湯圓下肚，夥計們胃裡、心裡都暖呼呼的。

「沈娘子、沈掌櫃，謝謝哩！」

他們做了這麼多年的活，跟過幾任掌櫃，沒有一位像沈家人這般和善，不擺掌櫃架子，還請他們吃糖水。

「不客氣，今年我們臘月十八開業，臘月二十四關門回鄉過年，雖然只營業六天，過年的紅包我不會少了大家的。熱糖水明日還有。」安寧微微頷首，笑盈盈的說話。寧秋閣能順利開業，生意興隆，離不開店裡每個夥計盡心盡力的做事。

「太好了，我們一定好好幹！」

「從今往後，我們就是一條心！」

寧秋閣的夥計幹著活有糖水湯圓吃，而雲裳閣的夥計累死累活，卻迎來了他們頭兒徐管事的一頓破口大罵。

「你們一個個幹什麼吃的？每日的銷售都在下滑！再這樣下去，別說是過年紅包，就是月錢都發不起了！從今日起，吃晌午飯的時間縮短一刻鐘，都給我提起精神來好好幹！」

雲裳閣的夥計們一聽，個個心裡都不樂意了，有個膽肥的小夥子嘀咕了一嘴。「剛開始四刻鐘，後來三刻鐘，現在又減一刻鐘，還叫人吃飯嗎？」

徐管事耳朵靈，聽見了，擰眉把小夥子從人堆裡扯出來，厲聲呵斥。「管事的在前面訓話，你在後面唱反調，按照店規，該打三個板子！」

「憑什麼？」小夥子脹紅臉爭辯，氣得不輕。

徐管事拿起短棍。「憑雲裳閣給你們發高於市價的工錢！不想幹的可以走，想幹的就要守店規！」

這個出頭的毛頭小夥子被徐管事收拾慘了，吃晌午飯的時候還生悶氣，拚命地扒拉著稀粥往嘴裡灌。要不是為了攢彩禮錢娶秀秀，他才不受這種窩囊氣呢！

「掌櫃的好！」

「掌櫃的您來啦！」

他正埋頭苦吃，身邊的工友忽然紛紛站起來問好。他們的方掌櫃怎麼會來夥計們吃飯的地方？

小夥子疑惑地抬起頭，看見方掌櫃笑著對他點點頭，甚至毫無架子地蹲在他旁邊，滿臉關切地問他話。

「你就是今日挨板子的小子？」

「嗯。」小夥子放下裝稀粥的大碗公，心裡有些忐忑，莫不是要解雇他吧？

旁邊其他夥計也很緊張，一雙雙眼睛不由自主地瞄過去。

方掌櫃慈祥地拍拍小夥子的肩，從身上摸出個藥瓶給他，嘆一口氣後，懇切地說：「徐管事今日打你，是因為每家店都有自己的規矩，沒有規矩不成方圓。可你挨了打，我也很心疼，這瓶藥酒專治跌打損傷，早晚塗一次，傷很快就好了。」

這時候，旁邊的夥計們都被感動了。以前一直以為方掌櫃很高高在上，原來他是最有人情味的那個！

小夥子目送著方掌櫃離開的背影，一個唱紅臉，一個唱白臉，誰不懂啊？哼！

吃過了晌午飯，雲裳閣和寧秋閣的夥計們就像在打擂臺般，使出渾身解數招攬客人。

「來自州府的新料子，在我們清源縣是頭一份，價格又公道，快進來瞧瞧看看吧！」

「品質有保證，童叟無欺！」

雲裳閣的夥計們吆喝得熱火朝天，鼻尖上都滲出了汗。不過這一陣吆喝，暫時把寧秋閣的風頭蓋過幾分，客人左右猶豫，最後被雲裳閣招攬去大半。

安寧在鋪子裡聽見了，略一思索，附耳在夥計們耳邊說了幾句。

「快來看、快來瞧，從金陵城新進的料子、首飾、脂粉啦！」

「江南佳麗地，金陵帝王州，這料子全清源縣獨一份，還有金陵的味道哩……」

路上行人一聽，對金陵味道充滿了好奇，進寧秋閣一聞，果真香氣撲鼻。

原來沈澤秋還從金陵買了很多香料回來，掛在鋪子裡打樣板的料子，都用香料熏過，聞起來特別香。

這時候路邊走來一位三十出頭、穿藍布棉襖，腳踩棉布鞋的婦人，她挎著個素色小包袱，在雲裳閣和寧秋閣之間猶豫了一會兒，最後選擇朝離自己更近的雲裳閣走去。

婦人穿得乾淨，衣裳上也沒有補丁，可在雲裳閣夥計的眼裡，這已是大大的寒酸，一看就是窮光蛋，恐怕連店裡最便宜的衣裳都買不起，招呼她是白白浪費自己的時間，所以，婦人在一樓逛了圈，夥計們忙前忙後，殷勤地招呼客人，可卻沒一個笑臉是給她的。

「哎喲，妳怎麼回事？幹麼站在路中央吶？」穿綢裳的柳夫人沒留神，撲在了這位藍衣婦人身上，頓時柳眉一蹙，很是惱火。

「這位大嬸，求妳沒事就出去吧！」夥計說完，又給那生氣的柳夫人賠罪。「都怪我沒看好路。」

藍衣夫人正色道：「我有事，我是來做衣裳的。」

「就妳那窮酸樣？知道這是什麼地方嗎？可不是妳這種鄉下人能買得起的！」柳夫人斜眼瞟過去，冷聲諷刺道。

店夥計也一肚子火，這次說話更不留情了。「柳夫人說的沒錯，這位大嬸，妳悠著點哈！」說完殷勤地招呼著柳夫人上二樓去了。

藍衣婦人抿抿唇，出了雲裳閣，徑直往寧秋閣去。

夥計們都在忙，只有安寧有空閒，她想也沒想，笑著走上前。「客人請到裡面看看。」

藍衣婦人剛受了一肚子的悶氣，見到安寧的笑臉，心中不禁一酸。「妳不怕我買不起？」

安寧微愣。「就算買不起，看看也好。」

「……我想看看衣裳料子。」藍衣婦人抿了抿唇。「不知城裡的人愛穿什麼，給我挑最流行的吧。」

安寧微笑。「好，隨我往這邊來。」

藍衣婦人邊走邊打量著店中的美人圖，接著面有憂色地摸摸自己的臉頰，嘆了口氣。

安寧思忖著給她介紹了幾款實惠的棉料，三百文就能訂一套，是不貴的。

「店家娘子，等等。」

藍衣婦人突然眼睛一亮，指著徐阿嬤所製的嫁衣問：「這件衣裳怎麼賣？」

安寧回過身，那嫁衣是徐阿嬤做的，她特意問過徐阿嬤能不能賣，徐阿嬤說可以，並定了黃金五十兩的高價，安寧壓根兒沒想過會賣出去，五十兩的黃金，就算楊家、林家這樣的富人，也不會捨得買。「五十兩黃金。」

藍衣婦人往前走了兩步，出神地望著火紅的嫁衣，欣賞上面的祥雲、鴛鴦，然後一字一頓地說：「我買。」

這話一出，把周圍的客人和夥計們都驚呆了。這五十兩黃金可不是小數目啊，能抵一間好地方的商鋪呢！

「這位夫人，可是家中有姊妹要成婚？這嫁衣的尺寸還需試過才知合適不合適呢。」安寧道。

藍衣婦人輕搖頭。「不必試，我買回去不穿，只是掛著。」說完鎮定地從不起眼的包袱裡掏出一張五百兩的銀票。「這能抵五十兩黃金。」

安寧接過銀票。「能抵。可五十兩黃金不是小數目，夫人您不多想想？」

藍衣婦人搖頭，知道安寧是在為她考慮，笑著答道：「我有錢，沒事。」

一件能抵一間旺鋪的嫁衣裳，在一炷香的時間裡便賣掉了，見證了這一幕的客人無不驚訝得嘴巴都合不攏。

「這位婦人是什麼來頭啊？穿得那麼樸素，出手竟然如此闊綽？」

「除非……是船老闆唐雙的家眷。」

這時候，和唐家相熟的一位客人靈光一閃。「是了，聽說唐老闆在老家的夫人來清源縣了，莫不就是這位？」

很快地，寧秋閣裡那件價值不菲的嫁衣被人買走了的消息就傳遍了清源縣。

知道是誰買走的以後，雲裳閣的夥計把臉給垮成了一個苦瓜。哎呀，那位豪客明明先來他們雲裳閣啊！到手的鴨子，就這麼飛了！

蓮香和蓮荷高興得不得了。「沈娘子，多虧了您慧眼識珠，不像對門的，狗眼看人低！」

過了會兒，沈澤秋進來了，笑著對安寧說：「放心，正是唐家夫人買的。」

那就好。唐家家財萬貫，掌握著清源縣的船運網，區區五十兩黃金，對他們不算什麼，於是安寧徹底放下心了。

新鋪開業，桃花鎮只留下了沈澤平和趙全看家，就連何慧芳也帶著小石榴去縣城了。

麵館子的三娘怎麼會錯過這個好機會？三天兩頭的來尋沈澤平，偶爾還會撩撩趙全。

不過沈澤平已經學乖了，三娘的話一概不理；而趙全本就是個木頭樁子。

三娘自覺無趣，雖然每天都往對門瞟，可懶得上門撩閒了。

臘月二十二這日，何慧芳帶著小石榴先回了桃花鎮，等二十四沈澤秋、安寧，還有毛毛都聚齊了，再一輛馬車回沈家村過年。

「咦？沈澤平上哪兒去了？」回到花街布行的鋪子裡，何慧芳順口問了趙全一句。

趙全抓了抓頭。「俺也不曉得。」

三娘自從被何慧芳懟過一回後，就沒和何慧芳說過話了，聽到何慧芳在找沈澤平，她抓了把瓜子，一邊嗑，一邊走過來，挑了挑眉，淡淡地說：「沈老太太去賭場看看吧。」

何慧芳大驚。「妳說啥？」

三娘抿了抿唇。「您去看看就曉得了。」

何慧芳先回到自家鋪子裡，把小石榴哄睡著了，越琢磨越覺得不對，三娘沒必要和她扯這種謊，而且趙全剛才的神情也不對，一看就是心裡有鬼。

「趙全，你同我說實話！你真不知道沈澤平上哪兒去了？」何慧芳把腰一插，氣勢拿得十足。

趙全一下就慌了，苦著臉說：「俺真不知道，不過，俺估摸著是在。」

這回答把何慧芳氣得夠嗆，沈澤平一向懂事、識大體，什麼時候染上賭錢的惡習？安寧的二叔就是讓賭給害慘了！她頓時被氣得腦門子嗡嗡響，頹然地往凳子上坐。沈澤平要是學壞了，她怎和二哥二嫂交代？唉，愁死了！

「他啥時候學會賭的？」何慧芳問趙全。

趙全想了想。「也就這三五日吧，澤平他在茶樓認識了幾個朋友，說帶他去賭場玩玩。」

何慧芳點點頭，原來是交上了壞朋友，被帶壞了。她站起身，叫上趙全和她一起去賭場找人。

賭場裡，沈澤平荷包裡的三兩銀子已經輸光了。一開始他是贏的，從今天下午起，那手氣就臭得不得了。

一年前沈澤平就做了桃花鎮兩家鋪子的管事，月錢也逐漸漲到每月八兩，逢年過節還有大紅包，往家拿了足足有一百多兩銀子，留在沈澤平身邊的一個月只有一兩，他會給蓮香買點小禮物，還給錢讓蓮香捎回家，手上剩得不多了，那三兩銀子已經是他所有的私房錢。

他認識的朋友高個子的叫虎子，矮胖的叫大頭，他們見沈澤平滿臉掃興地從賭場裡出來，忙一左一右地跟出來。

「澤平，眼看手氣要好轉了，你怎出來了？」虎子一把攀住沈澤平的肩膀。

沈澤平拿起空蕩蕩的荷包，翻了個底朝天。「不玩了，錢都輸光了。」

矮大頭三兩步追上來。「不會吧，寧秋閣的管事，輸個三五兩就怕了？你不想翻本了？」

「我……」沈澤平想想覺得很不甘心，尤其是被他們兩個你一言、我一語的激將後。那三兩銀子原先想叫蓮香拿著給家裡人買年貨的，現在好了，三百文都掏不出。

「欸，澤平，我認識一個大哥，能借錢，我帶你去借？不要利息！」虎子見沈澤平似有鬆動，用肩膀碰了碰沈澤平，壓低聲音說道。

「沒錯，剛才手氣都變好了，待會兒肯定能翻盤！」矮大頭也連忙勸。

沈澤平想了想，最後搖頭。「算了，不借。我回去了。」

他來賭場是因為從沒見識過，好奇心重，現在知道了賭場的厲害，已經不想再來。三兩銀子，輸了就輸了，他輸得起，也認了。

「欸，別走啊……」虎子和矮大頭還想勸，上前去拉沈澤平的胳膊。

這時候何慧芳帶著趙全來了，怒氣沖沖地罵道：「你們幹什麼呢？扯澤平幹麼？」

虎子和矮大頭一看，謔，是沈家老太太！而且沈家和李大人關係好，一般的流氓地痞根本不敢惹，虎子和矮大頭也是，當即拔腿就跑了。

沈澤平一看何慧芳來了，臉霎時被嚇白了。「嬸娘，妳啥……時回來的？」

「和我回家！」何慧芳氣得不輕，瞪了沈澤平一眼後，轉身往家走去。

等回到鋪子裡，沈澤平以為何慧芳會打他，或者罵他，可何慧芳沒有。

堂屋裡有沈家祖宗的牌位，她嘆了一口氣，說：「跪下，你當著列祖列宗的面，好好想想。想想你爹娘、你哥哥姊妹，還有咱們做生意的不容易，蓮香的不容易，唉……」

這一聲嘆息落下來，沈澤平比被打罵了一頓還要難受。

一直到臘月二十四，沈澤平都跟霜打了的茄子一樣沒有精神，而且最怕見到蓮香，他不知道該怎麼面對她。

可蓮香啥也沒說，牽著沈澤平的手道：「澤平，往後你改就成了。」

沈澤平詫異道：「妳不怪我？」

「不怪。」蓮香踮腳，用指頭點點沈澤平的額頭，笑了。

沈澤平也安心地露出微笑，鄭重地承諾。「我改，我再也不賭了。」

臘月二十四很忙，既要忙著收拾回鄉的東西，又要給店裡的夥計發紅包，回到沈家村已經是傍晚了，還好二嫂吳小娟和先回鄉過年的梅小鮮提前幫著打掃了家裡，褥子啥的曬過了太陽，桌子、凳子抹掉了灰塵，院子也掃得乾乾淨淨的。

一家子坐下來歇了會，安寧和沈澤秋聽何慧芳把前兩天沈澤平賭錢的事細細說了一遭，安寧想想覺得不太對勁，賭場有專門借錢給賭客的人，利息往往高得嚇人，可那個叫虎子的竟然能找到免息借錢的門道？這細琢磨下來，倒像是故意給澤平下套，拉他下水般。

何慧芳一琢磨也覺得後怕。「還好咱們發現得早！」

沈澤秋點頭同意。「年後我和安寧肯定得去清源縣守著新鋪，讓蓮香回桃花鎮吧，有她管著澤平，沒問題的。」

「欸，咱們搬走了，花街鋪子裡就空蕩蕩的了。反正還有空廂房，乾脆叫小鮮嫂子他們搬過來住吧？一來他們省了房租，二來順便幫咱們看看家。」安寧提議道。

何慧芳覺得這主意妥。「行呀，吃完了我就和澤玉講。」

臘月二十五日，天才矇矇亮，對門的雞叫了幾嗓子，何慧芳就醒了。

今天的中午飯，沈家三房都聚在大房家吃，她趕著去大嫂家裡幫忙。

小石榴見奶奶出門，也想跟著找沈澤玉的大兒子弘兒玩。

沈澤秋和安寧這些天為新店忙得腳不沾地，她把小石榴也一塊兒帶去，正好叫他倆多休息休息。

「安寧、澤秋，早飯熱在灶上，你倆吃了再睡個回籠覺吧，我領小石榴上大伯家去了。」

安寧剛穿戴好，正用熱水洗臉，從廂房裡探出頭來應了聲好。

冬日的朝陽淡淡的，看著村裡的一草一木，一年只回來四、五次的小石榴啥都感到好奇。今日小石榴穿的是湖綠色的小棉褂，腳上是一雙小皮靴，何慧芳穿的是深色的棉坎肩，下罩一件暗紋的對襟長褂。

這打扮在何慧芳看來就是尋常，可在村裡人眼中，便是頂級的貴氣了。

吳鳳英帶著禾寶沒吭聲，等何慧芳走過了才小聲地和旁邊的村民嘀咕。「喲，聽咱桂生說，人家都在縣裡開鋪子了，那得是多大的家產吶！瞅瞅，現在都不太搭理咱們了，果然人有錢了，這排場就上去了，咱們這些人根本不被她放在眼裡！」

其實從前沈澤秋窮的時候，何慧芳就不愛搭理她們，她們也不愛和何慧芳扯閒天。

何慧芳知道吳鳳英在背後嘀嘀咕咕，但何慧芳沒理，現在呀，她也只敢小聲叨叨了，不想和她一般見識。

往前走沒多久，迎面遇上了唐小荷，她「喲」了聲，陰陽怪氣地說：「你們穿得真好，真有錢吶！」

何慧芳一手牽著小石榴，一手提著東西，抬起眉毛看了唐小荷一眼。「是啊，我們家就是有錢了，我穿得起！」

「……」唐小荷一噎，反倒是沒話可言了。

沈澤玉幫人打家具，日子也過得好，年前就修好了新房，磚砌的，四間廂房、一間大堂屋，地盤不夠，還花銀子買了屋後邊人家的半塊地，在堂屋後圍出了一個小院。

二房家也蓋了新房，沈澤文跟沈澤武兄弟挖魚塘、種果樹，也把日子過得很好。

唯獨被唐菊萍捧著養大的沈澤石最遜色。

和沈澤玉一起學手藝吧，現在已經晚了；學沈澤文、沈澤武兄弟倆養魚、種樹，他又吃不了那個苦；像毛毛、澤平那樣離家當學徒，也太晚了，何況家裡老小還要人照顧。

沈澤石煩死了，總埋怨唐菊萍偏心。這不，今日又鬧騰起來了。

沈澤鋼起身勸。「澤石，你冷靜點。」

沈澤石一瞪眼。「哥，你少站著說話不腰疼！」

「我怎了？」沈澤鋼莫名其妙的。

「你種著幾十畝田，日子也好，當然不懂我的難處了！」沈澤石高聲道。

這時何慧芳剛好牽著小石榴進院裡來，沈澤石早被叮囑過，三房回來過年是難得的團圓，別鬧得彼此難看，所以沈澤石打了聲招呼後，就一頭紮到房裡了。

這頓團圓飯吃得很和睦，就連王桂香也安安靜靜不作妖。

吃完了飯，何慧芳一家四口要回去了，王桂香在桌底下悄沒聲響地踹了沈澤石一腳。快去啊！她無聲地說道。

沈澤石乾咳幾聲，看著何慧芳他們走了，然後趁著大家不注意，悄悄跟了上去。

「嬸娘、安寧嫂子，等等我！」毛毛穿著一身藍布棉褂，笑著追上來。一晃眼，毛毛過了新年虛歲就到十三了，他長得特別快，個頭已經到了沈澤秋的下巴，五官越長越開，不像小時候那樣虎頭虎腦，反倒有了些小少年的乾淨秀氣。「妮妮給小石榴送了本書，我昨天忘記給你們了。」毛毛說著，從懷裡掏出一本書。

安寧接過翻開一看，是一本畫冊，畫的是兩小兒辯月、孔融讓梨等幾個小故事。

何慧芳順勢摟住了毛毛的胳膊。「這禮物送得好！過完年回去，你幫嬸娘謝謝妮妮！她今年十歲了吧？還是特別愛看書？」

「嗯，特別愛看，我也跟著看。」毛毛說起妮妮，臉上就有笑。「妮妮要是個男兒身，恐怕能中狀元呢！」

安寧把畫冊子拿好，覺得這還真有可能。「毛毛，去家裡坐會兒吧，聊聊天。」

「好！」毛毛今年過年借住在二房家，和沈澤平擠一張床，他不是和沈澤平待一塊兒，就是往沈澤秋家跑。

沈澤石默默地看了會兒，有毛毛在，他實在不好意思開口借錢，觀望了一會兒後，便悄沒聲息地回了。

「咱們煮點茶喝吧，剛吃了飯，還真有點膩。」

一進院門，何慧芳就把圍兜穿上身，一邊說，一邊往灶房裡生火去了。

沈澤秋把炭火燒旺，端到了堂屋裡。

小石榴圍著毛毛轉，聽毛毛說故事。

不一會兒，天陰下來，飄起了細細的雪花。

熱茶在杯子裡嫋嫋地冒著熱氣，配上兩碟炒貨，守著一爐旺火，一家人說說笑笑，這日子別提多美了。

毛毛把小石榴抱到膝蓋上，一邊給他剝橘子，一邊說：「明年掌櫃的要帶著我一塊兒北上，去大山裡收山貨，聽說那地方雪下得特別厚，能有半丈高，人參、鹿茸的品質都非常好。」

安寧喝了口茶。「真好，欸，學徒裡還有誰去？」

「沒別人了，就我。」毛毛有些靦腆，又有幾分自豪。「掌櫃的說我眼力好。」

沈澤秋欣慰地拍了拍毛毛的肩。他是自己親自送出去學徒的，能有好造化，沈澤秋也很高興。

毛毛的話音才落，沈澤平拿著個小簍子來了。

何慧芳還氣他去賭錢，調侃了他一嘴。「眼力差的來了！」

「嘿嘿……」沈澤平抓著頭髮擠眉笑笑，對毛毛說：「跟我到田裡挖泥鰍去？」

毛毛在貨棧天天不是學本事就是讀書，挖泥鰍、掏鳥窩這些事好久沒幹了，到底只是個半大的孩子，聽沈澤平一說，眼睛一下子就亮了。「我去！」

沈澤秋也起了玩心，把茶喝完了站起來。「走，哥帶你們一塊兒去。」

安寧笑著囑咐道：「你們都小心點。」

「我也要、我也要！」小石榴一看兩個小叔還有爹爹都要出去捉泥鰍，立即邁著小短腿，噔噔噔地追了上去。

沈澤秋把小石榴提起來扛在肩上。「走嘍，爹帶你長見識去！」

男人們都走了，屋子裡陡然清靜不少。

何慧芳剝著南瓜子，這瓜子炒得又香又脆，吃起來很香，她用一塊乾淨手帕墊著放剝好的瓜子仁，待會兒小石榴耍完回來就能吃哩。

「安寧，我瞅錢掌櫃挺看重咱毛毛的。」何慧芳邊剝邊說。

安寧也有這種感覺，而且毛毛和妮妮又能玩在一塊兒，加上錢家只有一個女兒，很難讓人不多想，錢掌櫃是不是有意想培養毛毛做接班人？

「娘，毛毛聰明，招錢掌櫃喜歡挺正常的，咱們順其自然吧。」安寧道。

何慧芳點頭。錢掌櫃一家都是實在人，毛毛要是真和妮妮有緣，倒也合適。

驀地，對門響起了吵嚷聲。

「好好背，為了讓你讀書，我和你爹在家頓頓喝稀飯，你姊也不知跑哪裡去了！么兒，咱們家可全靠你了啊……」

雪停了，對門劉春華拿了一包米糠出來篩裡面的碎米，見么兒在邊上玩雪壘房子，登時氣不打一處來，迎頭就是一通訓，把背對她的么兒嚇得一激靈。

么兒過了年就十二了，胖了些，臉圓圓的，四肢粗壯，他把眉毛耷拉下來，手指扣著衣角，鼓起勇氣說：「娘，俺不想唸書了。文夫子說了，俺就不是那塊料。」

劉春華一聽，差點沒把手裡的篩子給打翻，氣得鼻子都歪了。「你說啥？」

么兒一看他娘這樣就怕，不過這次他膽子肥了，推開院門就往外跑，這樣就不用看見他娘可怕的臉了。

「么兒，你幹啥去？」劉春華要氣瘋了。

么兒邊跑邊說：「玩！」

這時候王漢田出來了，攔住放下篩子準備追出去的劉春華，咳嗽幾聲，擰眉勸道：「算咧，娃兒大了，玩會兒就玩會兒吧！我看這書，就不該讀。」

「你說啥？」劉春華把怒火挪到了王漢田身上，也顧不上去追么兒了。

何慧芳把剝好的南瓜子仁用手帕包好，嫌吵，出去把院門掩上了。

屋子裡，安寧把紙筆拿了出來，上回徐阿嬤繡的嫁衣被賣掉了，她想再畫一件，叫徐阿嬤幫忙繡。徐阿嬤住的小竹屋太破舊了，安寧已經和沈澤秋在桃花江邊上租了一個僻靜的小院讓她住。

徐阿嬤習慣了安靜，一開始還不願意搬家，發現小院周圍安安靜靜的，才同意搬過去。

「安寧，忙完了早點歇會兒，別累著了。」何慧芳說道。

「嗯。」安寧抬起頭，笑著應了。

日子一天天過得飛快，一眨眼就到了除夕夜，照例是在大房家吃年夜飯。

這些天沈澤石一直沒找到機會提借錢的事，正月裡更不適合借了，氣得王桂香直踩他的腳。

到了正月裡，何慧芳和安寧一直在準備給熟客的拜年禮：一斤臘肉、十個糯米糍粑、一斤家釀的米酒。打包成一份，送到楊夫人、田夫人這樣的熟客府上。

而夥計們的開年紅包也要提前備好，聽說雲裳閣夥計們的月錢很高，寧秋閣自然不能落於人後，這些算下來，又是一筆開支。

新的一年初八才開業，沈澤秋他們初五就得坐馬車去桃花鎮了，初六胡家舉辦家宴，李遊帶著胡雪琴初七要出發去宛縣赴任，他們要去為李遊踐行。

「澤平，好好聽你嬸娘還有哥嫂的話，知道嗎？等春天你和蓮香的婚事一辦，你就是大人了。」二嫂吳小娟握著沈澤平的手，連聲囑咐。

「我知道。」沈澤平的臉都紅了。

隨著一聲響亮的馭馬聲，馬車輪子碾過薄薄的積雪，行駛在空曠的道路上，輕風吹起車簾，能看見草地上已經抽出零碎的綠芽。

沈家人過完年回到了鎮上，而雲裳閣的方掌櫃根本沒有回青州過年。

拉沈澤平去賭場的虎子和矮大頭畏畏縮縮地站在他面前，愁眉苦臉地說：「這沈澤平不上道啊……」

「沒用！」方掌櫃氣得摔了杯子。「吃喝嫖賭，就不信他一個都不喜歡！你們腦子都不會轉的嗎？桃花鎮宜春樓的姑娘，個個都是美人胚子！」

虎子和矮大頭恍然大悟，伸出大拇指誇。「還是方掌櫃有辦法！」

初六一大早，沈澤平跟著沈澤秋一塊兒給熟客送拜年禮，虎子和矮大頭就站在布坊斜對門盯梢，準備趁沈澤平落單，就帶他去宜春樓吃酒。

李遊和胡雪琴用過了早飯，正攜手沿著街道慢慢往胡掌櫃家走去，李遊敏銳地發現了沈家對面那兩個鬼鬼祟祟的身影，細看了幾眼，不正是去年打架訛人，最後跑掉的兩個犯人嘛！他立刻回頭對隨從耳語幾句，不一會兒，在街上巡邏的田老四就帶著衙差過來，把虎子和矮大頭逮個正著。

「真倒楣！我就說咱們該出去避一避風頭再回來的！」虎子悔不當初，埋怨起矮大頭。

「老子就是聽了你的渾話！」

這下矮大頭不幹了。「你要不圖方掌櫃給的十兩銀子，我求你，你也不會來啊！」

他們兩個蹲在陰暗潮濕的牢房裡扯皮，而外面不知情的方掌櫃還等著他們的好消息呢！

吃了踐行家宴，第二日清晨，李遊便帶著胡雪琴奔赴宛縣上任。

沈澤秋一家也到清水口來為他們送行，船開了，胡雪琴和李遊並排站在船舷上，揮手向他們道別。「你們回去吧，我們會常回來看看的——」

話音未落，一直表現得十分堅強的胡雪琴忽然鼻子一酸，濕了眼眶。船漸漸駛遠這一刻，她才清楚地感受到離別的傷感，今後再想見親人、朋友，就難了。

船舷上風大，李遊取了披風披在胡雪琴身上，一邊幫她繫帶子，一邊溫聲說：「外面風寒，去船艙吧。以後有時間，我就帶妳回來看看。」

胡雪琴「嗯」聲點頭，眼眶雖然還紅著，心裡卻因李遊的話而泛起陣陣暖意。

「唉，李大人的官做得挺好的，為啥被調去宛縣吶？那地方不是土匪橫行，治安極差嗎？」送完了李遊，沈澤秋和家人一塊兒回花街，路上何慧芳想不明白，疑惑地問了一句。還好胡小姐不是啥禁不起風吹雨打的嬌花，不然去了那民風剽悍的地方，還不知道怎活哩！

沈澤秋把小石榴抱起來，讓他騎在自己的脖子上，爺倆一個逗、一個笑，玩得不亦樂乎，小石榴銀鈴般的笑聲又脆又響，何慧芳生怕他把嗓子都給笑啞咯！

「娘，這您就不知道了，官場上有個不成文的規矩。」沈澤秋把小石榴放下來，讓他牽著安寧的手自己走路，嘴裡同何慧芳解釋著。「像咱們桃花鎮這樣平安的地方，一般都是新官上任，而宛縣這種比較亂的地方，則要有經驗的官去赴任，李大人要是能把宛縣治理得平平安安，以後還能升官哩！」

這樣一解釋，何慧芳才恍然大悟。「喲，原來是這麼一回事啊！」

第二十六章

初八早上鞭炮聲一響，寧秋閣新的一年便開始營業了。

上回買喜服的藍衣婦人早早就來到鋪子裡，打扮得依然很樸素，藍布褂子，頭髮挽成一個簡單的髮髻，簪著一枚銀簪子，怎麼瞧、怎麼看都不像是唐家這種門第的夫人。

「唐夫人，裡邊請。」安寧笑著迎她進來。

從進門開始，唐夫人的目光就一直落在安寧身上，安寧穿著鵝黃色的綢緞夾襖，身段纖瘦，朱唇皓齒，氣質如山上雪般純淨溫柔，眸中笑意點點，讓人感到倍加舒服。

「沈娘子，我想打扮得像妳們一樣。」唐夫人直言不諱，一進到鋪子裡，就開門見山直說了。

安寧引唐夫人到旁邊的小桌邊坐下，店夥計端了兩碟糕餅，泡了一壺茶上來，安寧給唐夫人倒了杯茶，聲音輕輕的。「唐夫人想換一身打扮，這髮型、妝面、首飾，還有衣裳鞋襪都得換，您，可想好了？」

唐夫人家中富貴卻一直打扮得很樸素，今日來說想換打扮，定是家裡出了什麼變故，不過這是客人的私事，安寧沒有多問。

「想好了，就是想好了才來的。」唐夫人摸了摸不再年輕的面龐，自嘲地笑笑。「年輕時苦過了、累過了，趁著臉上還沒長滿皺紋，我該好好享受享受了。」

安寧笑著點頭。「唐夫人說得太對了。既然如此，隨我到小隔間來吧，清靜。」

在新鋪裝修的時候，安寧就特意叫泥瓦匠隔出了兩間小屋，裡面有梳妝檯、屏風，還有座椅、小几，專門用來接待唐夫人這樣從頭到腳都想改變的客人。開業時有雙胞胎姊妹做示範，已經陸續接待過好幾位想改變的女客了。

唐夫人是鵝蛋臉，加上她的年齡，適合大器些的髮髻，安寧為她綰了拋家髻，選了兩支金絲嵌珠簪子左右各簪了一支，頭頂簪了兩支淡藍色的琉璃花簪。

她五官本就標緻，敷上香粉，淡掃蛾眉，點上正紅的口脂，抹上一層淡淡的胭脂，再換上一身深藍色的綢緞對襟束腰裙，立刻就有了貴婦人的氣派和雍容。

「沈娘子的手真巧，配得真好看，我都不敢相信鏡中的人是我。」唐夫人出神地望著銅鏡中的自己。「再給我配幾身，至少五、六套。」

安寧心算了一筆帳，唐夫人所選的衣裳和首飾都是店裡最貴的貨，要是挑上五、六套，少說也需二、三百兩銀子。

「這也太貴了吧?!」唐夫人這回來，身邊還跟著一個粗布衣裳的小姑娘，臉圓嘟嘟、紅彤彤的，大概是風吹日曬得狠了，十幾歲的丫頭，臉上被風吹出來幾個凍瘡，聽見買衣裳要二、三百兩銀子，登時嚇得嘴巴都合不攏。

唐夫人笑了笑，沒回答丫頭的話，而是對安寧說：「幫這丫頭也買幾身棉布衣裳。」

「好，我去取衣裳，唐夫人稍等。」安寧頷首後離去。

唐夫人這才輕輕哼了聲，對身邊的丫頭說：「我不花，這錢就要被別的人花了。金鳳，這縣城不比咱們鄉下，妳以後說話，要學著沈穩些，不要一驚一乍的。」

金鳳咬著唇，點點頭。

不一會兒，安寧招呼夥計們把衣裳包好拿了過來，足足有八、九套衣裳，加上胭脂水粉和首飾，能裝滿大半個箱子。

「一共是三百二十兩。唐夫人，要不我差人直接送到府上去吧？」安寧提議道。

唐夫人付了錢，點頭說好，正好她帶金鳳還有事要做。

蓮荷見鋪子一開門，就賣出了這樣一筆大單，心裡可高興了。「咱們開門紅呢，沈娘子真厲害！」

「也非我一人的功勞，忙了一個早上，大家都累了，蓮荷，妳去隔壁的飯館買些熱的吃食給大家墊墊肚子吧。」安寧眉眼帶著笑，攥著銀票心裡很高興，決定犒勞一下大家。

蓮荷喜孜孜地去了。

斜對面的方掌櫃是看著唐夫人走出寧秋閣，氣得鼻子都要歪了。

徐管事進來送帳本，忍不住勸道：「掌櫃的，我們這些天的利潤也不錯，淨利均下來快到一百兩銀子，照這麼下去——」

「不夠，遠遠不夠！」方掌櫃背著手，焦躁地在屋裡踱步。他和雲裳閣簽的合同，是要把分店做到全縣第一，這樣他可以拿八成的淨利潤，並得到鋪子兩成的股份，但若做不到第一，則要空手而歸，雲裳閣總店會換新的人過來接手掌櫃這個位置。

徐管事和店裡的夥計都不知內情。

「聽說寧秋閣每到換季之時，都會推出新款衣裳，若我們能拿到沈娘子的花樣本就好了……」方掌櫃沈聲道。

徐管事沈吟著，用大拇指摩挲著下巴上的鬍茬，想了想。「這也不難，只要買通寧秋閣的裁縫娘子，讓她把新款式偷出來，不就成了？有道是，有錢能使鬼推磨！這件事我去辦。」

「行，就交給你了。」方掌櫃點點頭。

說來也是湊巧，上回被打的小夥子此刻就在門外。秀秀的爹生病了，他本想來預支一個月的工錢，不料恰好聽到了他們的對話，小夥子往地上無聲地呸了呸，原來管事的和掌櫃的心思這麼陰暗！他沒敲門，躡手躡腳的離開了。

清源縣的夜晚比桃花鎮要熱鬧很多，正月初一到十八晚上，每日都有夜集。

這天晚上，一家人吃過晚飯後，帶上小石榴一塊兒出去逛夜集。集市上人來人往，熙熙攘攘，小販支著攤子，高聲吆喝叫賣著。

一家人正悠閒地逛著，一個人影忽然飛快地跑過，順勢往沈澤秋身上扔了一個紙團，然後像泥鰍似的，鑽入人群後一下子就不見了。

安寧和沈澤秋都感覺到莫名其妙，沈澤秋把紙團從地上拾起來，鋪平了和安寧一塊兒看，只見上面用墨水歪歪扭扭地寫了幾個字：小心花樣本！

一共才五個字，有兩個字都錯了筆劃。

安寧和沈澤秋對視一眼，彼此感覺到更加奇怪了。

沈澤秋不禁後悔剛才沒追上去，他左右四顧，周圍全部都是遊人，人擠著人，有賞景的、聊天的、買東西的，哪裡還有那塞紙條的人的影子。

安寧把紙條折好放在荷包裡，溫聲對沈澤秋說：「既然他好心提醒，我們該有所防備才是。」

「妳說的沒錯。」沈澤秋點頭同意。

寧秋閣的花樣本都放在櫃檯後的抽屜內，鋪子裡的裁縫娘子皆可以隨意看，舊款早就上市了，洩漏了也沒什麼要緊，所以安寧推測，小心的該是這一季的新款。

晚上歇息時，安寧正坐在梳妝鏡前梳髮，長而順的烏髮披在腰後，露出白皙修長的脖子，有股纖弱的美感。

但沈澤秋知道，安寧纖弱的外表下，藏的是能獨當一面的堅強。他剛把小石榴哄睡著了，抱去何慧芳的屋子裡，進屋掩上門後，他走到鏡子前，揉揉安寧的肩膀。

「安寧，我剛想到一個法子，咱們造一本假的放在抽屜裡，若鋪子裡真有內鬼，定會露出馬腳。」

安寧想想，覺得沈澤秋說的很有理。

自己小心慎行，以真心待人，可真心換來的不一定是真心。

第二日，安寧在放花樣本的抽屜裡，放了一本畫了一半的「新款」花樣本。

蓮荷因為常去隔壁小飯館買吃食，和飯館掌櫃的娘陸大媽混了個臉熟，陸大媽在清源縣城人脈廣、消息靈通，全縣的家長裡短就沒有她不知道的，蓮荷就是從陸大媽嘴裡聽到了關於唐家的事。

「沈娘子，我知道唐夫人為什麼一次買這麼多衣裳和首飾了！」蓮荷一見安寧就走過去，將聽到的消息悉數說了。「唐老闆原先是個窮小子，而唐夫人家境富裕，是村裡的富戶，娶了唐夫人以後才有本錢進城做生意，最後發了家。」蓮荷說完後「嘖」了聲，毫不掩飾自己的厭惡。「可唐老闆發家後，就娶了一房姨娘，姨娘跟唐老闆住在縣城，倒叫唐夫人留在老家吃苦，美其名曰守家、侍奉長輩。縣裡早有流言了，說唐老闆寵妾滅妻，早想將唐夫人休了，抬姨娘為正妻呢！」

何慧芳也在鋪子裡，聞言忍不住罵了句。「這唐老闆還是人嗎？」

「要我說，不是人，這不就遭報應了嘛！」蓮荷壓低聲音。「聽說唐老闆生病了，病得要拄枴杖才能走路哩！唐夫人這回就是進城來照顧他的。」

安寧嘆了口氣，這樣說來，唐夫人的打扮和舉動就能說得通了。

「唉，可憐了唐夫人。」蓮荷嘆息，沒把話說完。唐夫人打扮得再美，也不知還能不能挽回唐老闆的心？

說曹操，曹操就到。蓮荷的話才落下音，門前便來了一輛馬車，唐夫人帶著金鳳，還有一位臉生的姑娘進來了。

安寧挑選的衣裳、首飾都是很符合唐夫人的氣質，她現在就像變了個人似的。

「沈娘子，我又來了。」

「歡迎，裡面請。」安寧盈盈一笑。「唐夫人這回想要些什麼？」

唐夫人微笑著搖頭，指了指跟在她身邊的姑娘。「今天不是我買，是我身邊這位姑娘，叫做喬兒。」

喬兒姑娘站在唐夫人身後，怯生生地抬起頭來。唐夫人叫她往前幾步，她乖乖的應聲，行如弱柳扶風，聲如黃鸝嬌啼，是個極標緻的姑娘。

唐夫人給這位喬兒姑娘花起銀子來，也是毫不手軟，什麼脂粉、首飾、衣裳、鞋襪，只要是適合喬兒的，根本不看價錢，直接包起來就是。

這一番打扮下來，又是一百多兩銀子的花銷。

蓮荷可太喜歡唐夫人這樣的客人了，一點都不難伺候，而且買得又乾脆又多！

「沈娘子，您說這喬兒姑娘又是誰呀？」蓮荷有些想不明白。

安寧搖搖頭。「我也想不透，應該是唐夫人親近的人吧。」

蓮荷和安寧都沒有想到，喬兒真實的身分是唐夫人買來的貼身丫鬟。她琴棋書畫樣樣都會一些，外表文靜柔雅，其實心細且頗有城府，是唐夫人花大錢從南邊買來的瘦馬。

唐老闆的病來勢洶洶，唐夫人一顆熱滾滾的心早在日復一日、年復一年的等待中被凍結成冰，以前看見唐老闆滿心皆是歡喜，想要他的關懷和寵愛，現在留下的全是麻木甚至是厭惡，唐夫人只想爭取到自己該有的東西。

府中的王姨娘囂張又跋扈，生了一雙兒女，儼然把自己當成了唐府的女主人，自唐夫人來了以後，天天在唐老闆面前訴苦、裝柔弱，企圖趕唐夫人回去。

「喬兒年輕貌美，一定要爭氣呀！」唐夫人握緊喬兒的手，望著喬兒如花似玉的臉，認真地說：「只要我們贏了，我就想辦法幫妳脫了賤籍，再給妳一大筆錢，幫妳尋一個良人過好日子。」

喬兒點點頭，清澈的眼瞳閃著粼粼波光。「夫人放心，喬兒都明白。」

唐府裡的風雲變幻，血雨腥風，哪怕是陸大媽這樣消息靈通的人也不曉得，她只知道唐夫人常常在寧秋閣買東西，且出手闊綽。

「哎喲，寧秋閣的東西就是好，不然這唐夫人為何買了一回，還接二連三的願意來呢？」

有陸大媽做傳話筒，很多人都知道了，許多雲裳閣的主顧也紛紛跑到寧秋閣來嚐新鮮。一時間，寧秋閣的風頭大大蓋過了雲裳閣。

方掌櫃急得嘴裡長滿了泡，一不小心還從樓梯上摔了下去，把腳踝扭傷，現在走起路來一瘸一拐的。他催了徐管事很多回，終於在元宵節後，把寧秋閣新的花樣本拿到手！

「這是真的？」方掌櫃簡單地翻看了下，揚了揚手中畫好了大半的花樣本，問站在他面前的芸娘。

芸娘連忙點頭，拍著胸脯說絕對是真的。「我在寧秋閣做了兩年的活計，沈娘子的花樣本都放在抽屜裡，我知道的。這本還沒畫完，上面的定是今年春天的新款。」

方掌櫃剛才說話太激動，牙齒不小心咬到了嘴裡的泡，疼得他倒吸一口涼氣，不過花樣本拿來了，他心裡還是很高興，把本子遞給徐掌櫃，說：「按照上面的顏色，和青州總部要些貨，咱們要趕在寧秋閣把新款做出來前上新。哼，我看他們到時候拿什麼上新！」

芸娘嚥了嚥口水。「方掌櫃，本子我拿來了，您的承諾是不是也該兌現了？」

「當然。」方掌櫃叫人拿來二十兩銀子給她。

芸娘拿上銀子，歡天喜地的走了。

天近日暮，安寧揉了揉胳膊，正準備整理好櫃檯就吩咐夥計們關鋪門。

「安寧，姜掌櫃今晚請客吃飯，邀請了我們，和我一塊兒回家換身衣裳吧。」沈澤秋走過來說道。

安寧點點頭，放下手頭上的東西，隨沈澤秋回家準備赴晚上的飯局，臨走前囑咐蓮荷把鋪子給關好。

入夜，繁星點點，姜宅燈燭閃閃，一派熱鬧的景象。

而寧秋閣門口，卻來了一個不速之客，從背影看是個身形很矮小的人，用鑰匙小心翼翼地開了門，來到首飾架子前，毫不猶豫地伸出了手。

夜深了，月亮升起，如夜明珠一般潔白無瑕。

「什麼人在裡面?!」

安靜的夜晚，一丁點動靜都會被無限放大，陡然響起的低喝聲把鋪子裡的人嚇得一激靈，來不及多反應，推開寧秋閣的門，像隻老鼠似地竄了出來。

衛石本來正提著包袱，漫無目的地在街上遊蕩，見狀連忙追了上去。

他就是雲裳閣裡被徐管事打，並且想攢錢回村娶秀秀的小夥子，由於性子比較急，徐管事早看他不順眼，今天終於找到由頭，把衛石趕了出來。

「站住！別跑——」

夜深了，圓月高懸，亮如玉盤。

姜宅燈火通明，人聲鼎沸。姜掌櫃不僅邀請沈澤秋，還邀請了縣裡其他的布坊掌櫃。

「這次家宴，我舊事重提，還是想成立清源商會。」

姜掌櫃這些天受到很多人請求，想透過他和沈家搭上關係。沈澤秋去金陵進貨，找到了便宜貨源把成本壓了下去，和雲裳閣打擂臺，可縣城裡其他的布坊進的還是貴的青州貨，經營上還是舉步維艱。

姜掌櫃琢磨了許久，沈澤秋千辛萬苦去一趟金陵不容易，沒有叫他白白幫大家進貨的道理，因此提議成立商會，推舉沈澤秋做商會的會長，諸位掌櫃提前把貨錢給沈澤秋，貨進回來之後，適當地加一至二成的價批發給各布坊。

從一開始沈澤秋就沒想過壟斷便宜的貨源，他和安寧商量了一會兒，當即同意了姜掌櫃的提議，但箇中細節，還需要細細商量著來。

「沈掌櫃大仁大義，等於救了我一家老小的性命啊，我敬你一杯！」

見沈澤秋點頭同意做會長，並為大家提供貨源，其他布坊的掌櫃紛紛起身敬酒。他們要麼是小本經營，沒有盤纏跑一趟金陵；要麼是不識去金陵的路。若沈家不鬆口，想像雲裳閣一樣壟斷整個市場，他們便一絲活路也沒有了。

「大家太客氣了，並驅才能爭先。」沈澤秋站起來，回敬各位的酒。

就算姜掌櫃不提，沈澤秋和安寧也早就想到了。全縣的布坊團結起來，才能徹底的打敗雲裳閣。

走出姜宅大門，沈澤秋一手提著燈，一手護著安寧，二人並排走在街上。

姜掌櫃想叫下人套車送他們回去，沈澤秋搖頭婉拒了。

「趁著月色好，我想和妳一塊兒走走。」他對安寧道。

安寧淺笑著點頭，一縷髮從鬢角邊滑落，軟軟地垂在肩頭，眼瞳格外明亮，輕柔一笑的樣子，讓沈澤秋想起第一次見她時的模樣。時間過得真快，一晃眼，三年多了。

「走吧。」沈澤秋幫安寧掖好鬢角的碎髮，和她一起步入夜色中。

此刻剛過了戌時四刻，街道兩邊的酒樓、茶肆還點著燈，路上行人三三兩兩，伴隨著徐徐的微風，好不愜意。

安寧慢悠悠地想，這便是偷得浮生半日閒了。

路過一家快打烊的糕點鋪，沈澤秋去買了最後一包綠豆糕。「留著明早就茶做早食吃。」

安寧點點頭，一邊和沈澤秋慢慢往家走去，一邊在心裡算了一筆帳。「假設縣裡加鎮上一共二十家布坊要咱們幫著進貨，一家要三百兩的貨，加總就是六千兩，我們賺一成半的差價，一次就能掙近一千兩銀子，足夠在縣裡買間商鋪了呢！」說完安寧笑起來，越算心裡越高興。「要是一年去兩次，就能掙二千兩！」

沈澤秋忍不住刮了刮安寧的臉，笑意從心底漫到眼底，眉眼和煦。「可這樣，我便有六個月都在路上，不能陪著你們了。」

「……嗯。」安寧咬著唇，剛才還為能多賺銀子高興，轉眼間便愁眉苦臉起來，她也捨不得沈澤秋一直在路上奔波。「這是個問題，要是咱們有自己的船隊……」

話未說完，迎面走來一個熟人阿婆。「沈掌櫃、沈娘子，你們寧秋閣遭竊啦！好多衙差在鋪子前呢，快去看看吧！」

沈澤秋和安寧忙謝過阿婆，快步往鋪子的方向去。好在他們離鋪子不遠，走到街口拐一個彎就到了。

原來芸娘偷了花樣本賣給雲裳閣以後，還貪心不足，想偷幾支簪子帶上回桃花鎮，結果不慎被提著包袱、無處落腳的衛石給發現了。

沈澤秋認出衛石就是對他扔紙團的人，加上他幫忙抓住了芸娘偷竊，經過詢問得知衛石目前無處可去後，便收了衛石做夥計，至於芸娘，則被趕來的衙差帶走了。

翌日清晨，吃早飯的時候，何慧芳才聽沈澤秋他們說了昨夜的事。

沈澤秋要做清源商會的會長，她一聽還挺高興的，就是擔心去金陵的路太遠，怕萬一路上出點岔子，家裡人不知消息，都照應不到。

「娘，這回我會多帶些人還有錢去，您放心吧。」沈澤秋拿起一個綠豆糕咬了一大口，邊吃邊寬慰何慧芳。他故意表現得輕輕鬆鬆，為的就是不叫娘和妻子擔心。

吃完了早飯，安寧才把昨晚鋪子裡鬧賊的事說了。

何慧芳一聽，登時氣得不行，這芸娘在桃花鎮的時候就跟著他們做事，平日裡也沒虧待過她，怎麼會做出這種沒有良心的事！她又是心寒、又是後怕，還好沒偷成功，那都是白花花的銀子吶！

一開鋪門，衙差就到了，說下午魏大人便會開堂審理芸娘偷盜的案子，可過沒一會兒，還是那個衙差，又過來傳話了。

「女犯芸娘在獄中病倒了，魏大人有話，等犯人病好些再開堂審理。」

等衙差走了以後，蓮荷忍不住嘀咕了一嘴。「一進大牢就病倒了，這麼嬌貴啊？手髒偷東西的時候倒是身強力壯的！」何慧芳氣得慌，挑起眉哼了聲，恨不得馬上看到芸娘受審。

臨近傍晚的時候，雨終於歇了，唐府派人來請安寧還有沈澤秋到府上去量衣裳，順便留下參加晚上的宴會。

下了一日的雨，雖然路面沒有積水，可從寧秋閣走到唐府門前，整整兩刻鐘，安寧的鞋面和裙襬還是濡濕了一層。

沈澤秋極是心疼。「咱們家該備一輛馬車了，以後颳風下雨時外出，就不用這麼狼狽。」

「但養一匹馬得要好多草料呢，這花銷可不小。」安寧在心裡算了筆帳，覺得不太划算，她拂了拂沾染在衣襟上的水霧。「為了馬車，咱們還得找一個車夫。」

沈澤秋想到一個折衷的法子。「那咱們養頭騾子吧！力氣比驢大，又比馬勤快，吃得也不多，至於車夫，趙全和衛石都會趕車，我也會。」

走在前面的唐府夥計聽見了，笑得合不攏嘴。「沈掌櫃，哪有掌櫃的趕車的？您別逗了。」

沈澤秋笑了笑，他還真不是逗著玩，想想車廂裡坐著孩子、安寧還有娘，他在前面趕車，也是一樁美事哩！

「夫人，寧秋閣的掌櫃和掌櫃娘子到了。」

安寧和沈澤秋是頭一回來唐府，這是一間三進三出的大宅子，花草樹木鬱鬱蔥蔥，裝修得十分豪華氣派，府中小廝、婆子加起來恐怕比林府還要多。

唐夫人坐在前廳，身邊有一個坐輪椅、膝上蓋著厚毛毯的中年男子，想來就是病重的船王唐老闆了。

「老爺，今日我把寧秋閣的老闆叫來了，咱們家從上到下，都做身紅衣裳，沖沖喜。」

唐老闆咳嗽幾聲，點了點頭，聲音有些沙啞。「……可以。」

這時候，站在唐夫人身後，打扮得花枝招展的王姨娘笑了笑，看唐夫人時眼神裡透著幾分譏誚，可面對唐老闆的時候便全是柔情密意了。「老爺，奴家覺得這主意不太可靠啊！全府上下都做紅衣裳，這得花不少銀子呢！老爺您不是說了嘛，這錢要花在刀口上的。」

唐夫人冷冷一笑，看了看扶輪椅的喬兒。

喬兒會意，站出來蹲下身，幫唐老闆掖了掖腿上防寒的毛毯，眼眸清澈如水，聲音又嬌又糯。「清風道長幫老爺算過，老爺是火命，這紅色代表著火，正好利老爺。再說了，花錢花在刀口上，按照姨娘的意思，老爺的身體難道不重要嗎？」說完喬兒佯裝失言，用帕子捂著嘴，小聲地說：「我是不是說錯話了？」

唐老闆越有錢，越是怕死，現在哪怕只有一點點希望，他也要搏一搏！最近有個清風道長醫術不錯，深得他心。給全府上下做身衣裳而已，他當然樂意，並對剛才王姨娘的小家子氣感到不滿。

「妳說的對。」唐老闆對喬兒點點頭，就差沒直接趕王姨娘走了。

王姨娘一看這架勢就預感到沒好事，今天唐夫人和喬兒肯定設計了陷阱等著她鑽，可她沒法子，只能硬著頭皮訕訕地說：「剛才是奴家失言了，老爺別生氣。」

安寧和沈澤秋站在一邊默默的看，安寧眼觀鼻、鼻觀心，別人家的家務事，最忌諱外人摻和，她只當作自己一點都看不懂；沈澤秋倒是真沒看懂，只覺得氣氛有些古怪。

「沈掌櫃、沈娘子，我們唐府上上下下有一百多口人，這做衣裳一定很麻煩吧？」唐夫人問。

安寧點點頭，他們幫林府做過一回，笑著答道：「是呢，要先選好料子跟款式，一百多人還需輪流排隊量尺碼，之後我們會安排女工們盡快將衣裳裁剪縫製妥當，中間的程序是挺繁瑣的。」

唐夫人點點頭，扭頭對唐老闆說：「這樣複雜，我一人可忙不過來，不如叫喬兒來協助我吧？」

話音未落，王姨娘的臉色登時難看得不行，雙眼狠狠瞪著唐夫人，恨不得衝上前直接開罵。在唐夫人來清源縣城前，家裡的中饋一直是她掌的，唐夫人來後，她已經交了一半的權，可這黃臉婆竟還不知足，連另外一半也想搶走？叫喬兒幫忙做事，就是在分她的權！

「老爺——」王姨娘剛開口想撒嬌，離唐老闆更近的喬兒卻搶先開口了。

「老爺，奴家忽然想起一事，昨日清風道長說，姨娘是水命，這水剋火……」喬兒眨了眨眼睛，又怕又怯的模樣，極其招人憐愛。

唐夫人「喲」了聲，傾身對唐老闆道：「老爺，這五行相生相剋，咱們不得不信。王姨娘是水命，恐怕有礙老爺的身體，最好離府避一避。」

王姨娘氣得直跳腳，原以為唐夫人只想要她手裡的管家權，原來這麼狠心，竟要直接把她趕出去！「老爺，我——」王姨娘話沒說完，唐老闆就用帕子捂著嘴，激烈的咳嗽起來。

現在他有了新歡喬兒，又一心信任清風道長的話，根本不聽王姨娘說話，喘勻了氣後，艱難地說：「就按夫人……吩咐的辦。」

一場唐府內部的爾虞我詐，真實地在安寧眼前展開。

唐夫人的目的達到了，陪安寧走到了偏廳，唐夫人雲鬢朱顏，一身錦繡華服，周身瀰漫著大夫人的威儀，完全沒有了年前穿布衣時的落魄樣子。

「叫沈娘子見笑了。」唐夫人的目光有些黯然。

安寧搖搖頭，淺笑有度。「並沒有。」

唐夫人嘆了口氣，而後勾唇微微一笑。「衣裳的事情價格好說，就是工期得快些，我們要得急。」

「好，唐夫人放心，我們寧秋閣人多，一百多套衣裳，不出十日定能完工。」安寧認真地說道。

晚上唐家開席了，請的都是縣裡有頭有臉的人物，姜掌櫃也來了，和沈澤秋、安寧坐一桌。

安寧特地留意了主桌，白天那位叫王姨娘的果真不見了。

散席以後，沈澤秋和安寧走在路上，再回味起白天的事情，他終於品出了一些不同尋常。「唐府要給府裡的人做衣裳，叫管家去辦便是，怎麼還叫主家自己管呢？」

安寧扭頭看了看沈澤秋，有些無奈地嘆了口氣。若不如此，唐夫人怎麼找理由奪了王姨娘的權呢？

「別想這些了，咱們看看夜景吧！」安寧語氣輕快，眼角眉梢都帶著笑。

沈澤秋幫她攏了攏衣裳，「嗯」了一聲。

魏大人收了雲裳閣的好處，知道芸娘的事情和他們有關，故意拖延了幾日才開堂，但芸娘在牢裡嚇破了膽，直接把事情的來龍去脈全部交代了，魏大人就是想保雲裳閣也不得，按律判了芸娘勞役，雲裳閣方掌櫃有教唆罪，當堂被打了板子。

打完板子後，方掌櫃和徐管事在店夥計的攙扶下，捂著屁股一瘸一拐地站起來，在一陣陣嘲笑聲中狼狽離去，一時間成為滿縣城的笑柄。

雲裳閣的掌櫃出了這麼大的洋相，鋪子裡的生意也一落千丈，原先還能和寧秋閣打一打擂臺，現在就像洩了氣的魚泡泡，浮不起來了。

知道消息後，何慧芳高興得合不攏嘴，這就是現世報啊，活該！

來清源縣以後還沒有一家子好好坐下吃頓飯哩，她立即挎上菜籃子，去菜市場買了新鮮的排骨、一尾活蹦亂跳的鯉魚，回家好好張羅了一桌飯菜。

魚做成糖醋魚塊，用酒加鹽先把處理好的魚塊醃製一會兒，去腥提味，接著燒熱油鍋，把醃製過的魚塊放入鍋裡，小火慢煎，直到魚的兩面變成誘人的金黃色，再剷出來，這時魚塊已經散發出誘人的香味了。

何慧芳洗了一把碧綠小蔥，把蔥白切下來，和薑蒜一塊切成末，起油鍋後倒在鍋裡爆香，一股蔥香味撲面而來，香氣飄飄，就連隔壁院都能聞見。何慧芳往鍋裡加水、酒、醬油、白糖還有醋，小火慢熬，直熬出一鍋又稠又香的糖醋汁來，才把炸得外焦裡嫩的魚塊倒入鍋中翻炒。

直到每塊魚肉、每一寸都裹上糖醋汁，何慧芳才盛出來，撒上一撮白芝麻和切好的蔥絲，既好看又好吃，勾得人口水直流。

排骨則和蘿蔔燉湯，排骨先焯水，晾乾水分後下油鍋略翻炒幾下，再加水以大火燒開，之後小火慢慢燉，直燉得酥爛脫骨，再加切好的蘿蔔塊進去，繼續燉上半小時，這時候湯汁甘甜，蘿蔔綿軟，吃起來又清爽、又養胃。接著炒了盤青菜、一碟藕片，從罎子裡挖了一碟鹽蘿蔔出來做配菜。

天色一暗，沈澤秋、安寧還有蓮荷他們就回來了。

「咱們好久沒慶祝過了，該坐下來好好吃頓飯哩！」何慧芳還沽了一斤黃酒，招呼大家坐下來吃。

今晚月光特別亮，久違的星星也佈滿了蒼穹，春風吹呀吹，把院裡的花草都吹出了嫩芽，一頓飯吃得大家心裡都暖呼呼的。

孩子們最先吃飽，跑到院子裡玩躲貓貓，笑聲清脆得像銀鈴。

沈澤秋喝了兩杯黃酒，感到身子暖呼呼的，安寧給他盛了碗湯，讓他喝著解一解酒氣。

「我和胡掌櫃商量好了，三月初我和他再去一趟金陵，這回會進很多的貨，回來後批發給縣城還有桃花鎮的布坊。」沈澤秋喝了幾口湯後說道。

這事安寧早就知道了，輕輕拍了拍沈澤秋的手背。

何慧芳捨不得，不過這金陵城是非去不可的，她嘆了口氣。「路上多個心眼，可別像上回那樣往黑店裡鑽了。」

沈澤秋點點頭。「娘，您放心吧，這回我有經驗了。這次衛石也跟著去，那小子還會點拳腳功夫呢！」

何慧芳一聽，安心多了，多帶個人去，路上就多個幫手。

三月初一，沈澤秋和胡掌櫃及何老爺子帶上夥計們，一塊登上了南下的船。

雲裳閣成了全縣人的笑柄，青州總店知道後，周玉派了自己的徒弟韋飛鴻來接替方掌櫃，重振旗鼓。

「師父，妳放心吧，看我的。」韋飛鴻二十多歲，長得一表人才，原先是青州雲裳閣分店的管事，是周玉一手培養起來的。

周玉滿意地點點頭。「雲裳閣第一次嘗試在縣城開店，我們只許成功，不能失敗。」

韋飛鴻點點頭。「徒弟明白的。」

三月中旬的某日清晨，安寧正在鋪子裡教大家裁剪新款春裳的細節，忽見沈寂許久的雲裳閣門前，鑼鼓喧天，鞭炮聲響亮，門前排滿了長隊。

蓮荷蹙起眉，對安寧說：「沈娘子，我去打探打探，看看這雲裳閣又搞什麼么蛾子？」

安寧對蓮荷招招手。「我和妳一塊兒去。」

她們走到雲裳閣正門，剛好見到韋飛鴻走出來，穿著湖藍色的綢裳，眉眼帶笑，十分的溫文儒雅，拱手謙和的說話。

「諸位鄉親、街坊，在下姓韋，名飛鴻，是雲裳閣的新任掌櫃，初來乍到，還請各位多多指教。為了回饋鄉鄰，我本人出錢，訂做了一千枚香囊，每日贈送一百只，連續十日，先到者得，送完為止。」說完微微一笑。「在此恭祝各位身體康健，萬事順意。」說罷敲了敲鑼。

一個夥計立即高聲喊：「排隊嘍！排隊送香囊哩！」

看著雲裳閣門前賓客盈門，蓮荷不禁有些著急，氣得跺腳。

安寧隔著人群望了韋飛鴻幾眼，她知道，這位韋掌櫃的手段，一定比方掌櫃高明很多。

蓮荷踮著腳往對面張望了一會兒，心有不悅，小聲的嘀咕。「假惺惺！」

「我們回去吧。」安寧垂下眼眸，領著蓮荷回到寧秋閣。雲裳閣能發展壯大，老闆雲綏和管事周玉自然不是簡單人物，方掌櫃做不好，自會派新人來。

她急也沒用，還不如好好做自己的事情。

可店裡夥計們憂心忡忡，做起事情來難免分神。這一個多月來寧秋閣生意極好，對門的雲裳閣門可羅雀，如今怎麼反過來了呢？

「沈娘子，咱們該怎麼辦呀？」

「今天的客人全被搶走了。」

夥計們你一言、我一語，議論紛紛，他們把寧秋閣當作自己的第二個家，現在就差把「擔心」兩個字寫在臉上了。

安寧把筆擱下，把大家召集在一塊兒。「雲裳閣免費贈送香囊，自然會吸引很多的客人，我方才想了想，咱們也送吧，從明日開始，我們送手帕。」安寧一字一句道。

夥計們好像吃了顆定心丸，都說這主意好。總之，不能讓雲裳閣搶去風頭。

到了吃晌午飯的時辰，寧秋閣的夥計們已經把鋪子裡手帕的庫存都翻找出來了，只有一百多條，數量遠遠不夠。

「蓮荷，妳叫人去其他布坊借一些來，咱們先湊足五百條。」安寧說道。

蓮荷點點頭，爽快地應聲。「好哩，我這就帶人去！」

也就是這時，一個雲裳閣的夥計走到寧秋閣的門口，鬼鬼祟祟地往鋪子裡面張望。

「你看啥哩？」寧秋閣的夥計沒好氣地問了句。

「我們韋掌櫃叫我來送請柬。」那人被嚇退兩步，訕笑著說道。

蓮荷瞪了他一眼。「送請柬就送請柬，為啥偷看？給我吧，我轉交，你不用進來了！」說完接過請柬，撇了撇嘴，進到鋪子裡交給了安寧。

「韋掌櫃今晚在八仙樓擺席請客。」安寧翻開請柬看了後說道。

蓮荷哼了聲，這韋掌櫃的臉皮也太厚了吧，竟然好意思請客吃飯？肯定沒安什麼好心思！「沈娘子，咱們去嗎？」

「去。」安寧合上請柬。常言道，知己知彼，百戰百勝，正好瞭解一下韋掌櫃的為人。

夜幕降臨，街道兩邊的商家紛紛點掛上紅燈籠。

八仙樓是清源縣最大，也是生意最旺的酒樓，在這裡吃席，一桌少說也要十兩銀子。韋飛鴻定了最好的酒菜，價格還要往上翻一倍。

他發了幾十張請柬，可赴約的只有五分之一，剛好坐滿一桌。

安寧帶了蓮荷一塊兒過來，看著冷冷清清的包房，蓮荷忍不住低語。「看來大家都不想給他面子，五桌席，才來了這麼點人，也不知他羞不羞！」

話音剛落，韋飛鴻走了過來，拱手道：「沈娘子，樓上請。」

安寧微微頷首，和蓮荷一塊兒落坐。

眼看天色已晚，沒來的人定不會來了，韋飛鴻便端起酒杯，笑著說：「感謝諸位賞光，這杯酒我乾了，你們隨意。」

姜掌櫃也來了，看著韋飛鴻冷笑著，沒說話。

「姜掌櫃是老前輩，作為後輩，我該單獨敬您一杯酒。」韋飛鴻好似察覺不到席上沈悶的氣氛，一直侃侃而談，還單獨敬了姜掌櫃酒，指著席上一碟梅干扣肉道：「這是八仙樓的招牌菜，芋頭香糯，肉肥而不膩，姜掌櫃嚐嚐？」

姜掌櫃沒給好臉色。「年紀大了，不愛吃這種肥膩的。」

「是晚輩疏忽了。」韋飛鴻微微頷首，絲毫沒有動氣。

過了一會兒，店小二上了幾碟清淡的菜餚。

安寧有些驚訝，姜掌櫃一句氣話，韋飛鴻竟然就記在心裡，還囑咐店家上新菜。

這頓飯吃得很快，沒過兩刻鐘，大家就陸續告辭。

姜掌櫃和安寧最後起身，下樓前聽見韋飛鴻對店夥計道——

「把沒吃完的菜包起來，我要帶走。」

姜掌櫃回身，聲音不大不小地嘲諷了一句。「怎麼？韋掌櫃還想把剩菜帶回去給夥計們吃？」

「姜掌櫃誤會了。」韋飛鴻笑笑。「晚輩來時見街角有很多乞丐在討食，心生憐憫，這剩飯剩菜倒了也可惜，正好包起來給乞丐果腹。」

姜掌櫃淡淡地看了他一眼。「呵，韋掌櫃真是菩薩心腸。」

走出八仙樓，濕潤的夜風迎面吹來。

安寧對姜掌櫃道：「這位韋掌櫃，和我原先想的不一樣。」

姜掌櫃捋了捋白鬍子，眸光深沈。「沈娘子，這世上偽君子比張牙舞爪的惡人可怕千萬倍，因為偽君子善於隱藏，會背後放冷箭，妳可別被這姓韋的迷惑了。」

「嗯，我會小心的。」安寧點頭，和姜掌櫃告別。

剛回到住處，還沒進院門，安寧就聽到了幾聲小奶貓的叫聲。

「喵喵喵……」

「安寧、蓮荷，妳們回來啦？快過來看，隔壁熊奶奶送了咱們一隻小黃貓，可討人喜歡哩！」何慧芳把門拉開，喜孜孜地指了指院角。

小石榴和蓮荷的一雙兒女排排坐，雙手撐著下巴，好奇又欣喜地看著小黃貓吃東西。那貓剛滿月，走路還顫巍巍的，背上有幾塊深橘色的花斑，毛茸茸的非常可愛。

「娘，小石榴晚上想和貓貓一起睡。」

安寧剛走到小石榴身邊，小傢伙就拽著她的衣襟，奶聲奶氣的撒嬌，伸出手指指貓，又指指自己，黑葡萄似的眼眸忽閃忽閃，叫人捨不得拒絕。

蓮荷的兒子叫阿武，女兒叫小七，見狀也纏著蓮荷撒嬌，說晚上要和小石榴帶著貓一塊兒睡覺。

「在床上要蓋被子睡覺，不然會著涼，可貓貓身上有毛，晚上蓋被子會熱。」安寧蹲下身，揉了揉小石榴肉嘟嘟的臉。「這樣好不好，我們在床邊給貓貓做個窩，你們睡床上，貓貓睡床邊。」

三個小孩一聽，好像也不錯，反正能和小貓待在一塊兒就好。

小石榴很高興，摟著安寧的脖子，親了親娘親的臉頰。「好耶！」

沈澤秋他們第二次去金陵，算是熟門熟路了。

很快就到了宛縣，他們順路去了縣衙，見了李遊和胡雪琴。李遊最近正在調查縣城鬧土匪的情況，畫了一張圖紙出來，準備逐一剿滅。

這宛縣的土匪十分凶殘，前前任縣令想剿匪，結果匪沒剿清，自家妻兒反倒被土匪綁上山，轟動一時，連州府都被驚動了，派了援兵來才將縣令的家人救回。

胡掌櫃可擔心胡雪琴的安全了，眼眶都紅了一圈，連連囑咐胡雪琴要多注意安全，不要獨自出門，最好連縣衙都不要出去，畢竟土匪們再狂，總不會狂到衙門口來。

「哥，你別擔心，我不會亂跑的。」胡雪琴哭笑不得。一到宛縣，李遊就同她說過這裡的情況，所以來宛縣兩個月了，她大部分時間都待在縣衙，偶爾在縣城熱鬧的地方逛一逛而已。

今日天色已暗，李遊留沈澤秋他們在衙門裡宿一晚，明日再出發登船。

「特備了一桌薄酒，我們好好喝幾杯。」李遊笑著道。

自從李遊和胡雪琴成了親後，沈澤秋覺得李遊變了很多，更愛笑也更愛說話了，有了媳婦的人就是不一樣。

「好，今晚不醉不歸。」沈澤秋也笑盈盈的。

過了子時，月亮升至中空，明晃晃的月光照亮小路和草叢，縣衙對面的灌木堆裡，冒出一個鬼鬼祟祟的影子，長得魁梧，但是個獨眼龍。

他扭頭對暗處道：「二當家你看清楚了，那是咱們要找的人不？不會踩錯盤子了吧？」

「去你的，畫像那麼清楚，老子還會看走眼？」暗處的男子瘦得像猴子，但地位顯然比獨眼龍高，一腳踹過去，半分面子都不給。

獨眼龍揉著被踹疼的屁股，咧牙吸氣。「他們進縣衙了，現在還不出來，怎辦？」

「怎辦？你說怎辦？」瘦猴子脾氣不好，張口就罵，抬腳便踹。「等，死等！」

翌日清晨，沈澤秋是被鳥雀的叫聲喚醒的，幾隻麻雀在樹梢上嘰嘰喳喳，朝陽透過窗戶照在他的臉上。

胡掌櫃和趙全等人也醒了，大家起床洗漱一番，拿上胡雪琴準備好的乾糧，準備辭行，而李遊已經早起當差去了。

「一路順風，大哥、沈掌櫃，我就不遠送了。」走到院門口，胡雪琴說道。

胡掌櫃巴不得她留在縣衙不要出來呢，連聲說好。「行。快回去吧，我們走了。」

這時蹲了一整宿的獨眼龍和瘦猴子來了精神。「快，他們出來了！待會兒我們就跟上去，在他們上船前綁了，這可是隻大肥羊，身上帶著很多銀票呢！」

瘦猴子兩眼放光，就像沙漠裡快渴死的野獸，恨不得馬上撲過去，直接明搶。

沈澤秋和胡掌櫃等人一塊兒往前走。

瘦猴子則去招呼等在其他地方蹲守的同夥，一起悄悄跟在他們身後。

胡雪琴目送他們走遠後，回到縣衙裡，這時候李遊的隨從孫七帶著幾個衙差過來了。

「夫人，大人叫我帶幾個人護送沈掌櫃他們坐船。」孫七說完，眼珠子一轉。「他們已經走了？」

胡雪琴點點頭，忙叫人把院門打開。「剛走，你們快去，還能追得上！」

第二十七章

在宛縣的市場邊，有很多拉騾車或牛車的車夫在等客。碼頭在郊外，還要坐車才能到。

「師傅，包車去碼頭多少錢？」沈澤秋問道。

車夫是個憨厚的中年男子，笑著比了個五。「五十文錢，坐不坐？」

這價錢不算便宜，但沈澤秋他們急著趕路，錯過船又得耽誤一天時間，所以沈澤秋沒講價，乾脆的點點頭。「行。」說罷招呼胡掌櫃等人上車。

憨厚的車夫一甩鞭子，車輪子咕嚕嚕一轉，慢慢地往城外駛去。

衛石頭一回出遠門，看啥都好奇，把車簾子掀開，興致勃勃地往外瞅。

「跟上！城裡人多，咱們到城外再動手！」瘦猴子對手下人吩咐道。

他們一行人大概有十幾個，都喬裝打扮過，有的扮作菜農，有的是漁夫，身上都藏著刀棒，悄悄地跟著車往城外去。

孫七帶著衙差們走得飛快，李遊囑咐過他一定要將沈澤秋他們護送至碼頭，親眼看見他們上船，船開了再回來覆命。李遊治下頗嚴，孫七不敢馬虎。

「賣豆腐咯！剛做好的、又嫩又香的豆腐哩！」

「活蹦亂跳的大鯉魚、肥美的泥鰍，過來看看啊，價格實惠！」

清晨的市場裡十分熱鬧，買菜的、賣菜的還有早起上工的人，把市場擠得水洩不通，人裹挾在裡頭，想走快些都不行。

孫七踮著腳往前看，連沈澤秋他們的影子都沒瞅見，心裡不禁著急，生怕追不上。

「衙門的人辦事，都往一邊讓開點！」他一邊粗聲吆喝，一邊往前擠，直擠出滿身的汗，終於穿過了市場，往城外急匆匆的奔去。

追到城門口，孫七望著空蕩蕩的路，根本沒瞧見沈澤秋他們的影子，連忙去問守城的官兵，比劃了下沈澤秋他們的長相，焦急地問：「可看見他們往城外去？」

守城小兵摸著頭，皺眉想了想。「沒瞧見啊！」

孫七奇怪地「咦」了聲，百思不得其解，隨後一拍腦門。「對了，碼頭那麼遠，沈掌櫃跟胡掌櫃他們肯定是包車去！走，和我回城！」孫七高聲道。

另一邊，沈澤秋笑著拍拍衛石的肩膀。「等咱們到了金陵，那裡的景色更加美。」

衛石瞪大眼睛。「比元宵節的花燈還美？」在他的世界裡，元宵節的花燈已經是世界上最美的景色了。

「當然，美上十倍、百倍不止哩！」旁邊的趙全搭腔道。

剛才車夫說他知道一條出城的近路，能更快去到碼頭，於是他們抄了近路，已經出了城到了郊外。路邊樹木鬱鬱蔥蔥，山茶花殷紅點點，極為美好。

「哎，掌櫃的，咱們後頭好像有人。」衛石眼尖，往後看了幾眼。

沈澤秋和胡掌櫃他們急忙探頭往後看去，只見風吹過樹林，樹枝微微擺動，別說是人影了，就是動物也沒有瞧見。

「是我看岔了吧……」衛石小聲的嘀咕道。

這條小路很僻靜，林子裡根本沒什麼人，但說靜也不算靜，有鳥雀嘰嘰喳喳的。

瘦猴子模仿了幾聲鳥叫，十分尖銳，只有他的同夥才能聽懂，這是叫他們跟緊，馬上就要動手了！

車飛快地往前行駛，前面是個三岔路口，車夫沒有慢下來，直接往前飛馳，冷不防地看見一夥人衝出來，猛地拉了把韁繩，把騾子嚇得亂竄。

車廂猛地一個顛簸，車廂裡的人都嚇了一跳，沈澤秋掀開車簾問：「怎麼了？」

「有官兵。」憨厚的車夫嚇得汗水直流，還以為官兵們是來找麻煩的。

「沈掌櫃、胡掌櫃，我家大人派我來護送你們上船。」孫七笑著上前，他發現自己把人追丟了，忙拿出地圖，抄了小路，特地在必經之路上等，終於叫他給等到了。

這時候，林子裡又響起幾聲尖銳的鳥叫，淒厲又嚇人。

孫七縮了縮脖子。「這是啥鳥在叫？怪磣人的！」

沈澤秋側耳聽了會兒，也辨不出來。「別想了，咱們趕路吧。李大人想得太周到了，有勞你了。」

一陣鳥叫後，沈澤秋他們重新出發。

而一直緊跟著的瘦猴子臉色卻忽然大變，沈澤秋他們聽不懂剛才的鳥叫聲，他卻熟悉得很，那是土匪們常用的暗號，有人在警告他們。

「二當家的，怎不追了？」獨眼龍正興奮呢，見二當家停了下來，不解地問。

瘦猴子一腳踹在他身上。「追個屁？快撤！撤撤撤！」

話音剛落，旁邊的樹林裡就走出十幾個人，一個個膀大腰圓、滿臉橫肉。

「想跑？晚了！你們哪個山頭的？今日敢到我們的地盤上搶生意，不想活了？」

原來這片山林裡，有一夥專門搶劫來往客商的土匪，這也是這條路明明更近，卻為何沒人走的原因。那個憨厚的車夫是真的憨，不瞭解情況，帶著沈澤秋他們往這裡抄近路，其實根本是往虎口衝，幸好孫七及時趕到了。

孫七一路護送沈澤秋他們到碼頭，他們運氣很好，剛坐下喝了幾口茶、吃了碗麵條，船就到了。

「多謝了，孫七小兄弟！」沈澤秋抱拳和衙差們道別，並從身上掏出幾顆小碎銀，塞到孫七手上。「你們辛苦了，這請兄弟們吃酒。」

孫七推辭不要，胡掌櫃拍拍他的手。「收下吧，不收我們過意不去。放心，知道你們大人治下嚴格，這事你們不說，我們不說，他不會知道的！」

「嘿嘿，那恭敬不如從命，多謝哩！你們快上船吧！」孫七抓抓頭髮，笑著說。

等孫七趕回縣衙覆命，已臨近日暮，李遊正在清點衙差和官兵，因為宛縣治安混亂，官兵特別多，足足有五、六百人，李遊帶了一百人正要出發。

聽見孫七稟報說親眼看見沈澤秋他們平安上船，李遊鬆了口氣，沈聲道：「城外小樹林有兩夥土匪打了起來，快隨我去抓人。」

孫七聽了，不禁感到一陣後怕，還好今天沒碰上這兩夥人。

入夜了，林子裡黑黢黢的，樹影亂斜，特別的陰氣森森，官兵們舉著火把趕到了現場，林子裡到處都是血跡，還有兩個土匪倒在血泊中。

「大人，這兩個土匪沒氣了。」孫七蹲下來，用手探了探其中一個土匪的鼻息，別說呼吸了，連身體都涼了。

話音剛落，邊上另外一具「屍體」動了動。「我……還有氣。」

李遊蹙眉，走近兩步，拿火把一照，是個只有一隻眼的獨眼龍，沈聲問道：「你們從哪裡來？為何在此打架鬥毆？」

獨眼龍嘁了口唾沫，不想說。

李遊冷笑，目光如炬。「他們把你扔在這兒不管不顧了，你還要包庇他們嗎？給你戴罪立功的機會。」

獨眼龍想起瘦猴子撇下自己逃跑就一肚子氣，早將拜把時的誓言拋到了一邊。「我們從青州來，得罪了宛縣本地的幫派，就……打起來了。」

李遊看了看獨眼龍腿上的傷口，招呼官兵幫他止血，以免他失血過多昏死過去。「他們人呢？」

「往山裡逃了。」獨眼龍垂頭說道。

安靜的樹林裡響起一陣陣鳥雀聲，此起彼伏，在寒風陣陣又一片漆黑的樹林子裡格外磣人，獨眼龍猛地縮了縮脖子。

「孫七，拿上我的權杖，回去再調三百人過來，連夜搜山！」李遊環顧四周後，冷靜地命令道。

一場春雨過後，百草繁茂，山花開了，樹梢上的嫩葉也一簇簇的，格外喜人。

經過雲裳閣送香囊、寧秋閣送手帕以後，最樂滋滋的當數縣城裡的百姓了，早上去領香囊，下午去領手帕，都是好貨，別提多高興了。

何慧芳約上隔壁院的熊奶奶，還有飯館的陸大媽，天天去雲裳閣領香囊，順便瞅瞅雲裳閣的動靜。

十日過去了，這天早上，一批貨從青州運來，韋飛鴻去接，發現是一堆月色、雪色的淺色衣料，原來是方掌櫃被假花樣本騙了，定了一堆不好賣的料子過來。

「掌櫃的，這批貨該怎麼辦？」韋飛鴻身邊的管事阿青問道。

韋飛鴻想了想，招呼夥計先把貨卸下來，既然到了，若再退回去，運費又是一筆開銷，得不償失。

阿青長得白白淨淨的，點頭應了。

何慧芳和陸大媽此時正在雲裳閣鋪子裡閒逛，問清楚店夥計今天沒香囊送了，陸大媽掃興地撇撇嘴，對何慧芳說：「沒勁，今天不送了，咱們走吧！」

她們才走沒多遠，雲裳閣兩個夥計就悄聲議論起來。

「這兩位大嬸天天來，光會領免費的香囊，連件褂子都沒捨得做！」

「嗐，就是專門貪小便宜的，摳門得不得了！」

這兩個夥計說得熱火朝天，沒留意何慧芳和陸大媽停下腳步，剛好把他們的話給聽見了。何慧芳脾氣火爆，陸大媽也不遑多讓，要不兩人也玩不到一起。

「你們說啥？這香囊白送，我老婆子領不得嗎？」何慧芳抱著手，不滿地瞪著這兩個嘴碎的夥計。

陸大媽也生氣，一生氣臉就脹得通紅。「我貪小便宜？我不偷不搶，你們憑啥說我？叫你們老闆出來，評評這個理！」

韋飛鴻聽見了，往鋪子裡走，蹙眉問：「怎麼了？」

夥計們戰戰兢兢地把事情經過說了。方掌櫃和徐管事從前定下了規矩，只要和客人吵架，那是要扣工錢的，他們最怕的就是扣錢。

「抱歉，是我們店裡的夥計冒犯了，香囊本來就是免費送的，妳們願意來領，是捧我們雲裳閣的場。」韋飛鴻說完，招呼夥計取了兩枚香囊過來。「這香囊送給妳們，略表我們的歉意。」

何慧芳冷冷地盯著韋飛鴻，說實話，這個新來的韋掌櫃年紀輕輕，長得也體面，極容易叫人心生好感，和肥頭大耳的方掌櫃之流就不似一類人。可她才不會被外表給騙，進城這麼久，何慧芳也長了很多見識。「用不著！哼，我們就是要個理罷了！」她把香囊擋開了。

陸大媽昂起頭，也附和道：「就是！收了你的東西，搞得我們是特意來訛人似的！」說罷，同何慧芳一塊兒走了。

她們一走，韋飛鴻捏著香囊，臉色明顯變了，眉眼一冷，說不出的冷峻。

夥計們自覺地排成一排，等著被他訓話、扣錢，臉一個個都喪成了苦瓜。

「你們記住，來者是客，以後不能在背後議論客人是非，聽明白了嗎？」韋飛鴻擰眉道。

夥計們垂頭看著自己的鞋尖，諾諾應聲。「是，記下了。」

「好了，都忙去吧。」韋飛鴻揮了揮手。

夥計們呆住了，這就完事了？不扣工錢嗎？直到看著韋飛鴻上了二樓，阿青也對他們揮手說「愣著做什麼？還不快去做事」，他們這才相信韋飛鴻真的不打算扣他們工錢，一個個長舒一口氣。看來這位新來的年輕掌櫃比方掌櫃好多咯，就連新來的青管事也比徐管事面善。

「好，謝韋掌櫃、青管事哩！」

「我們以後一定管好嘴，絕不亂說話！」

何慧芳回到寧秋閣，環視一圈沒瞧見安寧，忙問蓮荷。「安寧在哪兒？」

「在樓上，估計在畫花樣子。」蓮荷笑著回話。見何慧芳臉色凝重，不由得心裡一緊，壓低聲音問：「沈老太太，怎了這是？」

何慧芳疾步往二樓去，邊走邊對蓮荷說：「晚點妳就曉得了，對門那韋掌櫃蔫壞！」說完直接上了二樓。

二樓主要是賣脂粉、首飾，有一間小廂房，專供老闆休息和商量事情，安寧在裡面放了書桌，經常待在裡頭畫花樣子。

見何慧芳進來，氣喘吁吁的，安寧忙起身倒了杯茶遞過去。「娘，啥事這麼著急？」

何慧芳坐下，一口氣喝乾了茶，喘了兩口氣。「剛才我和陸大媽去雲裳閣，看見他們來了好多新貨，那韋掌櫃好像不喜歡，和手下人商量要便宜賣給縣裡其他的布坊哩！我看吶，他是見咱們團結起來，要離間我們呢！」

安寧一聽，心裡也覺得很膈應。雲裳閣之前故意壓低價錢，把縣城裡一半的布坊都擠兌垮了，現在澤秋遠赴金陵，找到了便宜貨源，還成立了商會，這時候韋飛鴻突然要把料子便宜賣給布坊掌櫃們，正是司馬昭之心，路人皆知。

「娘，不急，我去找姜掌櫃他們一塊兒商量商量。」安寧溫聲道。

何慧芳點點頭。「不能叫這姓韋的陰謀詭計得逞嘍！」

安寧叫上蓮荷一塊兒出去了，何慧芳在鋪子裡待了一會兒後，去隔壁飯館點了一籠羊肉包子，準備提回去給家裡的孩子們解饞。

剛走出去，遠遠看見沈澤平垂頭喪氣的過來了。

何慧芳揉揉眼睛，還以為自己看錯了呢，沈澤平不在桃花鎮守鋪子，好好的到清源縣來做啥？「澤平，你怎了？」何慧芳快步走上前，生怕這小子又闖了什麼禍。

沈澤平到清源縣有一會兒了，在街上溜達了幾圈，愣是不敢來鋪子裡找人，正在心中思索著要怎麼開口，何慧芳就發現他了。

「怎了？」何慧芳上下打量著沈澤平，感覺他就像被霜打了的茄子似的，蔫了吧唧的。

沈澤平摸了摸鼻子，避重就輕地說：「來看看你們。」

「……先跟我回家。」何慧芳一聽就知道他沒說實話，趕緊拉著他往家走。街上不方便，等回家了再仔細「審一審」！

姜家這棟小院不算大，不及桃花鎮的寬敞，可麻雀雖小，五臟俱全，進門一個小院子，前面幾間小房，中間有道月牙門，再往裡還有一個小院、幾間雅舍，剛好前院住蓮荷一家子，後院他們自己住。

「吱呀」一聲細響，何慧芳把院門推開了。

正在院子裡和阿武、小七一塊兒逗貓玩的小石榴開心地跑過來，扯著何慧芳的衣襟，甜甜地叫奶奶。小孩子忘性大，仰著頭看了沈澤平一會兒才認出人，乖乖地喊：「澤平叔叔好。」

「小石榴長高哩！」沈澤平看見精神滿滿的小石榴，臉上的愁雲一掃而光，彎腰將小石榴抱起來。

沈澤平和小孩子們玩得來，在家時這幾個孩子就愛黏著他，整日「叔叔」、「叔叔」地追在屁股後頭喊。

「我去泡壺茶，咱們先吃點東西。」何慧芳說完，去灶房裡取了個盤子，把熱氣騰騰的羊肉湯包排好，又裝了一碟自己炸的焦糖小麻花，配上一壺熱茶端了出來。

這羊肉包子是陸氏飯館的拿手招牌，薄皮餡多，汁水豐富，羊肉鮮味十足，何慧芳一端出來，就見沈澤平吞了幾下口水，難道他連早飯都沒吃就來了？

何慧芳倒了茶。「還客氣吶？快吃吧！」

「嘿嘿！」沈澤平當然不客氣了，拿起一個熱騰騰的羊肉包子，一口就咬掉了一大半，羊肉的鮮美滋味在舌尖瀰漫開來，混合著勁道的麵皮，非常美味，他一口氣吃掉了六個，還喝了半壺茶。

一邊的小石榴和阿武、小七都看呆了，澤平叔叔可真能吃啊，這羊肉包子很大，他們連一個都吃不完呢！

「你們到外院和貓貓玩一會兒，奶奶有事和澤平叔叔說。」何慧芳摸摸小石榴的頭，對年紀最大的阿武說。

阿武長得像他爹，但性子更像蓮荷，十分聰明，帶上弟弟、妹妹走了。

院裡安靜了，只剩下何慧芳和沈澤平，何慧芳倒了一杯茶，慢慢地喝了兩口潤嗓。「說吧，到底出了啥事？」

「嬸娘，我想……預支一百兩工錢。」沈澤平為難地說。

何慧芳蹙起眉，一百兩可不是個小數目。「你要這麼多錢幹啥用？」

「蓮香的大伯想跟人做生意，問蓮香她爹借本金呢，她爹沒錢，就找上了我，我就……」沈澤平越說聲音越小，他也知道這樣不對，可未來的泰山大人發話了，要是不借錢就悔婚，不叫蓮香嫁給他啊！

何慧芳一聽，這還得了？別說是蓮香的大伯借，就是蓮香的爹借，她都不會答應！為啥？這例子不好開啊！

首先，家裡的生意是越做越大，可現銀不多，在桃花鎮買了兩間鋪子，剩下的都押在貨裡頭了；其次，她除了借錢給大伯、二伯家，再遠的親戚就沒鬆過口，畢竟人太多了，借給了這位，那位來借不借呢？她怕好心借錢反而借出一屁股官司，所以全拒絕了，久而久之，自然沒人開口借。
「澤平，蓮香怎說？」何慧芳問道。
沈澤平的聲音更小了。「蓮香……也沒法子。她爹說，村裡那個瘸子能拿出一百兩，要是我……」
「呸，放屁！」何慧芳氣得口不擇言。「那瘸子要是能拿出一百兩現銀，還能打光棍到四十歲？這是嚇唬你們倆呢！」
沈澤平蹙眉，不知道該怎辦。
「澤平，不是嬸娘小氣，和你說實話，等你成親了，你澤秋哥還準備加你和蓮香的工錢哩，一年下來不只賺一百兩。可這個例子開不得啊，人心不足蛇吞象，他們就是看你和蓮香好說話，欺負你們呢！」
「那……我們該怎辦？」沈澤平現在能應付生意上的事，可處理起這些棘手的家長裡短，還是一點經驗都沒有。
何慧芳想了想。「我回村一趟，和你娘一塊去找蓮香的大伯，看他臉皮有多厚！」
「……嬸娘，不用去老家，蓮荷的爹娘、弟弟還有她大伯，現在都住在咱鋪子裡，住了有三五天了。」沈澤平垂下頭，小聲地說道。
何慧芳更氣了，這孩子平時挺機靈的，這種事情上怎這麼慫？還沒成親就被岳丈家欺負成這個樣子，結婚以後還得了？她讓沈澤平先在清源縣住一晚，明早和她一起回桃花鎮。她要親自去看看，這個敢獅子大開口、還賴在她家不走的大伯是副什麼嘴臉！

姜掌櫃年紀大了，身體不太好，上回吃了韋飛鴻的酒席，回家後便染了風寒，現在還養著病呢！

「掌櫃的，寧秋閣的沈娘子和蓮荷姑娘來了。」姜宅的夥計稟報道。

姜掌櫃正在喝藥，用清茶漱了口，吩咐傭人幫他穿上外衫，慢騰騰地去前廳見客。

見到姜掌櫃的病容，安寧心生歉意，姜掌櫃都生病了，她還上門叨擾，忙長話短說。「姜掌櫃，雲裳閣要低價賣一批貨給其他布坊，怕是故意想離間我們清源商會，您怎麼看？」

「咳咳咳……」姜掌櫃咳嗽著，眼中精光一閃，那個姓韋的果然兩面三刀，不是個好東西。「晚上我擺兩桌席，請他們來家裡聚一聚，把這事說清楚。沈娘子放心吧，交給我即可。」

姜掌櫃在清源縣做了幾十年的生意，在布行中很有威望，有他出面，安寧很放心。她和蓮荷站起來辭行，不打擾姜掌櫃養病了。

送走客人，姜宅的管家問姜掌櫃。「掌櫃的，您什麼打算？」

清源商會成立之時，並沒有說各布坊不能在雲裳閣進貨，偶爾進一次沒關係，就怕韋飛鴻借機要他們簽字據，或者要脅什麼。

「我要告訴他們，天上不會掉餡餅，最好不要和雲裳閣打交道。」姜掌櫃嘆了口氣，他能做的也只有這麼多了，希望大家團結一些，不要像小孩子似的，吃人家幾顆糖就被哄了去，被賣了還幫人數錢。

晚上何慧芳把蓮香家裡的事情說了，蓮荷氣得直掉眼淚，也是一肚子委屈。

原來蓮荷父親有四兄弟，她們家最窮，每回逢年過節，四房人坐在一塊兒吃飯，蓮荷家都是被笑話的對象，鍋裡的雞腿、雞翅也從來都輪不到蓮荷幾人吃，都被其他堂兄妹分完了，誰叫他們家最窮，只拿得出青菜、蘿蔔參加宴席呢？

這還不算，她大伯娘、二伯娘還會笑話蓮荷嫁得差，丈夫在碼頭賣苦力，婆婆是個半瞎子，又說蓮荷的弟弟性子害羞怕生，將來也是沒出息的，這話蓮荷一想起來就氣得渾身發抖，偏偏她爹娘也沒骨氣，還會賠笑臉附和說「是啊，我家俊生就是爛泥扶不上牆，唉，悶葫蘆一個」。

蓮荷的大伯娘還會說「蓮香滿十四了，是不是該定下了」？她爹娘就會笑著回「快了，村裡那瘸子一直等她及笄哩」，然後大伯娘則是臉上帶笑，可眸光滿是鄙夷地說「喲，瘸子比蓮香大兩輪吧？老是老了點，但年紀大的會疼人，何況家境過得去。你們家這條件，找這樣的姑爺不錯啦」。他們家太窮了，就連親戚都瞧不起他們！

「沈老太太，讓我回去吧，我一定把我爹娘罵醒！」蓮荷抹了把眼淚，氣得手指頭都在抖。

安寧急忙揉搓她手上的穴位，溫聲勸。「這事還是由我娘出面吧。」

「是啊。」何慧芳坐下來。「說句不中聽的，妳要是能壓得住妳爹娘、大伯，他們今日還會這麼猖狂？這事還得叫我來，妳一回去，他們撒潑打滾，妳就心軟啦，反倒是不好處理。」

蓮荷哭了一會兒後，點點頭。「好。」

第二日一大早，天還朦朦亮，何慧芳就帶著沈澤平一塊兒坐船回到桃花鎮。

這時節桃花開得正好，桃花江畔桃花朵朵，開得十分茂盛，一簇簇、一朵朵，像美人臉頰上的胭脂，又像山間環繞的霧氣，不過是粉色的罷了。

到清水口下了船，呼吸著新鮮口氣，何慧芳活動活動腿腳。剛在船上坐久了，骨節喀啦喀啦的響。

沈澤平在一邊縮了縮脖子。「嬸娘，您待會兒別打人，行不？」

「你這孩子，想啥呢？」何慧芳哭笑不得。「等回到店裡，雇一輛車，派個夥計把你爹娘接上來，今天我們把話徹底說清楚。」

沈澤平「嗯」一聲說好。

他們到清水口時，時辰還早，太陽剛升起來不久，岸邊三三兩兩有漁夫在賣新撈的魚，何慧芳看著覺得新鮮，要了兩、三尾，提著魚和沈澤平一塊兒往花街走去。

回到鋪子裡，何慧芳撣了撣衣襟，直接去了內院。

蓮香的爹娘還有大伯正在堂屋裡抽菸、喝茶，看起來好不愜意，完全把這兒當成自己家了。

「這院子不錯，要是再寬些就好了。」

「院裡該種上兩棵樹，夏天才蔭涼嘛！」

他們都沒見過何慧芳，扭頭看一個四十多歲、穿著暗綠色綢緞褂子的婦人進來了，微抿著唇，頭戴銀簪子，髮髻挽得一絲不苟，加上沈澤平老老實實跟在她背後，便大概猜出了她的身分。

「是澤平他嬸娘吧？」蓮荷的大伯笑著說話，看見何慧芳手上提著的魚，驚喜地說：「唉唷，這是桃花江撈上來的吧？這魚肯定好吃！」

何慧芳表情冷冷淡淡，聽蓮荷的大伯說話，好像她是客，他們才是主人般。

「澤平把事情和我講了，你是蓮香的大伯，你要借錢？」何慧芳把魚放到木桶裡泡水，然後坐下就直接問，沒有寒暄，也沒客套。

蓮荷的娘家姓劉，劉大伯一愣神，隨後點點頭。「對，我想到鎮上開鋪子，但沒有本金，就想問你們沈家借點，畢竟以後結了親，我們劉家和你們沈家就是一家人了。」

何慧芳揉了揉額際，感覺這話挺耳熟的。她喝了口茶，拒絕道：「這錢我們沈家借不了，現銀都拿去進貨了。」

這話一說出口，蓮香家這一堆長輩都愣住了，何慧芳是半分面子都沒給啊！

「澤平他嬸娘，你們家大業大，這區區一百兩銀子都拿不出，誰信吶？」劉大伯不高興了。「我們家閨女要嫁給你們家，你們就這樣無情無義？」

何慧芳瞥了劉大伯一眼。「這是兩碼子事。錢呢，我家沒有，你要做生意，需要本金，自己往別處想法子吧！澤平和蓮香都是好孩子，我們兩家結親也是和和美美，你別拿成婚的事做文章。澤平的爹娘我已經派人去接了，下午就到，到時我們坐下來好好說。」

這一番話下來，劉大伯竟不知該從哪兒開口了。

這招何慧芳是去縣城後跟隔壁陸大媽學的，叫做先禮後兵，先講道理，講不通可就別怪她嘴巴不饒人了。

蓮香的爹娘表情訕訕的，坐著不說話。

何慧芳看了他們一眼，這對夫妻是慫慣了。

劉大伯乾咳兩聲，也把臉拉下來。「好啊，那我們就好好論論理！」

「嗯，勸你手別伸太長，也不要太貪心。」何慧芳冷冷應了，留下他們在堂屋，出去鋪子裡找蓮香去了。

連續幾天蓮香都心不在焉的，她生怕事情沒談攏，爹娘不讓她嫁給沈澤平，再逼她嫁到村裡的老瘸子家，已經暗自哭了好幾回。

「傻姑娘！」何慧芳戳了戳她的腦門，掏出一塊乾淨手帕給蓮香擦眼淚。「婚期都訂下了，請柬也都發了，這婚還能退？

「就算要退，我們沈家也不會同意。」何慧芳把聲音放緩了，看著蓮香的眼睛。「以後妳和澤平成親了，你倆是一家人，說句不中聽的，妳爹娘做事拎不清，妳以後可以多孝敬他們，但話不能全聽，比如幫著妳大伯逼我家借錢，就是個壞透了的主意。等澤平的爹娘上來了，你倆啊，少說話多看，逼急了就說大伯借錢，和你倆沒關係，知道嗎？不管啥事都有我，啊？」

蓮香含淚點點頭。「我記下了。」

過了晌午飯的時間，沈家二伯和二嫂才趕到鎮上，何慧芳張羅大家坐下。

「有啥事說吧！」她衝劉大伯抬抬下巴。

院子裡安靜極了，落針可聞，就連院裡的大黃和小黑也夾著尾巴，不敢高聲叫喚，從狗洞裡鑽出去，到外面撒歡去了。

劉大伯坐立難安，他摸摸鼻子，又扯扯袖子。「這個……親家母啊……」

二嫂吳小娟抬起頭。「啥事？家裡新房子建好了，新家具也打好了，喜燭、糖餅、炮仗這些也準備得差不多了，你們還有啥不放心的嗎？」

蓮香的爹娘只會呵呵笑，都把目光轉向劉大伯。

劉大伯訕訕的，最後啥也沒敢說。畢竟沈家是艘大船，他其實也不敢鬧翻，加上蓮香一家以前太軟弱了，被他欺負慣了，今天碰上了何慧芳，他才知道要收斂。

「老許，咱們真和雲裳閣做生意啊？」

「姜掌櫃昨晚才囑咐我們，要離雲裳閣遠遠的，說韋飛鴻表裡不一，全是裝的呢！」

許掌櫃轉著手腕上的檀木念珠，內心掙扎了一番。「我還是想試試，我看韋掌櫃不像姜掌櫃說的那麼壞嘛！再說了，等沈掌櫃從金陵回來，還要兩個月，我們先進些貨賣一賣，也沒什麼問題吧？老何、老鄧，你們不去，我一人去了啊！」

許掌櫃在清源縣有點資歷，比起姜掌櫃差點，但也有十幾年的經驗，在業內有不小的號召力。

聽他一說，何掌櫃、鄧掌櫃幾個人心動了，最後按照韋飛鴻定好的時間，準時去了八仙樓的包廂。

可見到韋飛鴻，看著面前的字據時，他們幾個都傻眼了。上面白紙黑字，清楚地寫明，買了雲裳閣的布，今後就要一直在他們家進貨！

這……他們面面相覷。

「沈娘子，您說會有人和對面的合作嗎？」翌日清晨，蓮荷拿著抹布擦著櫃檯，一邊擦一邊問。

安寧整理著布疋，搖了搖頭。她希望沒有，可現實誰能說得準？「別多想，咱們靜觀其變。」

「我今早看見姓韋的買饅頭分給路邊流浪的小孩吃呢，一買就是一大袋子……反正，奇怪……」蓮荷蹙起眉。

這時候，幾輛馬車停在雲裳閣門口，安寧朝斜對門看了看。「欸，那不是許掌櫃、何掌櫃他們嗎？」難道，韋掌櫃真的離間成功了？

「許掌櫃、何掌櫃，樓上請。」韋飛鴻穿著一身青藍色的束腰對襟長衫，親自出門將幾位掌櫃迎進了雲裳閣。

旭日初升，碎金般的陽光灑滿大地，春風柔和，花紅柳綠，世界一片生機勃勃。

站在櫃檯後，安寧往斜對門看去，正好見到韋飛鴻和那幾位布坊掌櫃，他們言笑晏晏，一起跨步走入雲裳閣。

蓮荷也瞅見了，嘖聲嫌棄道：「還真有人上鉤，太天真了！雲裳閣的人還能有好東西？」

「算了，吩咐下去，叫大家好好幹，晌午給大家加菜。」他們成立商會，澤秋幫忙進貨，又叫姜掌櫃提醒了諸位掌櫃，樁樁件件，做得足夠了，他們非要和雲裳閣做生意，誰也攔不住。

安寧今日穿湖藍色的襦裝，鬢角一支點翠簪，眉心一粒桃花形花鈿，顯得氣質柔雅，越發溫婉動人。「去集市上看看，有沒有賣花的，買幾束鮮花回來擺在鋪子裡，添幾分自然香。這幾疋布堆放得太亂了，你們按照顏色深淺重新擺放一次……」

安寧在鋪子裡轉了幾圈，不停的安排事情。開店做生意，尤其是做衣裳和脂粉、首飾這行，鋪子裡一定要整潔又乾淨，裝飾漂亮，態度溫和，客人才有賓至如歸的感覺。

忙碌了一個時辰，她出了身薄汗，恰好何慧芳也領著小石榴來鋪子裡玩耍，安寧彎腰抱抱小傢伙。「跟娘親去二樓玩好不好？」

小石榴仰起臉，點點頭，奶聲奶氣地說好。

走到二樓廂房裡，何慧芳把從家中帶的冰糖雪梨羹拿出來。「安寧，妳咳嗽還沒好透，趁熱喝了這碗湯，潤肺止咳哩！」

「好，娘您辛苦了。」安寧笑著接過食盒，坐下來小口地吃冰糖雪梨羹，梨汁清新再加上冰糖的甘甜，吃起來十分清潤。

何慧芳笑呵呵地看著安寧吃。「辛苦啥？好吃吧？小火煨了一個時辰呢！」見安寧滿足地點頭，何慧芳心裡很高興。安寧在她心裡就如親生女兒一般，她也喜歡瞧安寧吃東西。安寧和澤秋剛成親時很瘦，現在臉頰上終於養出點肉了，何慧芳心裡很自豪，這說明她照顧得好哇！「小石榴，奶奶去隔壁找陸婆婆聊會天，你和娘親玩一會兒啊！」何慧芳站起來往樓下走。最近隔壁的熊奶奶回鄉下了，她和飯館陸大媽走得最近，順便和飯館廚子也就是陸大媽的兒子學點新菜色。

安寧放下碗，笑盈盈地說：「好，娘您去吧。」

小石榴是何慧芳帶的多，但他也喜歡纏著安寧玩。安寧一有空閒，就摟著小石榴給他講故事、唸詩、唸古籍，小石榴記性好，雖然才兩歲半，已經會背不少詩詞了，安寧準備等他再大些，就教他學簡單的字。

「娘，我要聽故事嘛！」小石榴今天穿的是紅底黃紋的棉襖子，看起來還真像一顆小石榴，臉頰肉嘟嘟的，小手粉嫩，哼哧哼哧地爬到安寧腿上坐好。

安寧握住小石榴的手，低頭溫柔地看著他。「嗯，說司馬光砸破缸的故事好不好……」

「韋掌櫃，你千萬別騙我們。」雲裳閣二樓，許掌櫃握著筆，遲遲無法下決心簽字。「我簽了這份字據，你們雲裳閣就要準時供貨，你要是騙了我們，會逼死我們幾個的。」

韋飛鴻嚴肅地點頭，沈聲說：「那是自然。俗話說背靠大樹好乘涼，你們背靠雲裳閣什麼都不用怕，清源商會……算得了什麼？」

「……好，我簽。」許掌櫃想想也是，雲裳閣的名頭響、勢力大，他原本就不相信清源商會能打敗雲裳閣，還不如早些投靠。

等許掌櫃簽完後，何、鄧幾位掌櫃也咬牙簽字。

「好了，今後我們便是朋友了。」韋飛鴻拿起字據，吹著上面未乾的墨漬，滿臉都是笑容。「布就在倉庫中，我們頭次交易，我再讓利兩成，虧本賣給你們，預祝各位財源廣進，生意興隆了。」

不一會兒，許掌櫃、何掌櫃等人裝滿一馬車的料子，興高采烈地回了自家布坊。新料子便宜，雖然是不好賣的月白、雪色料，可對於很久都沒開張的他們，已經是久旱逢甘霖。

雲裳閣的新管事阿青端了一杯茶放在韋飛鴻面前，蹙眉疑惑地說：「原價賣給他們便是，你為何還要讓兩成的利？總部不會同意的，到時恐怕還得用你的私銀平帳。」

「無妨，我私人出便是。正所謂捨小利，得人心。雲裳閣想要在清源縣立足，孤軍奮鬥成不了。」韋飛鴻掀開茶蓋，吹了吹熱氣，小啜一口。「我想成立一個以雲裳閣為首的清源商會。」

阿青把手放在韋飛鴻的肩膀上，對他點點頭。「我相信你一定做得到。」

這時候帳房先生雲伯來送帳簿，透過門縫剛好看見韋飛鴻抓著阿青的手，並將阿青的手貼在自己的臉上，二人有說有笑。

雲伯年近五旬，為人比較古板，是從青州過來的老帳房先生，他搖頭嘆氣地避開了，恨鐵不成鋼地小聲嘀咕。「有傷風化，唉……」

四月是踏青的好季節，樹都綠了，沈寂的萬物復甦，百花齊綻放，梨花勝雪，桃花似霞，鳥雀站在樹梢上嘰嘰喳喳，人間溫暖了，蜜蜂、蝴蝶也紛紛出來活動。

雲裳閣推出了新款衣裙，寧秋閣當仁不讓，也推出了最新的花樣子。

安寧還舉辦了一個活動，對容貌沒自信的姑娘可以來寧秋閣接受免費的妝髮改造，吸引很多上了年紀的夫人、太太們過來體驗。這陣子清源縣百姓們最愛聊的話題便是哪家夫人看來不起眼，原來打扮以後那麼好看呢！人靠衣裝馬靠鞍，原來是真的。

而雲裳閣沒有安寧的好手藝，在胭脂水粉和首飾上敗落一成，不過在賣衣裳上，兩家打了個平手。

雲裳閣的新花樣都是直接從青州拿的，青州有不少好的裁縫師傅，而寧秋閣只靠安寧畫花樣子，能打成平手已經很不容易了。

徐阿嬤聽蓮香說了，很氣不過。這兩年沈家人待她很好，吃住都照顧得很妥貼，去年冬天徐阿嬤摔了一跤，把腿摔傷了，要不是沈澤平來看她，發現了躺在屋子裡動彈不得的她，她這老婆子恐怕連命都沒有了。後來安寧跟沈澤秋給徐阿嬤請大夫，還專門雇了個性子文靜的丫頭照顧徐阿嬤的起居，徐阿嬤漸漸的把自己也當作了寧秋閣的一份子。現在聽蓮香說那雲裳閣這般猖狂，揮揮手就叫蓮香拿紙筆來，她也要畫幾款衣裳。

等徐阿嬤畫的花樣本送到安寧手中時，已經是四月中旬，上面的衣裙款式簡潔大方，設計得很巧妙，更適合貴婦人穿。

唐夫人一見就很喜歡，訂了好幾套新衣裳，還帶著喬兒一起買了許多胭脂水粉。唐老爺喜歡喬兒，前不久給了喬兒名分，現在她和王姨娘一樣，都是唐府的姨娘了。

不過王姨娘能長寵不衰，手段還是很厲害的，聽說最近唐老爺身體好些了，又把王姨娘從別苑接了回來。

唐夫人付完了錢，笑問何時能來取貨。

「最近鋪子裡訂單多，人手不足，最快也需半個月。」安寧有些抱歉。

唐夫人蹙起眉。「為何不多招些人？」

安寧當然想過多招人，可惜大部分女工都只會簡單的縫紉，繡活精湛、心思聰慧的女工是鳳毛麟角。

「沈娘子，妳要想做大做強，鋪子裡沒有人才怎麼行？」唐夫人很欣賞安寧的為人，也看得出寧秋閣和雲裳閣之間的火藥味。唐家在鄉下的田莊、小作坊一直是她在打理的，她之前打扮素了些，但並不是沒有見識的婦人。「現成的招不到，沈娘子可以自己培養。」

安寧點點頭。「多謝唐夫人提醒。」

「哎，你聽說了嗎？昨晚雲裳閣的韋掌櫃被人堵在巷子裡，頭上套著麻袋，狠狠地揍了一頓呢！」

「住在邊上的人都聽見聲音了，提著燈籠走出去一看，哎喲，韋掌櫃被揍得直不起腰來，打他的人早就一溜煙地跑沒影啦……」

五月的某天清晨，寧秋閣一開門，蓮荷就從別處聽來了這個消息，忙開心地轉述給安寧聽。

安寧往斜對門看過去，果然沒見韋飛鴻的身影。

關於韋飛鴻挨揍的原因，縣裡眾說紛紜，傳得最盛的是說韋飛鴻作風不好，和有夫之婦勾搭上了，惹得人家丈夫不滿，找人在巷子裡堵他，將他暴揍一頓。還有的更離譜，說是上一任方掌櫃氣不過韋飛鴻搶了自己的位置，找人報復他。

但安寧細細琢磨了後，更傾向於另外一種猜測——許掌櫃找人幹的。

上個月許掌櫃他們進了雲裳閣的貨，好好的風光了一陣，姜掌櫃特意去說了，進了雲裳閣的貨，沈澤秋帶回來的就沒他們的分了。結果許掌櫃得意忘形，指著鋪子中絡繹不絕的客人，表示自己的生意起來了，從今天開始，退出清源商會。

後來安寧聽到消息，韋飛鴻只在第一回給了充足的貨，剩下兩次是十幾二十疋的給，遠遠不夠賣。更有傳言，說韋飛鴻貪心不足，要他們拿股份換貨。

按照許掌櫃的脾氣，氣急了找人狠揍韋飛鴻一頓，也說得通。

「多行不義必自斃，活該！」何慧芳蹺著腿，感覺到大快人心。這韋飛鴻不是好東西，許掌櫃等人也是牆頭草。

安寧也嘆息著搖頭，在心裡算了算日子。「再過半個月，澤秋和胡掌櫃也該回來了。」

想到這個，何慧芳心裡就歡喜。兒行千里母擔憂，這些日子她每天都在為澤秋懸著心，就盼著他們早點平安歸來。「今晚早點打烊吧，我跟隔壁飯館學了幾道新菜，晚上做給你們吃！」何慧芳喜孜孜地說。

清源縣借住的宅子小，何慧芳沒法像在桃花鎮時那樣，一片一片的種菜，可一點都不種她憋得慌，於是想法子沿著院牆開墾了幾條三尺寬的地，種了些小蔥、小白菜，還有些韭菜和南瓜。看著菜苗兒吐出綠芽，何慧芳心裡便高興。

她提著菜籃子回到家時，趙大媽已經把地澆了一遍。

「今天咱們做紅燒肉吃，趙大媽，妳領著孩子們在院裡玩，我和文嬸一塊兒做就好了。」趙大媽眼睛不太好，何慧芳很少叫她進廚房，怕她一不小心碰到火啊刀的受傷。

做紅燒肉要選肥瘦相間的五花肉，做出來才好吃。

何慧芳按照陸氏飯館的做法，把肉塊洗乾淨後瀝乾，再起油鍋把準備好的桂葉、八角、蔥段等大料爆香，之後加入肉塊一起翻炒到肉變色，把炒好的肉塊盛出來，接下來就是炒糖色了，這可是做紅燒肉的重頭戲。

何慧芳往鍋裡加了一勺油，小火慢慢地翻炒冰糖，直到冰糖全部融化，冒起了小泡泡，這才將炒過的肉塊加進去繼續翻炒，在翻炒的過程中加入醬油等醬汁，等每塊肉都均勻地裹上糖汁，顏色變深以後，加水小火慢燉，直燉到酥爛綿軟，再大火收汁。

做好了以後，肉香味撲鼻，光嗅到香味就勾得人口水直流。天慢慢黑下來，安寧他們到了家門口。

何慧芳剛好把剩下的幾個家常小炒菜也做好了，笑盈盈地招呼。「餓了吧？洗把手，咱們可以吃飯啦！」說罷進灶房裡，把紅燒肉端出來，只見肉塊紅似瑪瑙，瑩瑩近乎透明，幾粒白芝麻和碧綠蔥絲點綴在上頭，任誰瞧了都想吃兩口。

此時此刻的宛縣，卻是另外一番光景。

胡雪琴在飯廳等李遊回家吃飯，可飯菜涼了又熱、熱了又涼，如此反覆幾次，還是沒見人回來。差人問了才知道，李遊還在大牢裡審問土匪。

「帶我去找大人。」胡雪琴嘆了口氣，拿上紙傘，去了大牢門口。

也是這時，趙全和衛石冒著雨往縣衙門口來了，神情很是疲憊，把門叩開以後焦急地問：「你們大人和夫人在嗎？我們的船在半路出事了！」

衙差們認得趙全和衛石，忙派了兩人去大牢通知李遊。

天邊劃過幾道閃光，不一會兒轟隆隆的幾聲悶雷響起，雨越下越大了。

宛縣城外幾十里遠的地方，有個叫做甕橋的小灣，沈澤秋他們的船撞出一個大洞，沒法繼續往前開，只好先停在甕橋，這地方前不著村、後不搭店，十分的荒涼，沈澤秋和胡掌櫃帶了近一萬兩銀子的貨，大意不得，忙找了間廢棄破廟，招呼大家把裝貨的木箱子抬到破廟裡，再蓋上油布防雨。

忙完了以後，沈澤秋才把濕答答的衣裳脫下來，放在篝火上烘乾。

「魏鏢頭，你也坐下喝點酒，烤烤衣裳吧。」沈澤秋對站在破廟門口打量地形的魁梧漢子說。

他們這回進的貨多，四、五個人押運顯然不夠，幸好金陵城內有很多鏢局，沈澤秋他們雇了魏氏鏢局幫忙押鏢，一路走來都平平安安，誰知人禍躲了，意外卻沒躲過。

魏鏢頭讓手下分散望風，這才進廟裡烤衣裳。

「今晚大家輪流睡吧？」沈澤秋提議。

魏鏢頭點頭應聲。「沈掌櫃這個提議甚好，在外行走，就是不能掉以輕心。」

「都是一路上跟魏鏢頭學的。」沈澤秋拱了拱手，把剛烤熱的一塊煎餅分給魏鏢頭吃。

宛縣的大牢中，一盞燈火微微搖曳，戴著腳鐐和枷鎖的瘦猴子咬牙不肯交代，眼看夜色已深，衙頭額上冒出一層汗，這瘦猴還真是塊難啃的硬骨頭啊！

「大人，今晚還審嗎？」衙頭貼耳問李遊。

李遊穿著官袍，目光冷峻如臘月中的雪，他整理著袖口。「審，審到他開口為止。」說完他一一拂過木架子上的各色刑具。「實在不開口，就用刑吧！」

話音剛落，瘦猴子嚥了嚥唾沫，剛好和李遊銳利的眼神對上。

李遊轉身出去了，本朝律法禁止酷刑逼供，但對土匪這種罪大惡極的人，是可以使用比較殘酷的刑具的。他給過瘦猴子機會，仁至義盡了。

暴雨聲蓋住了瘦猴子的尖叫聲，李遊看見胡雪琴撐著傘走過來，詫異地挑了挑眉毛。

「妳怎麼來了？」

胡雪琴拿出帕子擦擦李遊鬢角上的汗。「來叫你回家吃飯呀！一審起案子就連飯都不記得吃了。」

「好，我錯了，這就回去陪夫人用飯。」李遊接過胡雪琴手中的紙傘，和她一起回衙門。

周圍的衙差見狀，紛紛挪開目光，佯裝不察。李大人嚴肅清冷，原來也懼內啊……

半路上，兩人剛好撞見來報信的衙差。

「李大人，沈掌櫃跟胡掌櫃所乘的船壞在了甕橋，等咱們派人去接應呢！」

胡雪琴嚇了一跳，臉都白了幾分。「他們沒事吧？」

「人沒事，請了鏢師押鏢，夫人請放心。」衙差拱手回道。

李遊沈吟了一會兒，甕城距離宛縣有幾十里山路，途中有土匪盤踞，並不太平。他拍了拍胡雪琴的手，溫聲說：「妳先吃飯吧，我帶人去接沈掌櫃和妳大哥。」

「好，路上小心吶……」胡雪琴攥著手帕，看著李遊帶著手下衝入雨幕中。

第二十八章

一場大雨過後，桑水河暴漲，臨江的民房被淹了好大一片。

望著陰沈沈的天空，還有暴漲的河水，何慧芳和安寧都為沈澤秋他們擔心。

這天早晨，唐夫人又來店裡買東西了，要的料子很奇怪，是純白色的棉布，說是要拿回去做法事用的，足足要了二十疋。

何慧芳恰好在店裡，覺得納悶極了，唐府要這麼多白布幹啥？

「何姊，妳不知道呀，聽說是唐府裡的王姨娘惹上了邪祟，整日瘋瘋癲癲的，說有紅衣女鬼跟著她。唐夫人好心，請了清風觀的道長幫王姨娘做法事驅邪吶！」陸大媽消息靈得很，就沒她不知道的事。

何慧芳感覺磣得慌。「還有這種事？」

「聽說王姨娘年輕時做過虧心事，手上不乾淨，現在年紀大了，陽氣不足，才惹上髒東西的。」陸大媽壓低聲音。「要是沒做虧心事，至於嚇瘋嗎？」

何慧芳起了一身雞皮疙瘩，搓了搓手，不敢再聊了，話鋒一轉。「那清風觀靈嗎？」

「靈呀，那裡頭的道長算卦頂呱呱呢！」陸大媽俯身附在何慧芳耳邊道：「縣裡好多人找道長算生男生女的日子哩！」

何慧芳對這個沒興趣，她只想去清風觀算一算，沈澤秋他們啥時候能回來？路上順不順？說去就去，她立刻按照陸大媽說的地方，去清風觀找人算卦了。

「大吉。令郎很快就回來了。」白鬍子老道士掐指算了算，笑呵呵地說。

何慧芳一聽，心裡鬆了口氣，那就好。何慧芳揣著滿心喜悅，要回鋪子裡和安寧說，大家一塊兒高興高興。

她剛走進鋪子裡，夥計們便滿臉堆笑地迎上來。

「老太太，告訴您一個好消息，掌櫃的回來了！沈娘子和蓮荷都往家去了，您快回去看看吧！」

「哎喲，這可太好了！」何慧芳樂得直拍大腿，出門疾步往家去。

灶房裡頭，文嬸熬了一大鍋濃濃的薑湯，盛出來給沈澤秋他們幾個喝，熱騰騰的薑湯喝下肚，都出了一身熱汗，沈甸甸的身子也變得舒服了。

這時候，何慧芳也回到了家，看見沈澤秋，心裡就踏實。

等沈澤秋他們洗完澡出來，飯也做好了，一大家子邊吃邊聊，沈澤秋說起了回城的遭遇。

「我們把貨運到吳州城，準備雇船回運到清源縣，可吳州城的船都被包了，現在胡掌櫃還留在吳州城看著貨，我回來想辦法，找船去接應。」

沈澤秋的話一說完，安寧就覺得不太對勁，吳州城的船那麼多，偏偏趕在沈澤秋他們回程時被租光了？未免太蹊蹺了。

「有人在故意針對我們。」沈澤秋點點頭，眉頭深鎖。「衛石去打探過了，吳州城的船根本沒駛出港口。」

何慧芳一聽，當即氣得慌。「是雲裳閣在背後搞鬼？」

「八成是。」沈澤秋道。

何慧芳氣得撂下筷子，別說許掌櫃找人打韋飛鴻了，現在連她也想踹他幾腳！生的是人模狗樣的，怎就那麼缺德呢！

安寧想了想，腦海中浮現出一個人。「唐家是做船運的，我明天去找一找唐夫人，看看她那邊有沒有船。」只希望唐家沒有被買通。

第二日清晨，安寧和沈澤秋一塊兒去了唐府。

「沈掌櫃、沈娘子，請在此處喝點茶，歇一歇，待我進去稟告夫人。」唐管家看到沈澤秋他們來，目光微閃，在心裡有了七、八分猜測，將人引到前廳坐下，疾步去找唐夫人。

上回陸大媽說唐老闆病好了，其實是誤傳，唐老闆的病不僅沒好，反而加重許多，如今唐夫人日夜在他床前照顧，寸步不離，人都清減了一圈，這份夫妻情深，看得唐管家這些僕從都感動了。老爺年輕時待夫人涼薄，但夫人對老爺卻是情深義重啊！

「夫人，寧秋閣沈掌櫃夫妻登門拜訪，人在前廳等著。」唐管家說著蹙起眉。「依老奴看，八成是為借船而來。黃老闆前不久派人來說過，若沈家要借船，咱們不可借。」

唐夫人轉動著手指上的寶石戒指。黃老闆？不是那王姨娘的義兄嗎？

「唐管家，老爺病重後，家裡的事情都交給了我，黃老闆一個外姓人，竟要插手唐家的家事嗎？」唐夫人一字一頓，目光輕輕落在唐管家身上，但警告的意味很濃。

唐管家立即反應過來。「是，夫人說的對，我糊塗了！」

唐夫人的臉色這才稍微好了些，目不斜視地去了前廳。

唐管家擦了擦汗，唐府要變天啦！府裡的兩個姨娘翻不起浪，他老實地抱緊夫人的大腿準沒錯！

沈澤秋和安寧坐在前廳，周圍種滿了五彩繽紛的嬌花，粉蝶翩躚，一派安逸自在的景象。可他倆實在沒心思欣賞美景，一萬兩銀子的貨還卡在吳州城，亟待找船運回清源，商會裡的掌櫃也天天盼著呢！

等了一炷香時間，唐夫人終於從遊廊裡走來。安寧深知唐夫人的脾氣，她不喜歡繁瑣禮節、拐彎抹角。「唐夫人，叨擾了。今日登門拜訪，是我們急需一艘船運貨，還請唐夫人出手相助。」安寧開門見山，微微頷首，眉尖處蹙起個小小的疙瘩。

唐夫人微笑道：「別急，一艘船我們唐家勻得出來。」

她當然會幫沈家，一來是要立威，那臭男人聲色犬馬，已到了油盡燈枯的時候，她要當家，就要拿出當家夫人的派頭，黃老闆之流休想插手唐家的事務；二來是安寧和她脾氣相投，看到安寧這般焦急的模樣，出於情誼她也會幫。

「太好了！多謝唐夫人，您幫了我們大忙。」安寧和沈澤秋沒想到事情會這般順利，感覺像作夢。直到唐夫人吩咐管家去備船，他們才完全確定，唐夫人沒有開玩笑。

吳州城裡，胡掌櫃帶著鏢師們，天天盼著船來。

幸好有魏鏢頭和李遊派的人一塊兒守貨，打退了幾批不懷好意的人。

望著茫茫江面，胡掌櫃攥著拳看了又看，孫七覺得他都快變成一塊「望夫石」了。

這日清晨，江面起了層白霧，一艘船的輪廓在霧中若隱若現，緩緩駛向港口。

孫七興奮地跳起來大喊：「船來了、船來了！」

「別高興得太早，萬一不是接我們的。」胡掌櫃既激動，又怕白高興一場。

孫七腿腳快，忙奔到江邊看。「是接我們的！我看到沈掌櫃了！」

胡掌櫃眼眶一熱，男人有淚不輕彈，這回他是真哭了。

「腿傷如何了？」

濃濃的草藥味瀰漫在房間裡，韋飛鴻躺在床上，阿青給他端來新熬的藥。韋飛鴻對阿青微點頭，用眼神示意他出去，等房間裡只剩下兩人，韋飛鴻才拖著傷腿，艱難地坐直。

「謝師父關心，大夫說傷到了骨頭，還要靜養一個月。」

坐在床邊關心韋飛鴻傷情的，正是雲裳閣總店的管事周玉。聽說徒弟的腿被人打斷了，她特意從青州趕來看他。

「這仇我們一定要報！」周玉恨得咬牙切齒，清源縣的人太可恨了！「等你拿下清源縣布市的全部生意，你想怎麼處置他們都可以。」

韋飛鴻深吸幾口氣，拳攥得很緊。「師父，我和他們簽過字據，承諾提供貨源，您為什麼卡住不准發貨？若我沒違反承諾，他們就不會打人。」做人要重諾守信，這不是師父和雲老闆時常說的嗎？

周玉一臉「你是不是瘋了」的表情，她對韋飛鴻視若親弟，可涉及生意上的事，哪怕是親兄弟也絕不馬虎。「飛鴻，主動權在我們手上，要他們一成股份不過分，他們想要貨，就要付出代價。你不能心軟，那是婦人之仁，成不了大事。」

韋飛鴻向來視周玉的話為金科玉律，可這回他卻有了自己的見解。「鄧掌櫃他因為我失信，破產了，妻離子散；許掌櫃因為我愁得頭髮都白了一半——」

「閉嘴！」周玉細眉一挑，快速打斷韋飛鴻的話。「這就是命，你因為這個對敵人心軟了？你別忘了，阿青還是奴籍，別說成親，跟你到清源縣來都是破例了，你不想幫她脫籍了？不想她恢復女兒身嫁你為妻？要是想，就好好幹，雲老闆不會虧待你的！」周玉越說越生氣，這小子被她寵壞了，該晾他一陣子，免得分不清敵我！狠狠訓了他一頓後，周玉氣呼呼地推開房門，徑直出去，準備回青州。

躲在拐角的阿青嚇了一跳，臉都白了，連忙進屋看韋飛鴻。

「沒事吧？」阿青的聲音在發抖，韋飛鴻是周大管事的徒弟，原本前途光明，要不是因為她，也不會來清源縣，更不會吃這麼多苦。

韋飛鴻朝阿青伸手，溫熱的大掌包裹住女子的小手，輕笑搖頭。「沒什麼。師父有事，先回去了。」

「那……那便好。」阿青也努力地笑。

七月初二這天，一艘船從吳州城回到清源縣。船進港的那天，縣裡的布坊老闆都來了，日思夜想，天天惦記的事終於辦妥，一個個都喜不自勝，笑得合不攏嘴。

「為了幫沈掌櫃、胡掌櫃接風，我們已在八仙樓置了席，我們邊喝邊談吧！」以姜掌櫃為首，眾人準備了極隆重的接風宴。

「恭敬不如從命。」沈澤秋笑著應了。

這晚的接風宴辦得特別盛大，足足有二十桌，各家的當家人都到了，家眷也一起赴宴，包括鋪子裡的帳房、管事，把八仙樓的二、三層全部坐滿。

安寧、何慧芳她們和女眷坐在一處，不停有掌櫃娘子過來以茶代酒，敬她們。

「實不相瞞，我們家快一年沒開張了，多虧你們雪中送炭！」

「是啊，托你們的福，我們家的生意有救了！」

何慧芳笑得合不攏嘴，旁人誇沈澤秋和安寧，她也與有榮焉，非常自豪。

「無須客氣，我們就是要團結起來，一起把事做好嘛。」安寧和各位娘子碰杯，臉頰上浮起幾抹紅霞，又美又溫柔。

「沈娘子就是豁達……」

八仙樓上熱鬧非凡，樓下站著幾個人影，不停地往樓上張望，上面的熱鬧動靜就像一個個冰冷耳光，搧得他們面紅耳赤。

唉，早知今日會悔不當初，就不該退出商會，投靠雲裳閣。

許掌櫃原本黝黑的髮白了一半，臉上皺紋也深了不少，他重重地嘆了口氣，對身後幾位猶豫中的同伴道：「走吧，厚著臉皮去看看，或許能分到一些零頭。」

姜掌櫃吃席吃到一半，正走出大廳透氣，看見許掌櫃等人走來，剛才還滿面春風的臉，一下子就垮了。「你們去把許掌櫃攔住，從今以後，我不會見他。」

隨從得了姜掌櫃的話，把許掌櫃他們攔住，不讓他們上二樓，還告訴了店家。

今晚二、三樓都被包了，客人自有權利決定誰能進、誰不能進，八仙樓的掌櫃只能對許掌櫃等人抱拳。「不好意思，請下樓。」

「唉……」許掌櫃只好嘆著氣走了。

酒過三巡，沈澤秋取了當初出資的名單，按照出資多少分購布疋，大家都笑得合不攏嘴。

衛石、趙全抱了幾疋料子來，各家掌櫃輪流又看又摸，都說金陵的不僅便宜，花色也比青州的好看，手感也好。

「我們一起敬沈掌櫃一杯吧！」姜掌櫃提議。他今晚特別高興，別看他年紀大了，可這看人的眼光，還是很準的啊！

伴隨著陣陣鞭炮聲、鑼鼓聲，七月初七乞巧節，全縣的布坊就像重新開了一次業般，推出新款式、訂衣裳送小禮物、舉辦抽獎小遊戲等等，比過年都還熱鬧。

當然，其中最出彩的還是寧秋閣，衣裳款式最新穎，料子的種類、花色也最豐富，還有琳琅滿目的簪子、胭脂水粉售賣，沈澤秋還進購了一些胭脂盒子、小妝奩盒賣，受到了客人們的追捧。

安寧沒忘記唐夫人好心相助，包了些新貨親自登門送去唐府。

「沈娘子有心了。」唐夫人留安寧喝茶，心想沈娘子做人果然周到細心。

寧秋閣生意極好，斜對門的雲裳閣便更顯蕭條。

帳房先生把總部的信交給韋飛鴻，韋飛鴻打開看了幾眼後，面無表情地遞給帳房先生。

「周總管要咱們抓緊問許掌櫃他們要股份，等新貨到了，我們低價虧本賣貨，拖垮寧秋閣。」

打價格戰，就是十個寧秋閣也不是雲裳閣的對手。

「安寧，快過來看看！」沈澤秋滿臉春風地走進鋪子裡，叫安寧往外走。

安寧看沈澤秋神秘的模樣，不禁好奇。「什麼事？」

「待會兒便知道了。」沈澤秋咧嘴一笑，領安寧到鋪子門口，那兒拴著一頭高大的騾子，大眼睛、豎耳朵，頭頂一撮黑毛，看上去非常的強壯健康。

安寧驚喜地看向沈澤秋。「澤秋哥，你買的？」

「是啊！以後颳風下雨，咱們就有騾車坐了！」沈澤秋嘿嘿一笑。

這頭騾子毛髮灰黑，安寧給牠起了名字。「叫做小灰吧。」

沈澤秋牽著小灰回家，住處有現成的馬廄，打掃一番就能讓小灰住，車廂還沒做好，過些日子才能取貨。

「真體面！」何慧芳摸摸小灰油光水滑的皮毛，極是滿意。

從此趙全也有了新活幹，便是每天牽小灰出去溜幾圈。

七月盛夏，天很熱，明晃晃的日頭在天上掛了整天，只有到晚上才涼爽些。

何慧芳同賣冰人要了些碎冰，熬了酸甜可口的酸梅汁，再往裡加冰塊，更添風味。

「今晚我們吃炙肉！」何慧芳喜孜孜地說道，這是她和陸家人學的。她已備好了豬五花肉、牛肉、羊肉，和文嬸一塊兒把肉洗乾淨，切成薄片，用醬料醃製過，再用竹籤子串起來，架在火上炙烤。

五花肉在炭火的炙烤下直流油，誘人的香味一陣又一陣。

天黑了，白日的暑氣逐漸消散，一陣風吹來，格外的涼爽，大家圍坐在院子裡，邊烤邊吃，再來幾口冰涼的酸梅汁，那滋味，比做神仙還妙。

夜深了，該就寢了，安寧沐浴後穿著淺色的褻衣，正坐在窗邊吹半潤的長髮。

一陣風吹過，褻衣緊貼纖細的腰肢，盈盈一握，白嫩的手指如蔥尖，輕拂過烏黑的髮絲。

沈澤秋推門進來，目光一下子就被吸引了，喉結滑動幾下，他扣緊安寧的腰。

「該睡了。」沈澤秋低聲道。

「澤秋哥，你先睡。」

安寧聲音輕輕的，勾得沈澤秋更加心癢了，纏著她不放。

安寧攥住沈澤秋搗亂的手，嗔怪道：「做什麼？」

沈澤秋把安寧抱起來放床上，整個人壓上去。「小石榴快三歲了，該有妹妹了……」一直忙到三更天，安寧才得空，枕著沈澤秋的手臂沈沈睡去。

離中秋節還有半個月，安寧和何慧芳就為節日忙碌起來。

先去糕餅鋪預定了足夠量的月餅，然後列下要送禮的名單。在桃花鎮時人情關係簡單，到了清源縣後可大不一樣了。更別說沈澤秋做了清源商會的會長，就是不往外送，中秋前幾日登門送禮的也有不少。

令安寧意外的是，沈澤玉和梅小鮮竟然也送了月餅來。梅小鮮笑呵呵的，送的是自己親手做的月餅。

沈澤玉手藝好，口碑佳，經營出一個小工作木坊，手下有七、八個學徒，這回到縣裡買漆，惦記著中秋要到了，順便過來看看沈澤秋他們。

「有心了，在家住一晚，明天再回去吧！」何慧芳收了幾十盒月餅，梅小鮮親手做的她最喜歡。

晚上一家人坐在一桌吃飯，說到了沈澤秋想重修沈家村老房子的事。

老房太破舊了，漏雨又漏風，還特別窄，加上這幾年他們很少回家，屋子裡沒人氣，院角院牆長滿了青苔，今年開春時，房後的小溝渠漲水，竟然把一角院牆給衝垮了。

一家人商量了，還不如把舊房子扒了，重新建新的，也不需要高牆深院，幾間磚壘的廂房，修得乾淨整潔就是。

「小嬸娘、澤秋，你們看這樣的行不？」

沈澤玉蘸著茶水在桌上畫了幾筆，一間院子的雛形清晰浮現，左右各兩間廂房，中間是堂屋，院裡還留了兩窪菜地，非常符合何慧芳的喜好。

「喲，挺好的，我喜歡！」何慧芳驚喜地看著沈澤玉。「你還會建房吶？」

沈澤玉搖頭，帶著笑意說：「不是我，澤鋼農閒的時候會幫人蓋房子。小嬸娘，你們要是忙，可以讓澤鋼幫忙蓋，今年回去就能住新屋了。」

「那好哇！」何慧芳對沈澤鋼挺滿意的，話不多但老實，他媳婦不太會說話，可心眼子不壞。

事情就這麼定下了，沈澤秋包了五十兩銀子讓沈澤玉轉交沈澤鋼。「哥，錢不夠的話，就找澤平去櫃上支。」

「好。」沈澤玉笑。「磚石、木料都用好的吧？結實，不過造價就高了。」

沈澤秋點頭。「沒事，哥你看著安排吧。」

兄弟兩個默契地對視一笑，而後沈澤玉拿起包袱。「我走了。」

沈澤秋送他們出門，跟著走了兩步。「哥，我和安寧成親時，床、椅都是舊的，連個衣櫃都沒有，一直很過意不去，這回新屋子裡配新家具，麻煩你看著打一整套。」

「好，你放心。」沈澤玉明白澤秋的感受，梅小鮮嫁給他時，家裡也窮，現在手頭寬裕了，就想好好彌補枕邊人。

寧秋閣生意越來越旺，與之相反的便是雲裳閣的蕭條。

一輛馬車在街角停了很久，周玉數了數，一個時辰內，寧秋閣進出不少於二十位客人，可雲裳閣只有一位！她氣得臉色發青，掀開車簾下馬車，氣勢洶洶地直奔二樓。

「你怎麼一點不著急？」周玉揉著額際，怒不可遏，努力壓制著欲噴發的怒火。

韋飛鴻站在窗前發呆，聽見聲音才發現周玉來了。「師父，您怎麼又來了？」

「又來？不歡迎我是嗎？」周玉既生氣又心寒，和一手帶大的徒弟生了嫌隙，任誰都會不好受。「吩咐你的事做了嗎？」

面對周玉連珠炮似的問題，韋飛鴻只微閃了下眼皮，語氣冷冷地說：「在做了，股份轉讓的字據已經列好，就等總部的貨到，然後簽字畫押。」

看著韋飛鴻這副半死不活的樣子，周玉更生氣了，她怒目圓瞪。「最好別騙我！」

韋飛鴻不說話，良久才有些暗諷般地說：「我從不騙人。」

周玉氣得險些失控，但竭力隱忍了，轉身一邊走一邊說：「我要帶阿青回青州。」

「為什麼？」韋飛鴻蒼白的臉上閃過震動，急忙追上去。「阿青是我的未婚妻，不要帶她走！」

周玉頓住，回身望向韋飛鴻，唇邊噙著冷笑。「她的賣身契在雲老闆手裡，老闆想要她回哪裡，她自然就得回哪裡。你放心，只要你事情辦得漂亮，人會還你。」韋飛鴻是她一手培養的，人聰明，會隱忍，唯一不足的是心慈手軟，希望這番歷練過後，他可以成長。

「阿青——」

韋飛鴻竭力阻止，可周玉態度強硬，叫了兩個強壯的婆子，把阿青押上了馬車。韋飛鴻把牙咬得咯吱作響，曾經溫柔的師父變得太陌生了。

今年雨水多，聽說北方河水氾濫，沖毀了不少的田地，清源縣來了許多災民，其中包含不少孤兒。

在姜掌櫃的提議下，清源商會募集了一些善款，在城外設立了粥棚，每日給災民們施粥。

晚上吃飯時，安寧和家人商量道：「我想建一個學堂，教流離失所的孤兒們縫紉還有裁剪。」一來讓孩子們有了吃住的地方，二來就像唐夫人說的那樣，為寧秋閣培養好的夥計，算是一舉兩得的好法子。

何慧芳是刀子嘴、豆腐心，聽完了連聲說好，這是積德行善的好事情吶！

「行，安寧這主意好。」沈澤秋也很贊同。「明天我和妳去城外看看。」

一大清早，天還矇矇亮，趙全就套好了騾車，趕著車去了城外。

清源商會設立的粥棚正在熬粥，米才下鍋，粥棚前就排起了長龍。密密麻麻的災民衣衫襤褸，一眼看去至少有數百人。

「沈會長，您怎麼來了？多虧你們出資設立粥棚，造福百姓吶！」

魏大人前來巡視，看見沈澤秋他們，忙蹚著泥水過來搭話。照顧好這批災民，將來地方官考核，可是好大一筆政績呢！魏大人高興之餘，對沈澤秋也充滿了感激。

「應該的。」沈澤秋拱手，把來意和魏大人說了。

魏大人聽完了連連點頭。「好啊，好主意！」說完了叫衙差領著沈澤秋去到災民中，尋找和家人走散的孤兒。

安寧沒有下馬車，坐在車裡挑開車簾往外看。

雨水把泥地泡得很鬆軟，路面泥濘不堪，太陽一升起，地面的水分蒸騰掉，更加的熱。

沈澤秋在災民中轉了幾圈後，發現事情並不如想像中簡單，這些孤兒並不是流浪兒，大部分都是有「主」的，以「舅舅」、「叔父」相稱，但看起來並不親密。

圍在沈澤秋身邊的衙差見多了，附耳說：「八成是路上買的，現在又倒手賣呢！」

「六兩銀子，五歲的女娃，乖巧能幹，老爺看看吧！」

「這是個男娃，七歲，十兩銀子。」

沈澤秋和安寧看著孩子們又怯又怕的眼神，都動了惻隱心，他們不買，這些孩子也會被賣給別人。

幸好沈澤秋去一趟金陵，賺了一千多兩銀子，錢不是問題。在官家的見證下，他們一共要了十幾個女孩，四、五個男孩，一共二十多人，都簽了字據，在衙門裡存了檔。

小孩們一個個髒兮兮、怯生生的，睜著眼睛好奇又害怕地看著安寧和沈澤秋。

「別怕，以後你們有地方住，能吃飽飯，穿乾淨衣裳，我們還會教你們手藝。」安寧對著孩子們柔柔地笑著。

真的嗎？這個美得像仙子的姊姊實在太好了！安寧溫暖的笑容很快擄獲了孩子們的心。

何慧芳和文嬸、趙大媽等人早把租來的一棟獨門小院整理乾淨了，幾間大通鋪，分別是男娃和女娃的宿舍，洗澡有澡堂，吃飯有食堂，雇了兩個婆子做飯和灑掃，還有一個門房老頭看門。

「以後店裡的師傅會輪流去教孩子們手藝，衛石教男孩功夫，女孩也要跟著練一會兒。」

沈澤秋做了簡單的安排，寧秋閣的這個小學堂便正式成立了。

縣裡的百姓們知道了，沒有一個不誇沈家心善的，別人家買了孩子，哪會這樣好吃好喝地供著，還教人手藝啊！

與此同時，從青州運來的貨終於到了碼頭，韋飛鴻親自去接。

這批貨一分出去，清源縣平靜的生意場又要起波動了，原本一兩銀子的衣裳，只賣五百文，雲裳閣資金雄厚壓得起價錢，不知清源商會拿什麼鬥？

中秋節，家裡收了許多月餅和糕點，家裡人吃不完，分給夥計們一些後還剩許多，安寧便提議再買些瓜果，一起拿到學堂給孩子們過節。

學堂門口已經掛上匾額，和布坊的名字一樣，叫做寧秋學堂。

孩子們洗去滿身泥污，換上新衣裳後，一個個跟換了人似的，活潑又精神，看見掌櫃的來看他們，都非常的高興。這些孩子出生窮苦人家，寧秋閣的吃、住、穿是他們享受過最好的東西。

當月餅、瓜果分發下去後，有些孩子都還捨不得吃。

安寧笑意融融。「今日過節，中午加餐，人人都有雞腿吃，還有煮蛋。」話才說完，孩子們就高興的陣陣歡呼，比過年還高興！為啥？因為往日過年都沒吃得這樣好啊！

過了會，徐阿嬤來了，照顧她的姑娘提著個小竹筐，裡頭是二十來個小香包，是徐阿嬤給孩子們的中秋禮物。

「徐阿嬤好！您又來看我們啦？」小孩子一擁而上，親熱地圍在徐阿嬤身邊，一點都不生疏。

畫完花樣本，經過徐阿嬤同意後，沈澤秋便把她接到清源縣住，沒想到徐阿嬤不喜人打擾，卻十分喜歡這群孩子，幾乎每天都會來寧秋書院，教他們手藝。

「這些孩子是白紙，還沒被世俗污染，教他們比教庸俗的大人好多了。」

徐阿嬤這樣解釋過，何慧芳聽不明白，只當她喜歡孩子。

不過安寧懂徐阿嬤的心思，她怕好手藝沒人傳承，在給自己物色徒弟呢！

這一年中秋，沈家幾十個人一起過，皎月亮如玉盤，月光下眾人笑盈盈，吃餅賞月、捉迷藏、點柚香，玩得不亦樂乎。

「許掌櫃怎麼沒來？」

雲裳閣二樓廂房裡，韋飛鴻準備和各家掌櫃簽字畫押，簽字後他們有了貨源，雲裳閣有了股份。

這般做交易，他們自知遲早會被吞得連骨頭渣都不剩，可事到如今，他們沒有選擇。

諸人都到了，就差牽頭的許掌櫃。等了小半個時辰後，韋飛鴻沒了耐心，吩咐夥計去許氏布坊催。

夥計匆匆跑了趟回來，累得直喘氣。「許掌櫃回鄉下了，明天才回來！」

韋飛鴻捏著眉心，按捺下心中的煩躁。「今日散了吧，等明天許掌櫃回來了再簽字。」

一夜無眠，韋飛鴻無聲地看著床前的月光，他清楚知道，他在為虎作倀，這一點令他充滿自責與不安。韋飛鴻很想阻止總部的做法，可阿青還在他們手裡，為了阿青，他只能選擇做傀儡。

韋飛鴻攥緊拳頭，暗罵自己是個懦夫。

第二天一早，還沒來得及組織許掌櫃等人簽字，青州又來人了，自然，又是來催進度的。韋飛鴻煩透了，說話很不客氣，和來人鬧得極不愉快。

韋飛鴻積了滿肚子氣回二樓，過了一會，有個人趁著左右無人時敲門進來了。

來人很年輕，十四、五歲，是跟著從青州來的。

韋飛鴻掃他一眼。「什麼事？」

年輕人不說話，好像在忍耐什麼，可又忍不住，小步跑到韋飛鴻身邊，附耳細聲說話。

韋飛鴻的臉上迅速褪去血色，蒼白如紙。「真……的？」他的聲音在發抖。

年輕人的眼眶也紅了，掏出一封信及一塊玉珮。「嗯。」

一封絕筆信、一枚定情的玉珮，就是阿青留給韋飛鴻的所有。

原來阿青回青州不久，周玉就勒令她恢復了女兒身。一日，雲綏的合夥人醉後欺負了阿青，阿青寫下一封信，和玉珮一起交給年輕人後，便自盡了。

年輕人哭紅了眼圈。「東西給我時，我不知她要尋短見……後來，老闆不叫你知道，我怕了，不敢來送信，可……可不送我良心過不去，阿青對我很好……」

韋飛鴻低頭摩挲著玉珮，全身僵硬，一動也不動。

他想到了第一次見到阿青時的場景，牙婆領著好多小孩，周玉要挑人做侍女，其中一個小孩怯生生地說「哥哥，你長得好像我哥哥」，周玉覺得阿青和韋飛鴻投緣，才把瘦弱的阿青買下……

「徐阿嬤又畫了兩款新衣裳，我們各裁一套，掛在外面打樣吧。」安寧笑著將花樣子拿出來，和蓮荷說。自從出過芸娘這樣的內賊後，最新的款式、花色，安寧會小心保密，只有自家人和蓮荷這樣信得過的人才知道。

徐阿嬤的手藝不用說，做出來後一定是新的大賣款。

沈澤秋在金陵進貨時，逛了金陵的布坊，發現他們會幫熟客建小冊子，按照編碼擺放，客人每買一次東西就記上一筆，積累多了便送胭脂、香囊等禮物，逢年節時客人也可憑編碼領取特製的禮物。

禮物並不貴重，但客人們卻很喜歡。

中秋以後，安寧和沈澤秋也建立了熟客的冊子。

排在第一位的當然是唐夫人，如今唐老闆臥床不起，生意都由唐夫人操持，一開始大家不服她，等見識了唐夫人的手段和頭腦後，全都心服口服。

這一日，新款衣裳才掛出去不久，唐夫人帶著丫鬟又來了，瞧著款式，摸摸料子，照舊很豪邁地說：「我訂兩件，頭面跟首飾也按衣裳幫我配兩套。」

安寧淺笑著應了，吩咐蓮香去包東西，她引唐夫人到小廂房裡邊喝茶邊等候。

「前些年日子過得苦，現在怎麼買都買不夠。」唐夫人啜口茶，勾唇，有些自嘲般笑。

客人自嘲，安寧卻不會跟著嘲笑，不然得罪了人都不知道。過去的事已無法彌補，唯有勸解，讓唐夫人少些遺憾。「先苦後甜，以後都是好日子了。」

唐夫人點點頭，眉頭舒展開了。是啊，她現在什麼都有了，挺好的。

自從有了騾車後，安寧每日晌午都和沈澤秋坐車回家吃。

何慧芳堅持自己做，自己做的吃得習慣，澤秋跟安寧他們也喜歡。

今天晌午何慧芳做了黃豆豬腳，還用絲瓜煮了湯，外加兩道家常小炒。自金陵回來後，沈澤秋和安寧忙著上新貨，收養孩子辦學堂，每日都很忙碌，何慧芳想著給他們做點硬菜好好補補，還在灶上用砂鍋煲著豬肚湯，裡面還放了補藥呢，喝下去大補！

一家人圍著桌子坐下，何慧芳笑呵呵的。「還有個菜，我去端出來。」

沈澤秋摸了摸安寧的額。「安寧，妳臉色不太好，今天下午在家歇著吧。」

「沒事，就是胃口不大好。」安寧喝了幾口茶，輕聲說。

何慧芳去把豬肚湯端了出來，蓋子一掀，熱氣嫋嫋，鮮美的味道飄出來，特別好聞。

「好喝！」沈澤秋先嚐了口，然後一碗一碗地盛湯分給大家。

安寧喜歡喝湯，可今日不知怎麼了，一聞湯的味道就感到反胃，她嚐了一口後便再也忍不住，跑到院角乾嘔起來。

「怎麼了？」

何慧芳給安寧拍背，沈澤秋拿水給她漱口，一陣忙碌後，安寧徹底沒了胃口，先回房休息了。

過了會，何慧芳來看她，攥著安寧的手試探著問：「會不會是有了？」

安寧垂下眼眸。「我也不大清楚，但……日子推遲了。」

「那我去請個大夫，把把脈。」何慧芳暗喜，看這樣，八九不離十哩！

下午大夫來為安寧診脈，果然笑呵呵地道喜。「沈夫人這是喜脈，脈象很穩啊！」

沈澤秋高興過後卻是自責，這幾天安寧的胃口都不大好，他竟然一點都沒察覺！待何慧芳給大夫包了賞銀後，他興沖沖地走到房間裡。「現在好些了嗎？」

安寧躺在床上，笑盈盈地看過去。「好多了。」

沈澤秋親了親她的臉。「那就好。妳又要受苦了。」

「不苦，是甜的。」安寧靠在沈澤秋的懷中，摸著還十分平坦的小腹。「希望這回是個女孩兒。」

「我也希望。」沈澤秋把人摟緊了些。已經有了個臭小子，希望這回是個寶貝閨女。

夜深了，一艘船行駛在波濤洶湧的桑水河，向百里之外的青州城駛去。韋飛鴻站在船舷上，穿著湖藍色的錦袍，頭繫同色髮帶，衣袂翩翩，雖瘦了一圈，但眼裡有光，沈默地望著漆黑的江面。

幾日後的清晨，韋飛鴻回到了青州雲裳閣總店，帶來了許掌櫃他們簽的字據。

周玉把字據一張張仔細看過，滿意地點頭，態度也不像之前那般刻薄了。「飛鴻，你做得很好，下回他們再要貨，咱們就要兩成股份。」

「是。」韋飛鴻答。「阿青呢？事情我做好了，阿青能跟我回清源了嗎？」

周玉的目光閃爍了一下，低頭喝茶。「她跟著船隊去州府了，入冬了才回來。」說罷有些緊張地看著韋飛鴻，好在他沒多說什麼，只是神情有些難過。周玉想了想，拍拍韋飛鴻的手。「在青州多留幾日吧，雲老闆最近回來了，宴席酒會多，我帶你去多拓展些人脈。」阿青一個小丫頭，死就死了，周玉沒放在心上。飛鴻是她精心培養的徒弟，該配更好的女子。

韋飛鴻點頭，說好。

也是這一晚，風很大，明月高懸，天乾物燥，清源縣的雲裳閣忽然起了大火，火借著風勢熊熊燃燒，不一會兒就蔓延到了二樓，火光把半條街都點亮了，猶如白晝。

「掌櫃的，街上起火了，離咱們寧秋閣很近，您快去看看吧！」

趙全叫醒了沈澤秋，和衛石等人一塊趕到了街上。等他們到的時候，雲裳閣的招牌已經燒著了，哐噹一聲砸在地上，濺起一片火星。

整個鋪子成了燃燒的火球，雲裳閣的帳房雲伯趕到了，驚駭得臉色發白。韋飛鴻回青州前特意囑咐他看好鋪子，掌櫃的前腳才走，後腳鋪子便失火了，他可擔待不起責任，雲老闆也不會放過他啊！

趁著火場混亂，雲伯收拾好細軟，沿著小路偷逃出城了。

這場火燒得太大了，加上天公不作美，直到天快亮時才撲滅。昔日輝煌富麗的雲裳閣，現在只剩下個空架子。

雲裳閣的夥計們你看看我、我瞅瞅你，全都束手無策，如今連一個有管事權的都沒有。

等韋飛鴻和周玉得到消息，坐船抵達清源縣，已是半個月以後。

望著燒得面目全非的鋪子，周玉氣得鼻子都要歪了。清源縣分店傾注了很多的心血，好不容易有了起色，現在全成了泡影！

「飛鴻，這究竟是怎麼回事？」周玉強捺下怒氣，重重看一眼韋飛鴻。

「師父，我也不知道，臨走前，我托了雲伯打點鋪子裡的事務。」韋飛鴻蹙起眉，一副痛心疾首的模樣。「當務之急，要找到雲伯。」

是啊，事發之時飛鴻根本不在清源，和他沒有關係。周玉閉眼嘆氣。「跟我去縣衙。」

魏大人喝著茶，叫衙差把失火案的卷宗拿出來。「火燒得太大了，東西全部燒光，查不出失火的原因。當時夜深，已經到了宵禁的時候，因此也沒有目擊證人。你們店那個叫雲伯的，或許知道些什麼，不然事情一出，他怎麼就跑了呢？」

看來衙門的人也查不出什麼了。

周玉在清源縣逗留兩日後，帶著韋飛鴻回了青州。

這事稟報到雲綏那裡，雲綏發了一頓脾氣，周玉挨了罵，韋飛鴻被降職，在青州分店做小管事。

周玉把這一切歸咎於運氣不好，對韋飛鴻道：「過上一年半載，等雲老闆氣消了，還會重用你的，我也會幫你在老闆面前說好話。」

「嗯，謝師父。」韋飛鴻低頭答。

周玉不知道，其實火是韋飛鴻雇人放的。當夜風大，火起勢快，加上運氣好沒被人看到，這計劃竟被做得滴水不漏。因害怕而逃跑的雲伯，也恰好成了他的擋箭牌。

韋飛鴻冷笑，眸光微閃，靜靜凝望周玉的背影。

雲裳閣在清源縣就這麼敗了，敗得徹底又乾淨。

姜掌櫃是最高興的那位，在八仙樓請客吃飯，舉杯敬沈澤秋，笑呵呵地說：「沒有沈家，我們這些老傢伙就死定了，你們真是我的福星！看到雲裳閣失敗，我就算死也能閉眼嘍！」

「姜掌櫃說笑了，都靠我們齊心協力，我可不敢居功。」沈澤秋雙手舉杯，笑得謙和。

入冬了，這晚下了雪，簌簌落在院裡、樹梢上、院牆上，整個世界銀裝素裹，美極了。

安寧有了兩個月身孕，晚上睡得不太好，一會兒夢、一會兒醒，後來就睡不著了。

「餓了？」沈澤秋睡眼矇矓，握了握安寧纖細的手腕。

安寧微微搖頭。「不餓。」

「冷了？」沈澤秋碰了碰安寧的腳尖，熱呼呼的。

安寧怕癢，縮了縮腳丫子。「也不冷。」

睡意昏沈的沈澤秋費力地睜開眼，透過窗縫，發現天已經朦朦亮了，他打了個呵欠，用力地掐小臂，疼得直咧嘴。「那我陪妳說話。」沈澤秋把自己掐精神了，將安寧摟在懷中。

他的胸膛很寬很厚，安寧依靠著，特別暖和、有安全感。

沈澤秋跟安寧說了幾個鄉野趣聞，逗得她直笑，身子也沒那麼難受了。

「澤秋哥，鋪子裡的料子剩得不多了……」安寧把手貼在沈澤秋的胸膛，乖巧地躺著，語氣有些悵然若失。

沈澤秋撫摸著妻子的頭髮。「我去金陵進貨。」雖然，他捨不得安寧，也知安寧捨不得他。

安寧撒嬌般地摟緊沈澤秋的腰，眼眸眨了眨，忽然有了個主意。「澤秋哥，我們組一支小船隊吧？」

沈澤秋手上的動作一頓，靜靜等安寧說下去，他深知安寧的性子，她一定是想到了好主意。

「金陵的山貨賣得貴，是咱們這兒的兩倍，我們可以買兩艘船，船南下時送山貨去金陵賣，北上時順路將料子運回。我們派可靠的夥計跟船辦事即可，就不用你每回都去了。澤秋哥，你覺得如何？」

這是個不錯的法子，沈澤秋去一回金陵要花三個月的時間，靠安寧一人根本忙不過來。

「主意不錯，要不今日去唐府拜訪一下唐夫人，和她討教些經驗？」沈澤秋摸摸安寧的臉，笑著問。

安寧點頭說好。「唐夫人喜歡娘炸的小糍粑的麻花，咱們給唐夫人帶點去。」

唐夫人現在打扮得滿身貴氣，可口味沒變，何慧芳做的小點心、炸物，她都喜歡吃，還嫌棄府裡的大廚都做不出這個味道。

安寧和沈澤秋說明來意，唐夫人說這沒什麼難的，唐家船隊裡剛好有兩艘舊船要賣，不過辦理船隊需要州府的批文，這批文極難得到手，需由縣令一級一級往上遞交。

看來這回，沈澤秋還是得親自跑一趟金陵。

不過在出發前，按照唐夫人的提點，他們準備好了申請州府批文所要用到的東西。然後沈澤秋在八仙樓擺了一桌，姜掌櫃等在清源縣有頭臉的人作陪，把魏大人請來了。

「這個嘛，我得好好想想。」魏大人怕上級怕得像老鼠見了貓，沈澤秋要建船隊，他更覺那是癡人說夢，貪心不足，他怕申請遞上去，他作保，到時候得挨上司一頓訓。可沈家如今是清源能排上名的富戶，魏大人又不想得罪沈澤秋，於是眼珠子滴溜溜地亂轉，最後想到了個折衷的好法子！「沈會長，你的船隊建好了，跑的是吳州城到金陵這一段水域，根本不屬於清源縣管，宛縣為吳州城所轄，李大人在宛縣為官，他人脈比我廣，也受上頭重視，你去拜託他往上遞申請，比拜託我強。」

雖然魏大人本意在於推拖，可這道理沒錯，沈澤秋聽進去了，這事情需託給李遊幫忙。

於是沈澤秋先寫了封信捎給李遊，李遊回信說面談。

第二十九章

很快地，除夕又到了眼前。今年除夕，沈澤秋一家沒有回村過年，一是安寧懷的這胎孕吐比較厲害，又是水路、又是陸路的，何慧芳和沈澤秋捨不得她在路上顛簸；二是寧秋閣準備在縣城開分店，裝潢新店的事情緊，實在騰不出空閒來。

沈澤平領著蓮香第一次回家過年，被村裡人圍著問長問短。

「澤秋今年怎沒回來？」

「聽說他們在縣裡成了財主老爺哩？」

沈澤平費了好大勁兒才從人堆裡擠出來，桃花鎮老鋪子的生意現在也好得很，沈澤平和蓮香忙得腳不沾地，就想趁過年輕鬆幾天，歇一歇，快活快活。

大年初一，沈澤平就帶著毛毛還有幾個姪子們上山採野果子、打麻雀去了。

村人見了，又是一陣嘀咕。

「我看沈澤秋家也沒怎麼發達吧？你看澤平，跟著澤秋出去的，怎像沒吃過肉似的，烤隻麻雀吃就笑得合不攏嘴！」

「我看是！都是吹的，打腫臉充胖子！」

沈澤平不管這個，興沖沖地和毛毛烤麻雀吃，直說這麻雀烤起來味道香。
蓮香癟著嘴，覺得這些人非常嘴碎討厭。
恰好村裡人也愛圍著她這個新媳婦轉，看著她鬢邊的絹花簪子說：「這簪子體面，多少錢一支？」
「不貴，也就一兩銀子。」蓮香笑笑，親熱地摟著她婆婆的胳膊。「我娘戴的這支才貴哩，要三兩銀子！」
哎喲，四、五兩銀子可是好多人家小半年的開銷了！於是，剛才還說沈澤平沒吃著肉的都訕訕閉了嘴，啥也不說了。
沈澤平跟著澤秋做事都能這麼富裕，那澤秋家還用說嗎？肯定過得更好啊！
剛過了除夕，正月初九，沈澤秋就帶著盤纏和準備好的東西，再次踏上去金陵的路。這次胡掌櫃沒有同去，他帶上了沈澤平，正好讓沈澤平多歷練一下。
胡雪琴已經有了八個月的身孕，馬上就快生了，沈澤秋連聲說恭喜。
聽說安寧也有孕，胡雪琴笑著說，要是生的一男一女，剛好可以訂娃娃親。
沈澤秋笑呵呵地說好。
在李遊的治理之下，宛縣的匪患好了很多，但宛縣山地多、良田少，百姓們的日子過得還是很窮。

聽說沈澤秋想成立小船隊，將山貨販運到金陵賣，李遊想了很多。宛縣多山地，很適合草藥種植，要是沈澤秋能把宛縣的草藥運到金陵去，是樁一舉兩得的好事。

「好啊，只要辦理船隊的批文能下來，山貨、草藥我都能運到金陵。」沈澤秋答應了，對他而言，只要能賺錢，運山貨或運草藥都可以，這些都輕巧不占地，乾淨也好存放。

沈澤秋和李遊商量好，沒多久就向上頭提交了申請。

這次去金陵特別順，沈澤秋還遇見了故人，那位被小癟三敲竹槓的書生梅玉成。他要離開金陵赴京趕考，可惜還差點盤纏，沈澤秋資助了他二十兩銀子。

三月下旬，沈澤秋回來了，不僅帶回了各色衣料、首飾、脂粉，還有金陵的山貨、草藥等，這些價錢，還去大的草藥堂和貨棧打了照面，行情很不錯。

伴隨著一陣噼哩啪啦的鞭炮聲，寧秋閣在清源縣的第二家分店開張了，位於城西，是整條街最繁華的位置。

開業當日，前來捧場的人絡繹不絕，大家紛紛賀喜。

而李遊往上遞交的那份申請，歷經波折，終於在五月份到了州府嚴大人的案上。

「想辦船隊？」嚴大人蹙起眉，頗有興致地拆開信閱覽起來。

他的幕僚是京城名士，姓文名正，文正飽讀詩書，又在外遊歷多年，十分的有見識。文正拿起李遊寫的信，上面仔細地列舉了宛縣有多少山地、多少農戶可種植草藥、預計產量以及販賣到金陵後能掙多少錢。一條一條，極其的細緻。「有意思。」文正笑著道。

文正曾遊歷大江南北，以他的經驗，越窮的地方匪患越多，正應了窮山惡水出刁民的俗話。如果船隊建成，宛縣所種的草藥能順利銷往金陵，百姓富庶了，匪患也會減少，是利民的好事。

嚴大人笑著翻看幾遍，記下李遊的名字，這是真正的做事者。「批了吧！」他點了頭。

這年中秋，沈家的寧秋船隊正式成立。沈澤秋招了很多船員、夥計，趙全和衛石成了船隊的管事，帶領手下輪流押船往來於吳州和金陵之間。

很快地，因為宛縣草藥的品質過關，寧秋船隊在金陵漸漸有了名氣，很多草藥堂搶著訂貨，要的量大，也給得起好價錢。

李遊為了提高產量，還親自下地參與種植，開墾山地種草藥。

一晃五年過去了，宛縣從倒數第一的窮縣、匪縣，成為遠近聞名的富庶鄉。

落草的土匪紛紛回鄉種地，樂呵呵地誇縣太爺李大人是天上仙人轉世，專門來救苦救難的，以前一個村有一半是討不著媳婦的光棍漢，姑娘只願往外縣嫁，現在家中有餘糧，手頭有積蓄，房子也修得明亮又寬敞，老婆、孩子熱炕頭，比落草為寇好多了。

安寧的第二胎是個女娃娃，今年四歲半，生得粉雕玉琢，雪團子似的可愛，小名叫小楊梅，古靈精怪的，極討人喜歡。

家裡的鋪子一年開一家新的，在鄰縣也開了兩家，加上桃花鎮的產業，共計十間鋪子，每一間生意都十分好。當年收養的那批小孩都爭氣，有幾個女孩心靈手巧，成了徐阿嬷的得意弟子，店裡的花樣子、新款衣裳終於有人和安寧一起設計了。

寧秋船隊的船也從原來的兩艘小的，擴增為五艘大船、三艘小船，不僅運送草藥去金陵，也會運送米、山貨及各種南方稀缺但清源盛產的東西。沈澤秋還成立了一個錢莊，就連唐家、楊家等富戶都會將銀子存在寧秋錢莊，沈家給的利息高，並且從不拖欠。沈澤秋和安寧則用錢莊吸收的資金開新鋪、買新船，生意上蒸蒸日上，在清源無人不知沈家。

又是一年中秋至，晚上家裡備了席，何慧芳快五十歲了，身體還很硬朗。家裡換了大宅，小廝、丫鬟、婆子加起來也有二十幾個人，廚房裡有專門的廚子、廚娘，可何慧芳就喜歡自己買菜、自己下廚。這不，中秋節到了，一大早她就帶上廚娘去菜市場買菜，回家後準備好好的露一手。

小石榴今年八歲了，四歲開蒙，在私塾裡讀了四年，記性特別好，今年春天過了清風書院的考試，成了書院中年紀最小的學生。

清風書院是鄰近幾個縣最好的書院。

到了申時，眼看時候不早了，何慧芳吩咐車夫駕車去清風書院接人。今天過節，書院按照舊例會提前散學。

秋風吹黃了樹葉，離沈宅不遠處有條偏僻小巷，種了幾株銀杏，銀杏葉子金黃燦燦，風一吹落下一大片，極好看。

小石榴今天壓根兒沒去書院，和幾個玩伴滿縣城玩去了，本來還說好要去茶樓聽說書的，結果同行的一個夥伴說要回家。

「明天夫子要抽查功課，我得回去溫書了。」

其他人一聽，紛紛想起夫子嚴肅的臉，不禁害怕起來。「對，咱們各回各家吧，小石榴把文章看幾遍就能背熟，我要背整宿呢！」

「小石榴，我們先走了。」

大家都回家了，小石榴覺得沒勁，看看時間不早了，便去點心坊買了幾塊豌豆黃、驢打滾等，打算拿回去給娘親、奶奶還有妹妹吃。

抄小路回家時，他見前面圍著幾個人，兩個穿綢裳的男孩一個叫王宜，另一個叫李杉，都比小石榴大兩歲，正在欺負一對姊弟。

「拿著什麼？我要看！」王宜高聲喊，刺耳又粗魯。

姊姊大概和小石榴同齡，把五歲的弟弟護在身後，仰起下巴說：「和你們沒關係！」

「我就要看！」李杉生氣了，推搡姊姊。「別不識好歹！」

小石榴抱著手停下。「喂，你們吵什麼？」小石榴記性好，認得王宜和李杉。但他倆卻不記得小石榴了，不耐煩地回頭罵人。「關你屁事！」

小小年紀，嘴特別臭！小石榴嫌棄地皺起眉頭。

他相貌隨安寧多，粉粉嫩嫩，乍一看像個清秀的女娃娃，王宜和李杉都覺得他好欺負，罵完人不算，王宜抬腳就要踹。

但小石榴只是模樣清秀，性子有八、九分像沈澤秋，甚至比他爹小時候還皮，又和衛石學了很多拳腳功夫，別人要揍他，小石榴會直接揍回去。

於是三個人瞬間撲打成一團。

姊弟倆嚇懵了，過了一會兒才回過神，姊姊帶著弟弟一起幫著踢人，可惜他們兩個人都沒怎麼打過架，還是靠小石榴一人揍跑了兩個。

王宜和李杉落荒而逃還不忘撂狠話。「你叫啥？你給我等著！我不會放過你！」

「沈煜皓。」小石榴冷靜地拍拍灰塵，一臉平靜，他才不怕呢！

「你沒事吧？」姊姊掏出一塊淺粉色的帕子遞過去，小心翼翼地問。

小石榴臉上、手臂上都掛了彩，但都是皮肉傷，他把灰塵拍乾淨，仰起頭說：「沒事，好著呢！」同樣是八歲的孩子，女孩比男孩要高上一點，小石榴故意站得筆直，這樣他顯得高。

「但你的手流血了，還是包紮一下吧。」姊姊說完，拉過小石榴的手，用粉色帕子將他受傷的食指包紮好，然後福了福身。「謝謝你。」

小石榴笑著抓了抓頭髮。「舉手之勞。」說完去拿地上的點心包，才發現全都碎了。碎點心拿回家，還不如不拿，但扔了又覺得可惜。

「給你們吃。」小石榴把點心拿起來。「都碎了，你們別嫌棄。」

姊姊猶豫幾瞬後接過。「徐記的點心，很貴吧？我給你錢。」

「不用、不用。」小石榴搖手，臨走前叮囑他們。「下次別來這種偏僻的小巷子了！」

「好，再見。」姊姊帶著弟弟和小石榴揮手道別。

這時候，弟弟把剛才藏著不讓王宜他們看的小布袋拿出來。「姊，我們還撿銀杏葉嗎？」

姊姊摸摸弟弟的臉。「夠了，不撿了。」

隔日清晨，縣衙內院，趙縣令和妻子趙夫人剛起，都知對方昨夜沒有睡好。

趙縣令內疚地對妻子道：「和我到清源縣來，叫妳受苦了。」

趙夫人搖頭，幫丈夫戴好腰封。「一家人在一起，不苦。」

「不知太子殿下情況如何了？」趙縣令曾是京城工部的官員，因為被問責，後貶至清源為官。明面上是瀆職戴罪，其實是太子遭彈劾，趙縣令為太子說話，受到牽連罷了。

「殿下吉人天相，會沒事的。」趙夫人哽聲安慰。

趙縣令苦笑，但願吧，他已經盡力了。

過了一會兒，趙夫人去喚一雙兒女起床。

清源縣前一任縣官魏大人在外置了良宅，並不宿在縣衙內院，內院久沒住人，年久失修，只整理出兩間能住人、不漏風漏雨的房間。

一間大人住，另一間叫姊弟倆先湊合著一起住，等找來泥瓦匠把漏雨的屋子修繕好，再分開。

女兒名叫趙沛柔，今年八歲，兒子名叫趙澤洋，今年五歲。

趙夫人推門進屋，趙沛柔已經洗漱好，正幫弟弟擦臉。

「娘。」趙沛柔溫聲喚道。

趙夫人眼眶不禁一熱，在京城時，光女兒的小院就有七、八個丫鬟伺候，如今只能親力親為，連她也要親自下廚做飯、縫補衣裳。她辛苦些無妨，女兒和兒子卻也要跟著吃苦。

「這是什麼？」趙夫人看到了桌上放著的點心，走近翻開一瞧，大部分都碎了，但看得出造型精緻，用料考究。

「小哥哥送的！」趙澤洋答道。

趙夫人心一揪，臉色有些不好。雖然女兒才八歲，卻也色瑩如玉，儀靜體閒，不知兒子嘴裡的小哥哥是什麼年紀？有沒有壞心思？

「沛柔，娘說過，不能隨便收別人的東西。」趙夫人嚴肅起來。

趙沛柔本不想提昨日的事，免得母親傷心，現在這種情況，只好將昨天的事說了。「這盒糕點是沈小公子買給家人的，因為碎了不便帶回，才給了我和弟弟。」

趙夫人一想到女兒和兒子被人欺負，心裡針扎似的心疼，幸好遇到了那位沈小公子幫忙。「人家幫了我們，按照禮數，我們該謝謝他。」趙夫人想了想，決定包一支筆，讓女兒去送給那位沈小公子，作為謝禮。

趙夫人叫隨從劉叔出門打聽沈煜皓是哪家公子，很快地劉叔就興沖沖的回來了。

「夫人，是寧秋閣沈家！」

趙夫人點頭，取了毛筆交給女兒，吩咐她帶上弟弟，和隨從一塊兒去沈家送禮。「送完了就回來，別在外面亂跑。」

面對娘親的囑咐，趙沛柔乖巧的應了，帶上弟弟一起出門。

也是趕巧了，小石榴正從家裡出來，遠遠地便看見昨日幫過的姊弟來了，還送給他一支精美的毛筆，非常好看。

小石榴正愁沒人和他一塊兒玩呢，便邀請姊弟倆。「我要去茶樓聽說書，一起去吧？」剛說完，趙澤洋偷看了隨從一眼，顯然他和姊姊都想出去玩。

在京城時趙沛柔被禮教死死約束著，好不容易到了縣城，她真想多出去看看。可，若應了聽書之約，劉叔肯定會告訴父親和母親的。

小石榴察言觀色有一套，立刻改口。「我妹妹的生辰快到了，我不知女孩喜歡什麼生辰禮，趙姑娘能幫幫忙，陪我幫妹妹挑選禮物嗎？」

恩人有求，若置之不理則有違禮數了。「劉叔，你先回去，告訴我母親一聲，我們陪沈小公子給沈小姐選禮物去了。」趙沛柔道。

趙家人從京城來，身邊就帶了兩個僕人，劉叔還要趕回去幫夫人做事，可叫趙沛柔姊弟倆跟著一樣小的沈小公子出去滿縣城逛，他實在不放心，但恩人的請求，也不能棄之不顧啊，一時間，他左右為難。

小石榴冰雪聰明，思索一番後，老成地說：「今日太陽好曬，我回去叫人套馬車，我們坐車出行。」

看到馬車，還有隨行的丫鬟梅香，劉伯終於放心了。

馬車駛出小巷子，到了大道上，小石榴問趙沛柔。「去茶樓？」

「不是去選禮物嗎？」趙沛柔睜大眼睛問。

小石榴笑著抓抓頭髮。「聽完再去。」

他實在不好意思說，他妹妹的生辰已經過了。

平時聽說書，小石榴都坐大堂，但他一想趙家打京城來的，規矩大，就豪氣地包了個雅間。

「姊，說書先生講的比唱戲的還有趣呢！」趙澤洋聽癡了。

小石榴也很高興。「那是！喜歡嗎？喜歡下次咱們再來！」

趙沛柔坐得很直，笑的時候會用帕子掩嘴，糕點上來了，也只隨便吃了幾口，便矜持的不再動。

「不合妳的口味嗎？」小石榴問。

趙澤洋搶答。「不是，這是做客的規矩，吃多了不雅。」

趙沛柔瞪了弟弟一眼。

小石榴恍然大悟。「管他雅不雅，這兒只有我們三個，趙小姐妳就吃吧，我保證不往外說！」

「嗯……那好。」趙沛柔也瞧出來了，眼前的沈小公子不拘小節，並不拿京城那套禮教看人，因此她終於放鬆下來，大方地拿起糕點，小口小口地吃起來。

趙大人被貶到清源做縣官，心中很鬱悶，但並沒有因此懈怠工作，眼下正在縣衙清點人數。「今日行動保密，誰也不許往外傳！就從沈家開始搜查吧！」

天黑得很快，蓮荷正招呼夥計們收東西、關鋪門，忽然，門外來了一隊衙差，足足有二十幾人，氣勢很足，瞧著非常嚇人。

「官爺，有啥事啊？」蓮荷有些莫名其妙，但也客氣地迎出去。

趙縣令面色冷峻，步入店中環視一圈，冷聲問：「你們掌櫃的呢？」

「在樓上，已經差人去請了。」蓮荷一看趙縣令的臉色，心裡磣得慌，心一亂，便更加害怕了。

幸好今天安寧和沈澤秋都在。

沈澤秋下樓來，看見滿鋪子的衙差，蹙眉道：「趙大人，這是？」

「奉上級之命，搜查本縣各商家的帳簿。沈掌櫃請吧，我們要看帳。」趙縣令板著臉道。

一聽是「各商家」，沈澤秋揪著的心稍安。「好，我們定當配合。諸位樓上請，帳簿都在二樓。」

沈澤秋配合，趙縣令也不刻意為難，在二樓小廂房裡轉了轉，找了有無夾層、暗格以後，隨便翻了翻帳簿，再細看了沈澤秋的臉色後，領著人走了。

沈家之後，唐家、田家等也都受到了搜查，第二天還有衙差檢查倉庫，弄得人心惶惶。就連何慧芳也聽到了風聲，吃飯的時候說起這事兒還心有餘悸。「趙大人這是搞什麼名堂？」

沈澤秋和安寧對視一眼，不約而同地露出一抹笑。

「娘，還記得雲裳閣嗎？」沈澤秋問道。

「當然記得！」何慧芳記憶猶新，想起來就恨得牙癢癢的。雲裳閣做的惡太多了，幸好老天開眼，一把火將他們在清源縣的鋪子燒了個乾淨。

安寧放下筷子，輕聲說：「雲裳閣出事被查封了，據說雲老闆販賣私鹽，還幫著洗黑錢，遭人舉報，官府的人在雲裳閣找到證據，雲老闆和一眾管事已被押入大牢。趙大人奉命查帳簿、搜倉庫，就是這個原因。」

何慧芳聽了很歡喜，瞧吧，多行不義必自斃，報應來了！

「娘，過兩日我要去青州。」沈澤秋道。

何慧芳喝著湯，沈澤秋好幾年沒去過青州了。「幹啥去？」

「李大人來信，說雲裳閣的商鋪被朝廷收了，過陣子準備賣出去，我去青州探探情況。」沈澤秋道。

這下子何慧芳又震驚了。「你是想？」

「對，要是時機合適，我和安寧想把雲裳閣的鋪子接下來，換成寧秋閣的招牌。」沈澤秋和安寧已經想好了，如果能接手，寧秋閣的招牌在桑水河這一帶也能響噹噹。

他們一定能做得比雲裳閣強。

「行，去吧。」何慧芳平靜地把剩下的半碗湯喝完了，這十年風裡雨裡的，啥風浪沒見過？她也不是當年那個前怕狼、後怕虎的鄉下老婆子了。

不久後，沈澤秋帶著衛石一起去了青州，宿在青州最大的客棧裡。

這家客棧已經住滿了來探消息的商人。

沈澤秋帶著衛石在一樓大堂吃飯，要了兩碗熱騰騰的牛肉麵、一碟酸菜包子，還有兩碗涼拌菜，兩人埋頭吃著。不愧是青州最好的客棧，賣的食物滋味也好，麵條勁道，吸足了湯汁，加上一勺辣油、一把蒜末，吃得渾身冒汗。

涼拌豆腐絲醬汁調得不錯，酸辣鹹香剛剛好，衛石和沈澤秋吃得津津有味。

衛石飯量大，又加了盤韭菜豬肉餡的餃子，吃的那叫一個香。

出門在外，沈澤秋一向低調，和衛石一起穿棉袿，坐在角落吃飯，並不顯眼。

身邊的幾桌客人則非富即貴，點了美酒佳餚，正高談闊論，冷不防的，沈澤秋還聽到了自家的事。

「嘿，你們聽說過寧秋閣嗎？」一錦衣男子問。

「有點耳熟……欸，是寧秋船隊吧？把生意都做到金陵去了！」另一個黑衣男搭腔。

錦衣男子蹺著二郎腿笑笑。「寧秋閣、寧秋商隊、寧秋錢莊都是一個東家，只不過船隊的生意做得遠，最為外人知罷了。

「這家人吶，姓沈，和雲裳閣還打過擂臺哩！雲裳閣正大好那幾年，誰都沒怕過，唯獨在沈家手裡栽過跟頭！」

周圍的人來了興致，紛紛豎起耳朵聽。「還有這檔事呢？你快講講！」

錦衣男子放下酒杯，繪聲繪色地說起來，半真半假，像個說書先生似的，叫周圍人聽得如癡如醉。

衛石往嘴裡塞著餃子，氣不打一處來，這不是瞎說八道嘛！

「吃，別搭理。」沈澤秋吃完了牛肉麵，拿著酸菜肉包吃得津津有味，任憑錦衣男子添油加醋的說。

在座的都是競爭對手，沈澤秋與他們不熟，沒必要自爆身分。吃完了東西，沈澤秋點了壺碧螺春慢慢喝；衛石八分飽，要了一碟鹽水花生慢慢吃。兩人聽了一耳朵閒話，勉強知道了各位的身分。

都是鄰近州縣的生意人。

「出去逛逛吧。」沈澤秋想出去透氣，順便在夜集上逛一逛，給家人買些禮物。

沈澤秋和衛石前腳剛出客棧，一個藍衣人後腳便跟了出去。

這藍衣人叫做張明才，不僅認得沈澤秋，還有一段「舊仇」。

張家原先有一支船隊，跑的也是吳州至南方的水域，風光過一陣子，但寧秋船隊成立後，張家漸漸沒落，最後把船賣了，回祖籍青州經營布疋生意。

這張明才不檢討自己經營不善，把船隊被賣的事全怪在沈家頭上，他特別記仇，睚眥必報。張明才摸了摸小鬍子，掏出一個小瓷瓶，和路邊的小乞丐耳語幾句。

小乞丐收了張明才的錢，又認熟沈澤秋的臉後，點頭道：「我知道怎麼辦了。」

不一會兒，沈澤秋和衛石到了夜集上。

集市上很熱鬧，沈澤秋看中了幾張面具，正站在攤子前挑選時，一個小乞丐撲了上來。

衛石眼疾手快，扯住小乞丐的胳膊把他拉開。「你幹啥?!」

小乞丐瞪大眼睛，泥鰍似地掙脫桎梏，跑遠了。

衛石疑惑地嘀咕一句。「冒冒失失的，真奇怪。」

大家都沒注意到，小乞丐撲過來的時候，手裡攥著一個開了口的小瓷瓶，不過他太緊張了，瓶中的液體只有幾滴沾在沈澤秋的衣襟上，剩下的都淌在地上。

原來那張明才好養犬，家裡養了數隻惡犬，餵生肉長大的，十分凶悍，被訓得只聽張明才一人的話。閒暇時他會訓犬，特地用肉汁調製了一種氣味，只要沾上這種氣味，惡犬放出來就會拚命撕咬，張明才喜歡在小狗、小羊身上塗抹這種汁水，然後看狗撲殺牠們。

不遠處，張明才牽著狗過來了。

「知府大人，這邊請，這是咱們青州最繁華的街巷。」

沈澤秋和衛石沒將剛才的事放在心上，繼續挑選東西。突然，前面傳來一陣嘈雜聲，還有兵卒在前開路。

原來雲裳閣被查封後，原青州知府也被革職，朝廷派了新任知府來，今晚新知府大人來逛夜集，熟悉民情來了。

雖然有兵卒開道，但也只稍微控制著人群，以免衝撞到大人。

沈澤秋和衛石往路邊避了避，剛好與新任知府擦身而過。

「沈掌櫃？」

沈澤秋抬起頭，驚喜地說：「你是梅玉成？」說完笑著道：「錯了，如今該喚梅知府了。」

他鄉遇故交，梅玉成心頭一熱，分外感慨。當年他在金陵求學，沈澤秋幫他解圍，後來還出資助他進京趕考，對他而言有大恩。

「沈掌櫃，實在太巧了！今晚——」梅玉成今晚有事，不便敘舊，正準備叫下屬留下沈澤秋的下榻處，改日相約時，前面突然傳來了激烈的狗吠聲。

擁擠的人群裡傳來陣陣尖叫，此起彼伏。

「啊，有狗咬人！」

「撲過來了！快讓開！」

保護梅玉成的兵卒十分警戒，紛紛低聲喝道：「保護大人！」

話音剛落，幾隻全黑的惡犬就竄出來，瘋了似地朝他們撲過來。

這些狗每一條都有五、六十斤重，牠們低聲咆哮著，血口大開，張牙舞爪地撲來。狗嘴裡的犬齒足足有小拇指粗，這要是被咬上一口，掉塊肉都算輕的，能連骨帶肉把人給嚼碎嘍！

「沈掌櫃，小心！」

這狗邪性，聳動鼻子後，徑直往沈澤秋身上撲，衛石反應快，一腳踹在狗腦袋上，但俗話說，狗是銅頭鐵腿豆腐腰，踹頭牠們根本不怕。

衛石踹得腳都麻了，狗只懵了一瞬，而後低吼，夾緊尾巴，比方才更暴躁了。

牠齜牙往後退半步，做出一個準備撲殺獵物的姿勢。

沈澤秋隨手攥緊旁邊的一根木棍，準備專往狗肚子上敲。

衛石也集中精神，準備和這幾隻畜生殊死一搏。

梅玉成被嚇得臉色發青，恰好站在掉落的小瓷瓶旁邊，淌出來的汁水濡濕了他的鞋底。

狗嗅聞熟悉的氣味，也餓虎撲食般往梅玉成身上撲去。

「保護大人！」

「大人小心！」

衙差們反應過來了。他們帶了武器，人數也多，加上想在新知府面前留個好印象，頓時一個賽一個的勇猛。

他們圍成一個圈，把狗揍得夾起尾巴亂竄。這幾隻惡犬雖受了訓練，要撕咬沾染氣味的人，可牠們沒瘋，欺軟怕硬，見這陣仗，當即不顧主人的命令，掉頭就溜。

「大人，您沒傷著吧？」衙差關心梅玉成。

梅玉成心繫百姓安危，指著惡犬逃跑的方向道：「快去追，別讓牠們再撲咬別人！」

「是！」一部分衙差繼續追狗，剩下的則詢問沿街百姓，可知這狗的主人是誰？

張明才人壞報復心重，卻又膽小如鼠，見自家狗撲錯人，惹到了知府大人，頓時嚇得屁滾尿流的跑了。

可跑得了和尚跑不了廟，張家養有惡犬，知道的人多了去，這不，很快就有人認出來。

「是張家的狗吧？」

「對！就是他們家的！」

梅玉成氣怒交加。「家有惡犬，主人看管不嚴，難辭其咎，你們幾個去把狗主人請來！」

當天夜裡，躲到自家柴房的張明才被揪到了衙門，關押起來。

鬧了這麼一齣，夜集上的遊人沒了逛街的心思，紛紛回家。

梅玉成擦了擦額上的冷汗，對沈澤秋道：「沈掌櫃住哪家店？改日咱們再好好敘舊。」

沈澤秋回以拱手禮，告知了客棧名。

忽然，他注意到地上的小瓷瓶，細嗅之下有股奇怪的味道，不禁納罕。「這是什麼？」

衙差中有一人也好養狗，把瓷瓶拾起，說這是訓練猛犬所用的「引子」，犬經過長期訓練，會對某一氣味十分敏感，會在主人的命令下撲咬沾染了氣味的目標，是養狗之人愛玩的東西。

沈澤秋和梅玉成都很吃驚，沈澤秋覺得可能是有仇家衝著他來，而梅玉成也覺得是衝著自己的。

無論哪種，梅玉成都要查個水落石出。

衙差們在心裡默默為張明才搖頭，無論如何，縱狗咬人，撲咬的還是朝廷命官，足夠姓張的蹲幾年大牢了！

青州之行很是妥當，除了夜集上的那段插曲。張家人湊錢託關係救人，但一點用也沒有，張明才要坐兩年大牢，狗也被沒收了。

和梅玉成飲酒敘舊後，沈澤秋才知當年梅玉成進京趕考，考中了進士。

梅玉成褪去了當年的青澀，如今已經是一名合格的官員了，他細細查驗了有意接手雲裳閣產業的商家，從信譽、資產和能力諸多方面考慮，最後只准了五家有資格接手。

沈家是其中之一。

九月末，沈澤秋帶著衛石回來了，吃過了接風宴，說要看帳本。

何慧芳以為他擔心鋪子的生意。「澤秋，明兒再看吧，你去青州的這些日子，生意安安穩穩的，你放心吧。」

「不是這個。」沈澤秋搖頭。「被選中的五家都要交三千兩押金去衙門，才能進一步競選。」

安寧沈吟，他們家的資產早已超過了三千兩，不過一下子要抽三千兩的現銀出來，恐怕有些難。不久前還在金陵開了一家草藥堂呢，花了不少現銀。

「澤秋哥，我們去書房看帳簿吧。」安寧站起來，就算難，這三千兩也需湊齊。

安寧和沈澤秋昨晚看完帳簿，情況不太樂觀。

於是今日清晨，到了鋪子裡，又找帳房先生一塊兒來商量。

「掌櫃的，抽一千五百兩左右已是極限，再多，這經營上會出問題的。」帳房先生拿著算盤敲敲打打，最後說道。

沈澤秋點點頭。「知道了。」

等帳房先生走出去後，安寧起身輕捏沈澤秋的肩膀，柔聲問：「咱們怎麼辦？」放棄吧，心有不甘；不放棄嘛，這錢又湊不齊，實在是左右為難。沈澤秋往後仰，整個人靠在了安寧的懷中，他握緊安寧的手，望著安寧的眼睛。「妳想收購雲裳閣嗎？」

安寧認真地點頭。「當然想。」這樣一來，寧秋閣會更加壯大，以後的經營也能更平穩，是一次難得的好機會。

「召集商會的掌櫃們來議事，籌款。」沈澤秋堅定地道。

梅玉成看著面前沈家、黃家、鍾家交來的銀票道：「初選有五家合格，能交齊三千兩銀子的卻只有這三家。」

師爺聽了，在一邊連豎大拇指。「大人實在是高明，用這個法子巧妙地淘汰了不合格的人。」若連三千兩都湊不齊，拿什麼來經營商鋪？
不過，雲裳閣到底歸哪家，梅玉成不能私斷。他將三家的情況寫在信中，呈到州府，請巡撫嚴大人定奪。

一晃又是冬季，白雪皚皚，將整個清源塗抹成一座白色雪原。

每當書院放假，小石榴就會去找趙家姊弟玩，他們去小攤吃羊肉麵、糖葫蘆、燒餅，在雪地裡捉麻雀、堆雪人，玩得可歡樂了。

趙夫人太忙，忙著張羅修葺內院，學著下廚、打點家務，靠著縣令那點微薄的俸祿，張羅一家子人，加上初來乍到，著實很艱難。

好在，日子慢慢平穩度過，趙夫人適應了京城貴婦人到清貧的縣令夫人的轉變。

這天下午，趙夫人無意間撞見女兒、兒子和小石榴笑著互相追逐、扔雪球的場景，她猶豫了一會兒，要是直接出面將女兒和兒子帶回家，恐怕有些失禮，可女兒家在外瘋跑，成何體統？

好不容易等到傍晚趙大人回來，憂心了半天的趙夫人便把這情況說了。

「夫君，沛柔和沈家公子走得這麼近，恐有不妥。」

趙大人揉了揉眉心，想了想之後握緊妻子的手。「罷了，小孩子打鬧玩耍是天性，沈家人我接觸過，品性都很好，那沈小公子也是個機靈人。夫人沒發現嗎？和沈小公子走近以後，沛柔和澤洋都開朗了許多。」
趙夫人想了想，剛來時姊弟倆整日悶悶的，現在臉上的笑容確實多了不少。
「待沛柔長幾歲了再避嫌也不遲。」趙大人安慰地拍拍妻子的手背。
趙夫人點頭，她最聽趙大人的話了，而且，做為一位母親，她希望自己的孩子每天都開開心心的。

這年除夕，一家人回了老家過年。沈澤平已經提前回村把宅子整理過，院子裡灑掃得乾乾淨淨，被褥、枕頭也提前洗曬過。
「喲，毛毛啊？長大了，嬸娘都快認不出哩！」這兩年何慧芳都沒好好見過毛毛，除夕他也沒回村裡，拜年的時候人多，又忙，也只是匆匆一見。
毛毛今年十八歲了，長得高高大大，完全沒了小時候黑瘦的影子，身穿綢布衫，腳蹬皮靴，濃眉大眼的，很招人喜歡。
「嬸娘，您一點都沒變，還是那麼年輕又幹練！」毛毛本名叫做沈澤暉，現在也只有親人喚他小名了，乍一聽，非常的親切。
「頭上都有白髮嘍！」何慧芳笑著把毛毛拉過來。「我有兩身好料子，過完年你拿給妮妮裁衣裳穿，是我的一點心意。」
毛毛的臉刷一下紅透了。「欸，我替妮妮謝謝嬸娘。」

安寧和沈澤秋在一邊瞧著，也是滿心感慨。沈澤秋也是萬萬沒想到，陰差陽錯，竟促成了一段姻緣。

前幾個月毛毛和妮妮已經訂婚了，錢掌櫃覺得女兒還小，準備過兩年毛毛及冠再讓他們成親。

沈家人臘月二十五回村，臘月二十六門口就擠滿了來拜訪的人。宅子又擴建了一回，後院的山坡填平了，修成了內院，白牆黑瓦，院子整潔寬敞，是村裡唯一的。

平時沈澤文、沈澤武還有沈澤鋼都會幫忙照看，院子裡還養了狗，村裡人根本沒機會看，現在何慧芳他們回來了，當然要借拜訪的機會好好欣賞一番了。

後院是自家人住的，沒給進去，何慧芳坐在前院的堂屋裡待客。糕點、糖餅擺出來，大大方方地請村民們吃，小孩兒拜早年則有小紅包。

前兩年村裡還有人說風涼話，現在徹底沒有了，畢竟人家現在拔一根汗毛也比他們的腰還粗，巴結都來不及，哪還敢得罪？

「哎喲，這小公子過了年就九歲了吧？真聰明，一看就是有出息的！」

「閨女叫啥名啊？真體面，十里八鄉都找不出第二個來嘍！」

沈家熱熱鬧鬧的，對門王漢田家就冷清多了，房子被積雪壓垮了一角，還沒來得及修補，雪水滴滴答答地往下淌，劉春華拿著盆、碗在下面接，心裡煩透了。

么兒現在做了鐵匠，他力氣大，手藝也不錯，一月能掙一兩多銀子，算是鐵匠裡的佼佼者了。

「娘，對門真熱鬧，我看看去！」么兒站在門口，興奮地道。

劉春華正想叫么兒站住，可惜么兒現在不聽她話了，一溜煙就湊進沈家院子，還和村裡的小輩一起，給何慧芳拜年。

么兒得了一包糕點，興沖沖地走了。

十年前，那個站在沈澤秋家門口瞧王秋娟出嫁的熱鬧，笑話沈澤秋窮得娶不起妻，要打一輩子光棍的新媳婦，如今也成了三個孩子的娘。

當初窮得叮噹響的一家人，如今多風光啊！「風水輪流轉喲……」她嘆道。

嚴大人是一隸總督，手下有五座城，下有十幾個郡縣、數百個鎮、無數個村莊。做了近十年地方官，今年他終於要調回京城任職。

雲裳閣一案，是他離任前辦的最後一樁案子。

至於雲綏被抓後，誰來接收雲裳閣的店鋪，成了一樁很有意思的事情。官、商、匪幾路人馬各顯神通，他的師爺早就探聽到了消息，原以為會很棘手，沒想到新任的青州知府有謀略，用盡心思甄選出三家合格者。

現在合格者的文檔已經擺在嚴大人的案頭。

第一家，姓鍾，是青州本地人，世代經營布疋生意，在青州城有七、八家布坊。

「嗯，在沒有雲裳閣之前，鍾家是青州最大的布坊。」嚴大人微笑。「本是不錯的人選，可惜啊，買通了新安衛統領，好話都說到我面前了！還有這家，也是如此！」嚴大人是真的動怒了，商人手握巨產，還和官員勾結，怕是又要走雲綏的老路。

師爺想了想，拿起最後一份冊子。「這家人姓沈，是寧秋閣……」

嚴大人蹙眉想想，似乎有些熟悉，而後眉頭一展，不錯，是多年前申請航運路線的沈家，果真出息了！宛縣的太平，和沈家船隊有很大的關係，沒有寧秋船隊，宛縣恐怕要亂到現在。

「給了沈家吧。」嚴大人開口道。

第三十章

年後沈澤秋又去了一次青州，這回還帶上了安寧和何慧芳，一來沈澤秋想叫何慧芳開開眼，他老娘這輩子去過最遠的地方就是清源縣；二來是看看雲裳閣被查封的鋪子都在什麼位置？需要怎麼修葺？重新開業需要多少料子、脂粉、珠釵？要多少夥計、銀子？

這叫做，有備無患。

「哎喲，那城門真高、真寬吶，好氣派！」

遠遠地看著城門，還沒等進去，何慧芳就發出了陣陣驚嘆。「這青州城果然和清源不一樣，如果清源是小鯉魚，這青州城便是幾十斤的大草魚，完全不在一個層級啊！」

沈澤秋和安寧都被何慧芳的話給逗笑了。

沈澤秋道：「娘，等進了城，裡頭更加氣派呢！」

青州城人來人往，熙熙攘攘，進出城門的人絡繹不絕，他們等了一個時辰，進城以後沒多久天便黑了。

同行的還有衛石和他的兩個堂弟、一個徒弟，都是正值壯年的高大小夥子，拳腳功夫也特別好，他們去找客棧了。

現在沈澤秋出門，穿著會低調，但吃住都撿好的客棧住，這樣比較安全。不過好的客棧往往客人爆滿，只有叫他們一家家去問有沒有四間空房，最好是連在一起，或者是同一層的，這樣好彼此照應。

夕陽餘暉泛著金光，把街道渲染出好看的顏色。

何慧芳揣手看著街面，瞅著往來的行人，感嘆了一句。「這兒可真熱鬧。」

安寧攙著何慧芳的胳膊。「娘喜歡青州嗎？」

「喜歡，怎不喜歡？這兒多美！」何慧芳樂呵呵的，說完後覺得不對勁，看看安寧和沈澤秋。「你們啥意思？」

沈澤秋原本也不打算瞞著何慧芳，便直接道：「娘，我和安寧想把家搬到青州來。」

「這是？」何慧芳一時有些轉不過彎來，在清源住挺好的，青州離家太遠了。

沈澤秋瞧出了何慧芳的落寞。「娘，我是這樣想的，就算雲裳閣的鋪子官家沒給咱們，我和安寧也想在青州做生意。青州沒有直達江南的水路，我們想組建一支青州到吳州城，再從吳州城到江南的船隊，雖然中間要換一段陸路，但也能將青州的貨物運送至江南。青州的掌櫃們，對江南還陌生得很。」

這下何慧芳聽懂了，青州這塊有商機，能掙錢！

安寧繼續趁熱打鐵。「而且夫子說，小石榴是根讀書的好苗子，可清源的先生資歷有限，還是青州的更好。」

何慧芳被勸動了，孫兒跟孫女是她的心頭寶，為了小石榴，她願意來！何況，老家就是個念想，一年也沒回過幾次。「行，都聽你們的。」

常言道，冤家路窄，沈澤秋上回在客棧遇見過的那個嘴巴碎、愛編排人的錦衣男從對門酒家出來了。

寒風一吹，酒勁上頭了。

他叫馮陽，是巴結著鍾家做生意的，是鍾家一位姨娘的哥哥。他聽妹子說了，這回鍾家下了血本，上下打點，疏通關係，雲裳閣的鋪子十有八九是鍾家的！

鍾家吃肉，馮陽撈口湯喝就能財大氣粗，此時財氣還沒到手，馮陽就有些飄飄然了，自以為天下老子第一。

看見沈澤秋，他抹了抹臉，想起上回他在客棧說故事，就這窮酸小子和他的隨從一臉不愛聽的表情。怎麼著，瞧不起他？

馮陽晃晃悠悠地往沈家人那邊走去，一邊打酒嗝，一邊晃悠著腦袋。「喂，今兒怎麼穿得起綢緞了？」

沈澤秋正和安寧還有何慧芳說話，背對著街面，後背冷不防被人重重拍了下，加上母親和妻子都在，因此沈澤秋警戒地反手一扭，緊扣住馮陽的手腕，粗聲低喝道：「這位兄臺，我不認識你！」

借著酒勁，馮陽沒覺出痛來，立即騰出腿去踹沈澤秋，嘴裡罵罵咧咧的。「老子是誰你都不認得？你混得也太差了！」馮陽不怕痛，酒壯慫人膽。

要不是沈澤秋和衛石學過幾招，恐怕就要吃虧了。

「住手！你幹什麼！」

恰好衛石他們尋完客棧回來了，急忙跑過來。

馮陽被嚇退幾步，一邊掀路邊的小攤子一邊跑，把什麼手帕、糖餅、炸糕掀了一路。

「欸，醉鬼！你瘋了！」

這下子馮陽可是犯了眾怒，不一會兒就被震怒的攤主抓住了，根本不勞衛石他們出手。

「快報官！當街挑釁還砸人攤子，還有沒有王法了！」

群眾的呼聲一浪高過一浪，安寧及時和何慧芳避開到了旁邊的商鋪裡，沒受到什麼衝撞。

何慧芳被安寧拉進商鋪時還說道：「安寧，別拉我嘛，我老婆子力氣沒減，當年我可不是軟柿子！」

沈澤秋拍著手走進來。「那是，娘的英姿，當年我見得不少。」

安寧無奈地笑笑，關切地問沈澤秋。「你沒受傷吧？」

「沒有。衛石找到客棧了，咱們先去客棧吧，那小子被攤主揪住了，徜差一會兒就會過來。」沈澤秋道。

何慧芳和安寧都說好，出了鋪子，準備一塊兒前去住店。

這時候鍾家少掌櫃，也就是馮姨娘的丈夫，鍾氏布坊的接班人，和幾個友人從酒樓出來，正巧路過，其中一個友人指著前面的熱鬧道：「欸，那不是鍾少的小舅子嗎？」馮氏只是姨娘，按理馮陽稱不上是鍾少掌櫃的小舅子，可他喜歡鍾氏，寵愛有加，友人們都知道。

看著被街邊窮酸小販揪住的小舅子，鍾少掌櫃厭惡地蹙起眉。要不是看在美嬌娘的分上，他才懶得搭理這爛泥般的馮陽。

「你小舅子犯啥事了？鍾少敢不敢管管？」另一友人笑道。

「管！當然要管！」鍾家少掌櫃被激了兩句，立即挺直肩背，沈著臉走入人群，擺出一副高高在上的姿態。「發生了何事？」

周圍的百姓紛紛將馮陽剛才的惡行說了，鍾少掌櫃聽得不耐煩，攥著腰間玉珮的手換來換去的。「行了，事情不大，你們的損失我來賠，不必報官！」

這種趾高氣揚的態度，自然惹惱了百姓們。

沈澤秋也站了出來。「衙差待會兒便到了，他酒後鬧事，應該由官府的人發落。」

鍾少掌櫃很不爽，上上下下把沈澤秋打量了一遭，認為他不過是個小人物，遂壓低聲音說：「你不要強出頭，多管閒事！」

沈澤秋冷靜地回望鍾少掌櫃。「且等等吧，衙差到了再說。」

聽見沈澤秋這樣說，鍾少掌櫃一股怒氣直湧心頭，嗤笑一聲，暗罵沈澤秋多管閒事，太自不量力了。

「算了，我看大家各讓一步吧？」

這時和鍾少掌櫃同行，一位叫做高源的少年出來打圓場。

高家世代行醫，在青州有好幾家醫館，資產雖不是最雄厚的，可是聲望和地位卻是一等一的好，百姓們都很佩服高家的為人，而高源性子溫良，這才站出來調停。

他勸完鍾少掌櫃，又勸沈澤秋。「你們是外鄉人嗎？多一事不如少一事，商戶們的損失我們會照價賠償，若閣下不介意，隨我去吃頓便飯，交個朋友，如何？」

高源深知鍾少掌櫃等人的脾氣性格，生怕事後他們再報復沈澤秋，因此他請客吃飯，完全是一片好心。

沈澤秋對這位年紀輕輕、樣貌清雋的少年很有好感，拱了拱手。「多謝了，不過我還是留在此地，等衙差過來再說吧。」

旁邊的鍾少掌櫃將他們的對話聽得一清二楚，臉色更加難看了。他勾勾手指，把隨從叫到跟前。「你回府去，叫上十幾個家丁過來！」哼，待會兒不管衙差怎麼處置，等人群散去，這小子一頓毒打是免不了的！敢在青州的地盤上和鍾家叫板，可不是不要命了？

高源嘆了口氣，擔憂地站在一旁。

天暗得很快，不一會兒日頭徹底落山了。沈澤秋留下兩個人照顧安寧和何慧芳，讓她們在旁邊的鋪子裡坐好，不要出來，以免人多被衝撞到，自己則帶著衛石和他的徒弟在外面等衙差過來。

今晚衙門裡值班的小官和鍾家關係匪淺，一聽鍾少掌櫃有麻煩，立刻帶上人親自過來，想在鍾少掌櫃跟前表現一番，日後好多撈點油水。

何慧芳焦急地坐在鋪子裡，不住地伸頭往外面看，生怕待會兒沈澤秋吃虧，忙對身邊兩個小夥子說，待會兒要是真的衝撞起來，讓他們一定要保護好掌櫃的。

衛石的堂弟今年剛好二十，塊頭很大，性子比較憨，剛才沈掌櫃吩咐他們照顧好老太太和夫人，現在老太太又叫他們保護好掌櫃的，這……「真打起來了，老太太和夫人怎麼辦？」

何慧芳瞪了憨小子一眼。「我和夫人當然會避開啊，你放心吧！」

夜幕徹底降臨，衙門裡當值的小官帶著衙差到了。

另外一邊，梅玉成帶著隨從，也在附近閒逛，他已經接到了州府下發的文書，雲裳閣的經營權歸沈家所有，梅玉成很滿意這個決定，昨日就派人去清源縣通知沈澤秋。

梅玉成在心裡估算了下日子，大概十日後沈澤秋才會到青州，到時候再通知商界諸位，州府的這個決定。梅玉成哪裡會想到，沈澤秋此刻已經進了城。

「喲，前面發生什麼事情了？怎麼那麼多人？」

「馮陽又發酒瘋啦！又打人、又砸東西的，整個一條瘋狗似的，就沒人能治得了他！」

街面上一陣騷動，人們紛紛往前面圍攏。

聽他們的議論，似乎是本地一個叫做馮陽的混混，又借酒發瘋、惹是生非了。梅玉成厭惡地蹙眉，他最討厭這種欺負鄰里、平白惹事的惡棍，今天既然遇見了，就沒有不管的道理。

「走，去前面看看。」梅玉成帶著隨從，混入人群，一起走到了事發地。

這時候，小官帶著人，正裝模作樣的調停，但一字一句都是向著鍾家說話，明擺著偏心，圍觀的百姓和沈澤秋都被激怒了。

鍾少掌櫃在大家面前掙回了臉面，心裡很得意，緩緩踱步到沈澤秋面前，挑釁般地低聲說：「有種待會兒別跑！」

衛石急忙擋在沈澤秋面前。「你別欺人太甚！」

梅玉成忍不住了，乾咳幾聲，從人群裡走出來。

小官一見頂頭上司來了，腦門上瞬間滲出不少汗珠，摸不准這是巧合還是故意的，急忙上前行禮。

梅玉成淡淡地看了他一眼，徑直掠過，問鍾少掌櫃。「發生了何事？」

之後他又叫商戶、沈澤秋，還有醉醺醺的馮陽將事情各說了一遍，大致瞭解了事情的經過。

小官員在後面急得直抹汗，和他交好、掌管文書的小吏悄悄跟他耳語了幾句，把州府那邊的消息說了。小官員聽完，嚇得小腿肚直抽，哎喲，原來鍾家就要不行了！而看起來不起眼、多管閒事的沈澤秋沈掌櫃，才是青州未來的頭號富商啊！

「知府大人，下官已經將事情的來龍去脈細細地瞭解清楚了。馮陽酒後鬧事，應該抓起來，等酒醒後細審，商戶們的損失也應該照價賠償。至於鍾少掌櫃……」小官嚥了下口水。「阻撓衙差執法，實在不應該！應該即刻散去，不然，就該打板子了！」

鍾少掌櫃聽得臉都白了，打他的板子？誰敢！可叫他更震驚的消息還在後頭！

馮陽被衙差抓走之後，梅玉成上前拍了拍沈澤秋的肩膀，說了幾句話後，轉身對目瞪口呆的鍾少掌櫃道：「州府的批文下來了，雲裳閣舊業歸寧秋閣接手，這位便是寧秋閣的沈掌櫃，今後，沈、鍾二家同在青州營商，你們可要互相照顧啊！」

什麼？短短數語，對鍾少掌櫃來說無疑是晴天霹靂！

沈澤秋聽到這個消息十分的振奮，鋪子裡的何慧芳和安寧也走了出來，一家人可樂呵了。哎呀，這事兒竟然成了，今後寧秋閣在青州可有一番大作為了！

何慧芳也把方才的鬧心事拋到了一邊，樂呵呵地說：「太好哩！大人吃晚飯了嗎？跟咱們一起用吧？」

安寧淺淺一笑，屈膝萬福。「民婦見過梅大人。」

梅玉成第一次見沈澤秋的家人，暗想沈澤秋豪爽講義氣，家人也爽快敞亮。他點點頭道：「好，正有些事情要與沈掌櫃說。」反正州府的批文不是秘密，很快就會傳遍青州城，梅玉成就不避嫌了。

他們在熱鬧寒暄，被冷晾在一邊的鍾少掌櫃臉色就更差了，憤憤地拂袖離去，回家找老掌櫃報信去了。

「小少爺呢？」

翌日一早，清源縣沈家宅子裡，丫鬟和小廝們又在找人了。今天學堂放假，小少爺沈煜皓不用去學堂，按照掌櫃臨走前的吩咐，要送小少爺去寧秋學堂和徐阿嬷學手藝。

寧秋學堂一直沒有關閉，收留窮苦人家的小孩學習本領，將來在寧秋閣做事情，是一番雙贏的善舉，得到了很多百姓的讚嘆。

「唉，小少爺肯定不願意和徐阿嬷學繡花嘛，所以一早就溜出去玩了。」

「那等掌櫃的回來了，咱們怎麼交代啊？」

兩個丫鬟小聲的議論，剛好被梅香聽見了，梅香點了點小丫鬟的額頭。「等掌櫃的他們回來了，先把這件事稟報給老太太呀，老太太必定會護著小少爺的。」

剛才還愁眉苦臉的小丫鬟瞬間喜笑顏開，歡歡喜喜地應聲而去。

而此時此刻，小石榴已經溜達到了縣衙後院外邊，他吹了幾聲口哨，不一會兒後門就開了，趙沛柔帶著弟弟出來了。

趙沛柔笑了笑，弟弟趙澤洋迫不及待地跑到小石榴的身邊，興奮地說：「走吧，我們去吃餛飩！」

只要學院放假，小石榴就會帶著趙家姊弟去吃好吃的。

他們點了三碗蟹肉餛飩，鮮香的湯汁配上餡肉飽滿的小餛飩，吃起來十分爽口。

另外還要了一籠羊肉餡的薄皮小包子、一碟黃糖糍粑和一份剛炸出來、還冒著熱氣的小春捲。

趙沛柔咬著唇，慢慢吃著小餛飩；小石榴也吃得慢，挾了個春捲，味如嚼蠟。

只有趙澤洋吃得最歡。

過陣子家裡就要搬到青州去了，小石榴捨不得趙家姊弟，也捨不得自己的好朋友們，心情有點失落，正猶豫著該怎麼將這個消息說出口。

此時，趙沛柔放下勺子，用手撐著下巴，對小石榴說：「煜皓哥哥，我有件事情要和你說，你千萬不要告訴別人，好不好？」

小石榴把筷子放下，表情很認真。「好，妳說。」

「我們要回京城了。」趙沛柔往小石榴這邊側了側身，低聲說道。

小石榴很意外，不禁瞪大眼睛。「嗯……這是好事。」意外以後，他的心裡是濃濃的失落。去了青州他還能回清源縣看趙家姊弟，可趙家回了京城，天高路遠的，也許一輩子再見不到了，光是想想就覺得很難過。

見小石榴擠出一個很難看的微笑，什麼都不懂的趙澤洋天真地說：「煜皓哥哥，你笑得有點醜。」

趙沛柔輕拍弟弟的胳膊。「澤洋，你失禮了。」

趙澤洋調皮地吐了吐舌。

「我們過幾天就要走了。」趙沛柔垂眸，長長的睫毛一顫一顫的，瞧起來也有幾分悶悶不樂。

「這麼快？」小石榴更加失落和難過了。

趙沛柔點點頭，謹慎地說：「事情很緊急，知道的人很少，我只告訴了你。」

小石榴知道趙家是被貶來清源的，他們要回京城，那麼是京城的局勢變了？小石榴不懂，但曉得其中的利害關係，鄭重地和趙沛柔對視。「我會守口如瓶。」

幾天的時光如白駒過隙，一下就溜走了。小石榴送給趙澤洋兩個小玩具，送了趙沛柔一本自己抄的詩集，是先生教他練字學詩時做的功課，前不久才裝訂好，他覺得很有紀念的意義，就怕趙沛柔不喜歡。

趙沛柔卻非常驚喜，歡喜地說謝謝，並回贈了一個自己做的裝書布袋，袋子上還繡了幾簇綠竹。她年紀小，女紅不好，但這幾簇綠竹已經繡得很有韻味了。

「繡得真好看！」小石榴忍不住誇讚。

趙沛柔捂著嘴笑，眉眼彎彎的。「煜皓哥哥，你看得懂嗎？」

「當然了！」小石榴挺直胸膛，他雖然只是偶爾去寧秋學堂，可從小耳濡目染，分辨布料好壞、繡藝是否精緻，已經堪比小行家了。

隔天趙家人便走了，小石榴失落了很久。

回到清源以後，沈澤秋和安寧一直很忙碌。他們商量好，準備將清源的生意交給沈澤平管理。經過這些年的歷練，沈澤平已是經營生意的一把好手，蓮香也能獨當一面，有他們在，安寧和沈澤秋很放心。剩下的進貨、修繕店鋪、召集工人才是他倆忙碌的重點。好在身邊可用的人多，雖然忙忙碌碌，但一切都有條不紊。

很快到了五月，天候漸漸燥熱，又是一年初夏，花園裡種的花開了一批，花香馥郁，暗香浮動。

安寧沐浴後推門進來，沈澤秋正站在窗前遙望月色，皎月懸掛於空，明亮如玉盤。

「安寧，咱們好久沒一起看月亮了。」

沈澤秋牽起安寧的手，捏了捏她的掌心，眸色又黑又深，唇邊掛著淡淡的微笑。微風輕拂，吹動安寧攏在腰後的烏髮，她攬著沈澤秋的腰，靠在他的懷中，一顰一笑都透著幸福，還如少女般充滿天真爛漫。

十年前，他們還住在沈家村老家，沈澤秋白天走街串巷挑著貨擔賣布，回家吃了夜飯後，會搬一把長凳在院裡，和安寧坐著乘涼，看月亮、星子。

現在回憶起從前，並不覺得苦，滿是懷念。

沈澤秋摸了摸安寧的臉頰，低下頭輕輕地吻她。

安寧的耳朵漸漸通紅，手不由得攥緊沈澤秋的手臂，衣袖滑下一截，露出白皙的胳膊，胳膊白藕般光潔如玉，最後摟緊沈澤秋的脖子。

遠處隱約傳來打更的聲音，安寧驚了下，探頭往窗外看，隨後嗔怪沈澤秋。「胡鬧！」

沈澤秋抱起安寧，聽話的認錯。「娘子，為夫知錯了，千錯萬錯，皆是我的錯……」

帳幔被放下來，安寧歪坐在床上，眨著眼睛望沈澤秋，一邊用手理順頭髮，一邊問：「錯在哪裡？」

「我來告訴妳。」沈澤秋也上床。

到最後，卻是安寧紅著臉，低低切切地說：「相公，是我錯了……」

端午節後，沈澤秋和安寧帶著老小回老家祭祖。今後去了青州，路途遙遠，回來的次數便少了。

「喲，那新媳婦是哪家的？真體面！」

回到老家後，何慧芳很高興，和兩位嫂子還有親戚們話家常，還擺了茶席，請村裡的人來熱鬧。現在日子好過了，何慧芳也懶得計較從前的雞毛蒜皮，大大方方的請客。

來的人不少，大部分人何慧芳都認得，但有很多小孩和新媳婦面生，其中一位圓臉、圓眼睛，格外喜慶，何慧芳多看了幾眼。

二嫂吳小娟望了一眼。「王漢田家的，年後剛過門。」

何慧芳「喲」了聲，驚訝王漢田的兒子么兒居然娶媳婦了！不過想想年紀也到了，是她還老覺得孩子們沒長大。

「這丫頭瞧著不錯。」何慧芳說道。

大嫂唐菊萍搭腔了。「人是不錯，可婆婆厲害得很，和新媳婦鬧得雞犬不寧呢！」說完壓低聲音道：「不過啊，這么兒小時候憨憨的，大了倒是有主意，說要帶著媳婦去鎮上過日子，把他娘劉春華嚇得夠嗆，最近也不敢和媳婦吵架了。」

何慧芳想起劉春華就倒胃口，把剝好的瓜子仁分給小孩子們吃，拍著手上的渣說：「這就是一物降一物，當初秋娟被欺負得多狠，現在全被兒子討回來了。」

六月初，一家人乘船到了青州。

宅子提前收拾妥當了，原屬雲裳閣名下，現在統統是寧秋閣的了。院子比清源的寬敞，位置也好，前後整理得乾淨敞亮。

小石榴頭回來青州，一路上目不暇給，瞧什麼都覺得好奇。

沈澤秋一家趕到青州後，主人和僕從正整理行李，就不斷有人送禮物和賀帖上門。

沈澤秋看著送禮的名單，輕蹙起眉。

「怎麼了？」安寧接過名單瞧了瞧，問。

沈澤秋坐下，喝了口茶潤喉。「青州本地排得上名號的商戶，都沒送禮來。」這就表示青州本地的大商戶，十分排斥他這位外地人。

「沒關係。」安寧摸摸沈澤秋的手背。「後天擺席請客的帖子已經發出去了，他們會來的。」

寧秋閣初入青州，沈澤秋早就派人定好席面，派發了請帖，青州城裡官、商各界有頭有臉的人都收到了帖子，知府梅玉成也會親臨，看在知府大人的面子上，也要禮讓幾分。

道理如此，可總有人要對著幹，那便是鍾家。

鍾家老掌櫃一聽煮熟的鴨子竟然飛了，氣得病了幾日，老爺子氣性大，在家摔打一通後，又把鍾少掌櫃教訓一頓，狠罵他不爭氣、不中用，整日只知道和女人廝混。

鍾家人氣得不輕，老爺子罵人又打人，晚上鍾少掌櫃只好在馮姨娘身邊找安慰。

馮姨娘又是捏肩、又是揉背，伏低做小，很快就把鍾少掌櫃哄高興了，他本來還為馮陽的事情遷怒馮姨娘，現在也全拋到了腦後。

這日清晨，馮姨娘悄悄出府，包了一包銀子、首飾，悄悄到了間僻靜的小飯館，不一會兒馮陽來赴約了。

他在牢裡被關了半個月，心裡也嘔著氣，但他知道，那日的事情叫鍾家丟了臉面，所以最近很低調，一見妹子就迫不及待地問：「鍾少怪妳了嗎？」

馮姨娘翻了個白眼，明明是他惹的事情，卻要自己收拾爛攤子，一點做哥哥的樣都沒有！「給，拿上後去外地躲一陣子吧。」馮姨娘將錢拿出來拍在桌上，抱著手臂，眼神裡滿是嫌棄。

「鍾少生氣了？」馮陽心裡咯噔一下，把錢攥到手中。「妳叫我出去避避風頭？」

馮姨娘用帕子搧風，有些不耐煩，慢騰騰地「嗯」了兩聲。

當天晚上，馮陽就收拾了東西，跑到外省投靠遠親。鍾少掌櫃好面子，萬一酒後被朋友慫恿起來，沒他好果子吃，不如去外地待個一年半載，等鍾少氣消了再回來。

馮姨娘這兩天都忙裡忙外的，她的小院裡時常不見人影。

鍾掌櫃和鍾少掌櫃也忙得很，忙著去聯絡商行的人，暗示他們晾著沈澤秋。想想沈家請客吃飯卻沒有人去，鍾家人就覺得爽快。想在青州紮根？沒那麼容易！

鍾家人上上下下提醒了一圈，但經商的人都是人精，因此沒人答應，也沒有人拒絕，打著哈哈虛與委蛇，都望著風向行事。

到了開席這天，高家第一個到場，連很久不露面的高家老爺子也親自去赴宴了。高老爺子年事已高，近年很少參加外人的席面，他帶著高源一出門，探聽消息的夥計都趕緊回府告訴家主。高家一露面，和高家交好的幾家便跟著出發了。

反正雲裳閣的鋪子落不到他們手中，是鍾家還是沈家經營，沒什麼差別。

到了晚上，鍾家的僕從們進進出出，一下說是劉掌櫃去赴宴了，一下說宋掌櫃也去了，原來「新人勝舊人」，鍾家的話不頂用了。

鍾掌櫃氣得臉色脹紅，一肚子悶氣沒處發洩，正準備教訓鍾少掌櫃一頓，就見馮姨娘小院的丫鬟在外頭探頭探腦。

「何事？進來說話！」鍾掌櫃早就看不慣那妖裡妖氣的馮姨娘。

小丫鬟膽顫心驚地走進來。「回老爺的話，馮姨娘……姨娘不見了。」

「什麼?!」鍾少掌櫃從椅子上蹦起來。

「昨天姨娘就……就沒回來。」小丫鬟嚇得後退了半步。

鍾少掌櫃氣得腦子嗡嗡作響。「昨天怎麼不來稟報？」

小丫鬟嚇得臉色蒼白，結巴地說：「姨娘說回娘家住一晚……她、她說今早就回來。」

離鍾家不遠的酒樓裡，開席的時間到了，除了鍾家，全部客人都到齊了。沈澤秋早料到鍾家人不會來，並不覺得意外，舉杯敬酒，招呼著賓客，完全沒將鍾家人的刻意為難放在心上。

這邊賓主盡歡，好不熱鬧，那邊的鍾家則是一片雞飛狗跳，因為馮姨娘不僅不見了，還捲走了不少鍾少掌櫃的私房錢！更可氣的是，城裡戲班子裡的一個戲子也同時失蹤了，不久傳言就沸沸揚揚的，都說馮姨娘是和戲子攜款私奔了！

鍾家人去了馮姨娘的娘家，但家裡全是老弱婦孺，馮陽不知什麼時候也逃了。

雲裳閣的舊店鋪早已經裝飾一新，換上了寧秋閣的招牌，店裡的貨也換上了寧秋閣的款式，料子和首飾、脂粉都是金陵的新貨，做工精緻、花樣繁多，一開業就吸引了很多人上門來。

大部分人都是想瞧新貨，但也有不少是瞧熱鬧的。

在這姓沈的人家手裡，能經營出雲裳閣昔日盛況嗎？

「我看懸啊，鄉下人，能有什麼品味？」

「呵呵，就是！咱們進去看看！」

安寧在店裡招呼著客人。樓上樓下滿是貴客，還有不少特意來捧場的朋友。

方才說話陰陽怪氣的是青州大錢莊的兩位千金，其中一位叫宋雪茹，本要與鍾家聯姻，結果鍾家生意失利，還出了姨娘攜款私奔的醜聞，親事自然耽擱了。宋雪茹感到臉面無光，便將心中的鬱悶遷怒到沈家。要是沈家沒搶走鍾家的生意，那姨娘可能不會逃。

兩位千金一進店門，很快留意到了鋪子裡站著位老熟人。

「樂安縣主，您也……來了呀？」說完，二人對縣主行禮，之後彼此對視，用帕子捂著嘴，噗哧一聲笑開來，有種說不清的嘲諷之意。

安寧恰好聽見了，驚訝店裡竟然來了縣主這樣的貴客，更驚訝兩位千金對縣主的不敬。

樂安縣主的父親是平永郡王，按照本朝的禮法，郡王之女皆是縣主，只不過平永郡王不得聖人眷寵，封地是青州下轄的一個小縣，勢力單薄，行事低調，來青州十多年，從沒有回過京城。

本地人都不識樂安縣主，何況是安寧。

「嗯。」樂安縣主一襲殷紫色襦裝，淡淡瞥了宋家千金，略點頭，顯然不想多談。

樂安縣主生在五月，據說一出生，當時的皇后、現如今的太后娘娘就大病一場，因此被皇室視為不祥，久而久之，大家都覺得樂安縣主是不祥之人。

「縣主，挑紅的吧……喜慶。」宋雪茹瞧不慣樂安縣主高高在上的樣子，故意用紅色喜慶來諷刺樂安是不祥之人。平永郡王府年年虧空，欠了錢莊不少錢呢，有什麼好嘚瑟的？

話才說完，樂安縣主身邊的侍女已經一臉不忿。區區商戶女，竟然敢奚落縣主，要是在京城，捉起來打板子都不為過！

「原來是縣主大駕光臨，有失遠迎了。」安寧走近，打破了凝結到冰點的氣氛。

樂安轉過身，含笑點頭。

宋雪茹心裡有氣，可人家畢竟是皇族，她只能眼睜睜看著樂安縣主隨安寧上了二樓。

「哼，真沒意思！」宋雪茹翻了個白眼，帶著姊妹，和侍女轉身走了。

安寧迎著樂安縣主上了二樓，溫聲詢問她喜歡什麼材質和款式的衣裳？樂安穿的是頂好的綢緞，但款式是前幾年的，料子約五、六成新，和百姓們想像中的皇勛貴族相差甚遠。

「沈娘子，妳可有推薦？」樂安語氣柔和，表情十分恬淡，剛才的小插曲顯然半點也沒影響到她。

安寧忙吩咐夥計取了好些裙裝進來，供樂安挑選。

樂安一口氣要了六套，都是店裡的新款。

安寧淺笑著說：「這幾款衣裙繡活複雜，要大半個月才能繡好，到時候我派人親自送去郡王府。」

聽到這個，坐著飲茶的樂安細微地蹙起眉，將茶盞放下。「恐怕時間上來不及。」

安寧微怔了一下，正想說可以吩咐下面的人趕工，但最快也要十日，就聽樂安縣主說——

「罷了，剛才試穿的就很合我的尺碼，我就要現成的吧。」說完就叫侍女付了銀子。

安寧有些納悶，像樂安縣主這樣身分的人，衣裳都是訂製的，要店裡打板的樣裝極為少見，但她沒多說什麼，將衣裳包起來，送樂安出寧秋閣。

「沈娘子，我有話要同您說。」樂安上馬車後，跟在她身邊的侍女忽然湊上前，眨巴著眼睛，壓低聲音，神秘地說：「今日事，煩勞沈娘子不要對旁人說。」

安寧退後半步，點點頭。「好，我不會往外說的。」

看著郡王府的馬車漸漸遠去，安寧擰著手中的錦帕，十分不解。購買衣裳的事情，也算不得秘密吧？難道還有什麼隱情？但這個念頭也只是一閃而過。

寧秋閣的生意在青州做得很順利，店鋪裡的商品品質極佳，款式新穎，加上服務周到，鋪子裡天天賓客盈門，安寧和沈澤秋忙個不休，樂安縣主來鋪子裡買衣裳的事，很快就壓在了心裡。

日子過得極快，又到了冬天。

寧秋閣的冬裝上架了，引得青州的貴婦人及嬌小姐們相約來店裡瞧新鮮貨。

「這套百褶裙上的花紋為銀線所繡，這銀線還是京城托運來的，只夠繡十來套，錯過了，需等明年了。」安寧笑著摸摸裙襬上的梨花圖案，對面前的幾位富家太太們道。

物以稀為貴，富家太太們一聽，連價錢都不問，直接就訂下了。

外面落起絮絮的雪，很快就將道路鋪作一片瑩白。屋外寒風呼嘯，寧秋閣內炭火燒得旺，暖烘烘的，幾位貴婦人不願出門受寒氣，交了訂金後，又去邊上挑起首飾。

忽然聽得街道上一陣喧譁，安寧側身往窗外望去，看見許多官兵小跑著路過，沿街還有不少圍觀的百姓。

到了晚上，回到家裡，和沈澤秋一塊兒烤著火看帳本的時候，安寧才聽到了事情的原委。

「宋家錢莊被抄了？」安寧不禁提高了音量。

沈澤秋點點頭，他攥緊安寧微涼的手，塞到自己掌中焐熱。「聽說宋家和雲裳閣一樣不乾淨，有人舉報了，證據確鑿，官兵才去抄家的。」

安寧舔了舔唇，可雲裳閣出事都一年多了，宋家到現在才被抄家，中間未免隔得太長了吧？

正當她想事情出神的時候，沈澤秋捏了捏安寧的手掌，湊近一點，看著安寧的眼睛道：「可這事還有一個版本。安寧，妳還記得樂安縣主嗎？」沈澤秋道。

安寧點點頭。「記得，咱們寧秋閣剛開業的時候，縣主來購過衣裳。」

「樂安縣主如今已經是太子側妃了。」沈澤秋垂眸盯著炭火，聲音沈沈的。「縣主六月就回了京城。」

安寧恍然大悟，難怪當時樂安縣主說時間來不及，原來她趕著回京城，而宋家似乎和郡王府不和睦，難道宋家被抄家是這個緣故？

再聯想到清源縣的趙大人也是突然秘密回京，安寧雖然不知內情，但總覺得有些奇怪。

沈澤秋安慰地拍拍安寧的肩膀，將她摟在懷中，低聲勸慰。「別多想，咱們會一切順利，平平安安的。」

燭影搖曳，燈火朦朧，安寧有些睏倦，她輕輕地靠在沈澤秋懷中，感覺很踏實。一家人在一起，她就很歡喜，也很滿足。

「早些睡吧，我累了。」安寧少有的主動，貼著沈澤秋的臉頰落下一個吻。

沈澤秋受用極了，晚上安寧說累，他就真的沒有折騰，摟著安寧老老實實睡了一宿。

到了第二年冬天，皇帝駕崩，太子登基，新年之後改了國號，大赦天下。

這些事發生在京城，對青州的百姓們來說太過遙遠。青州的百姓們津津樂道的是寧秋閣又新開了分店，沈家的小少爺沈煜皓在青遠學院的年考上得了頭名，被譽為小神童。

開春了，京城裡來了人，站在寧秋閣總店門前問掌櫃娘子可在？

何慧芳恰好做了艾葉粑，新蒸好還冒著熱氣，用食盒裝了些，提到鋪子裡來要給安寧他們嚐鮮。她瞧著來人，答了句。「我是這家掌櫃的親娘，你們找我兒媳婦啥事啊？」

「喲，是沈老太太啊！大喜事呢！」來人臉色變化極快，一下子便笑意盈盈的。

原來樂安縣主在太子登基後被封為淑妃，成了新帝的寵妃，想起青州寧秋閣的衣裳，到現在都忘不了，還想請寧秋閣幫忙製作幾套裙子。

「淑妃娘娘的原話是：皇上誇寧秋閣的裙子做得好，配色舒服，花樣也新鮮。皇上高興，娘娘也高興，所以特意吩咐我們來訂衣裳，等郡王爺入京時，一塊兒帶到宮裡去。」

何慧芳驚呆了，皇上、娘娘、郡王爺，這些人是她想都不敢想的人物，她一時間說不出話來。

安寧和沈澤秋也一萬個沒想到，樂安縣主竟從落魄皇族成了宮裡的娘娘，還惦記著寧秋閣的衣裳，這確實是大喜事啊！

安寧和徐阿嬤一塊兒設計了兩套衣裳，挑選了寧秋閣手藝最好的繡娘趕工，在平永郡王進京前做好了，隨著車隊一起入京。

至此，寧秋閣的招牌更加響亮了，人人都稱讚，這可是宮裡的娘娘都惦念的衣裳，比京城的還好呢！

生意上興隆昌盛，一家人也都平安順遂。

寧秋閣的招牌徹底打響，將鋪子開到了州府和附近幾個大城，寧秋閣不僅經營衣裳、胭脂、首飾，還開辦錢莊、經營船隊，就連金陵也有他們的織布坊、染布坊，桃花鎮沈家也成了青州有名的富商。

而在沈家村，沈澤秋一家更成了傳說中的人。

「哎喲，澤秋小時候就聰明，虎頭虎腦，一瞧就是個做大事的人啊！」

「還有安寧啊，雖然一開始身子骨不大好，但瞧著就有旺夫相，是個貴人呢！」

沈家村還是老樣子，老槐樹下坐滿了納鞋底、摘豆角和扯閒話的村民。

太陽落山了，夜幕降臨。盛夏的夜晚，要是颳一陣涼風，會讓人從頭到腳、每一寸肌膚都透著舒服。

沈澤秋用扁擔挑著兩隻籮筐，推開陳舊的木門走入院子，籮筐裡是賣剩下的粗布、棉布。

他娘親何慧芳總唸叨，家裡的每一分錢都要攢起來，攢著給他娶個好媳婦。不過今天，他娘特意走到村口來提前告訴他，她今天相看上了一位姑娘，臉上有傷，身子骨比較弱，但人是一頂一的好。沈澤秋有些忐忑，和說不出的小激動。

一進堂屋，他先低頭把籮筐放下，手掌在褲腿上抹了兩把，這才敢抬頭看。屋子裡的燈不太亮，一位年輕的姑娘抬眸望來，眼眸清澈，只看了一眼，沈澤秋的心就怦怦怦地狂跳不已。他娘親說的對，是位一頂一的好姑娘⋯⋯

「澤秋哥、澤秋哥⋯⋯」

幾聲低喚，將沈澤秋從夢中喚醒，安寧的臉龐逐漸清晰，正笑盈盈地看著沈澤秋。

「你看帳本看累了，都睡著了。」

沈澤秋揉了揉惺忪的睡眼，起身舒展了一下腰肢，柔聲地對安寧說：「我夢見了第一次見到妳的場景。夢中見了妳，醒來身邊還是妳，真好。」

安寧點了點沈澤秋的額。「嘴越來越甜，越發會哄人啦！」

說完二人相視一笑。

廚娘做好了晚飯，丫鬟們準備上菜了，梅香過來通稟。「老爺、夫人，開飯了，少爺從學堂回來了，小姐也到飯廳了。」

安寧對梅香點點頭說知道了，然後扯一扯沈澤秋的衣袖。「咱們快些去，別叫娘等著咱們。」

還沒到飯廳，老遠就聽見了何慧芳洪亮的聲音。

「哎喲，咱們小楊梅也會背詩啦？和妳哥一樣聰明呢！來，再背一首給奶奶聽！」

安寧和沈澤秋站在門外瞧著，臉頰上都帶著笑意。

一家人齊心協力，終於過上了好日子。

番外

十年後

沈澤秋和安寧的女兒小楊梅快及笄了，出落得玉人一般，如安寧恬靜溫柔。

但蜜罐子裡嬌養大的姑娘，更多了幾分明媚，笑起來眉眼彎彎，像春日陽光下綻放的桃花。

花一樣的少女討少年郎們的喜歡，小石榴這個做兄長的，不知道幫妹子擋了多少桃花。

書院裡的同窗總是借家裡有宴席、詩會，明裡暗裡邀沈家小姐賞光。

「收起你們的花花腸子，我妹妹還小，要在家裡多留兩年！你們再耍花招，小心我翻臉啊！」小石榴特別疼妹妹，一想到將來妹妹要嫁人，心裡就十分不捨，因此只要是關於妹妹的邀約，他都會毫不留情的拒絕。

回到家裡，小石榴換了套衣裳，用水擦了臉、淨了手，立刻拿上新買的風箏去找妹妹。

小楊梅正坐在院子裡盪鞦韆，看見哥哥眼睛一亮。「哥哥，你終於回來了！」

望著可愛的妹妹，小石榴心裡暖暖的，伸手掐了掐小姑娘的臉頰。「剛從學院回來，路上見到賣風箏的，給妳買了最好看的一隻。」

「太好了！」小楊梅挽著雙環髻，留著齊眉的劉海，笑起來有酒窩，顯得特別甜。「我們去花園裡放風箏吧！」

小石榴拿起風箏，欣然點頭。

初冬的午後，陽光很溫柔，暖暖地灑下來，不急不躁。

大老遠的，安寧和沈澤秋就看到了空中的風箏，蝴蝶有大大的翅膀，在碧空中翱翔，等他倆走到花園，就見兄妹倆玩得不亦樂乎。小石榴操控著風箏線，借著風勢，風箏在空中劃出一道道漂亮的弧線。

「哇，飛得好高啊！」小楊梅跟在哥哥身後，仰頭看著風箏，興奮得又蹦又跳。

沈澤秋不由得嘆了句。「一個過兩年就及冠，一個馬上要及笄了，還和孩子似的貪玩。」話雖如此，可沈澤秋眼底只有笑意，沒有一絲一毫責備之意。

安寧拉著沈澤秋離開了，半是欣慰、半是感傷。「讓孩子們好好玩吧。石榴從小就疼妹妹，他馬上要去京城了，不知多久才能再回青州。」

原來小石榴參加了今年的鄉試，考到了本省第三名。舉子們過了鄉試後，便要赴京師參加第二年春季舉辦的會試。青州和京師一南一北，相隔千里，路途遙遠，所以等過幾日，小石榴就要跟著店裡的夥計去京城了。

「路上多注意飲食，別喝生水，東西要吃熱的。還有啊，一定要跟緊衛石他們，千萬別落單走丟了！等到了京城，記得給家裡人寫信，報個平安。」

離別的日子來得特別快，沈澤秋和毛毛合夥在京城開了間鋪子，雇了幾個夥計，主要用做進貨和出貨時的落腳點，順便探聽價格行情，衛石他們來往京城好幾次了，小石榴跟著他們進京，沈澤秋十分放心。

可何慧芳就不同了，拉著寶貝孫兒的手，囑咐了一遍又一遍。

小石榴對京師的風土人情充滿了好奇和嚮往，此次去考試還能順便開開眼界，他心裡非常高興，興奮勁兒遠大過離別的傷感，安慰何慧芳道：「孫兒知道了，您的囑咐我都記著，放心吧！」

沈澤秋拍了拍衛石的肩膀，囑咐他一路謹慎小心些，然後走回來，看著捨不得孫兒遠行的母親，笑著緩解壓抑的氣氛。「娘，沒事的，煜皓又不是小姑娘了，遲早要長大的，多歷練些，對他反而好。」

何慧芳想想也是，孩子們要長大，不可能永遠在學堂和家裡兩頭跑，要成為真正的男子漢，以後才能撐起沈家。

不過，聽見小姑娘這個詞，倒是勾起了何慧芳的不滿，她又好氣、又好笑，問小石榴。「上回田家那小姑娘，我瞅著很不錯，你哪裡惹惱人家了？我要請田姑娘來府上玩，人家田夫人左推右擋的不准姑娘來呢！」

小石榴蹙眉想了很久，才恍然想起那個不錯的田家姑娘是誰，但他沒做什麼啊。

安寧不得不過來打圓場。「大概是沒緣分。罷了，以後再相看其他的姑娘吧。」

眼看時辰不早了，小石榴坐上馬車，和夥計們朝著京師出發。

一家人站在路口遙望了很久，安寧剛才還能忍住淚，等馬車徹底從視線消失後，終於滾下淚來，她用帕子擦拭著眼角，肩膀微微顫抖。

沈澤秋無聲地攬住安寧的肩，安慰地揉了揉。

「煜皓兄，你叫衛石叔再跟我們說說京城唄！」

小石榴還有兩位同窗也考過了，三人結伴一起入京，都對京師充滿了好奇心。

衛石嘿嘿一笑，不厭其煩地描繪著京師的風采。「京師的天氣可比咱們青州冷多了，雪能沒到腿肚子呢！菜市口、天橋下，雜耍藝人多，花樣不少，等到了地方，幾位少爺一定要去看看。不過說起繁榮，還是金陵更加富麗，可金陵太小了，還是京師最氣派。」

小石榴跟著沈澤秋去過金陵，京師居然比金陵還要氣派？他不禁更加嚮往了。

一路緊趕慢趕，他們終於趕在臘月前到了城門外。

灰色的城牆足足有幾丈高，門前早已排滿了要入城的人。剛下過雪，一片白茫茫，風颳得烈，冷極了，可再冷的風也架不住旺盛的好奇心，小石榴和同窗披著狐裘，興奮地往內城望去。

衛石笑呵呵地叫小石榴他們跟緊了，領著他們到了寧秋閣和錢家貨棧合營的鋪子裡，前面是鋪子，後面是一間小院，有幾間房，小石榴和同窗暫時在裡面住幾日，休整一下，衛石會再幫他們租賃一間乾淨安靜的小院，好好溫書備考。

「幾位少爺，我帶你們去街上耍耍吧？」

「好嘞！」小石榴幾個自然樂意，跟著衛石穿梭在熱鬧的街頭。

很快地，小石榴也體會到衛石說京師沒有金陵富麗，而金陵不如京師氣派的原因了。如果說金陵是打扮精緻的嬌小姐，那麼京師就是雍容華貴的大美人。

街面上有許多老字號，售賣的貨物品種豐富，天南地北的東西應有盡有。街上熱熱鬧鬧，吆喝聲、叫賣聲不斷。

小石榴和同窗盡情地遊玩了幾日，去茶樓聽書、去戲院聽戲，還去看雜耍、猴戲，將京師囫圇逛了個遍，但京師再好玩，也不得不收心讀書了。

衛石租了間僻靜的小院，雇了兩個婆子做飯、灑掃，兩個壯漢看院子，小石榴和兩位同窗開始為明年的會試做準備。

時間過得很快，不知不覺臨近除夕，小石榴大部分時間都留在院子裡讀書，偶爾出街逛一逛，而他的兩位同窗則貪玩些，時常出去。

這天傍晚，又落了一場小雪，雇來做飯的婆子做了湯麵，熱呼呼的麵條，裡頭加了新鮮牛肉、荷包蛋，還有白菜葉，另外配了一碟小炒菜，簡單但也算營養。

「沈少爺趁熱用了吧，歇會兒再用功，這麵剛剛出鍋。」婆子笑呵呵地將麵條端進來。

小石榴點點頭，往院子裡張望了一眼。「他們呢？又出去逛了？」

婆子把碗筷放好。「是啊，那兩位少爺閒不住。」

小石榴不由得搖了搖頭，等考完了會試再去不遲啊，他們吶，是該收收心了。小石榴坐下來，麵條還沒吃上兩口呢，門口就來了幾個大漢，將門拍得砰砰響。

「沈煜皓可住在這兒？」

小石榴蹙眉，把筷子放下，走到院子裡問：「什麼人？」

「王文星、宋景同認識嗎？他們欠了我們五百兩銀子，說沈煜皓沈公子會幫他們還！」幾個大漢堵在門口，門一拉開，就迫不及待地衝進來，一位臉上有刀疤的盯著小石榴看了幾眼，抬抬下巴。「你就是沈公子了吧？」

小石榴掐了掐自己的掌心，站在走廊下，暗想這些人來者不善，馬上對一邊的婆子耳語，叫她悄悄去告訴衛石，接著一邊整理衣袖，一邊慢悠悠地答道：「是我。你剛才說的王文星、宋景同我也認識，你說他們欠你們錢？」

「對，賭錢賭輸了，現在就關在馬棚裡！沈少爺您去看看吧，恐怕現在人都快凍成冰混嘍！」

小石榴一下子緊張了起來，他的兩位同窗是沒吃過苦的，天寒地凍的被拴在馬棚裡，該是何等悲慘。

不一會兒衛石來了，一邊帶人和小石榴往賭場趕，一邊低聲呵斥看院子的漢子。「不是叫你們看好幾位少爺嗎？」

看院子的壯漢也委屈。「看不住啊……少爺們會聽我的嗎？」

一番交涉後，他們花了三百兩銀子將人從賭場裡贖了出來。

王文星羞恥得滿臉通紅。「煜皓兄，銀子等回了青州就還你。」

小石榴看著兩位狼狽的同窗，將所有責備的話都嚥回了肚子裡。還是找大夫瞧傷重要些，他們被關在馬棚裡吹了大半天風，手指、耳朵、腳趾都有凍傷，還被揍得渾身痛。

「凍傷可不能掉以輕心，一不小心，肉都會壞死的！前面有家合氏醫館，醫術精湛，我們去看看吧。」衛石提議道。

夜已經深了，合氏醫館內，飄散著一股淡淡的中藥香味。

一位年輕的少女一邊看醫書，一邊做著筆記，十分認真。

「小姐，夫人派人來催了，請您今晚回府上去住。」小丫鬟推門進來道。

趙沛柔抬起頭，輕輕嘆了聲。「告訴我母親，今夜我留在醫館，不回去了。」

小丫鬟不禁有些為難，走到趙沛柔身邊。「小姐，我知道您心裡委屈，可夫人……」

三年前，依父母之命、媒妁之言，趙沛柔和徐家公子訂了婚，兩家的家主都是朝廷要員，郎才女貌、門當戶對，本是美事。
但趙沛柔不願意和一個面都沒見過幾次的人約定終身，和爹娘鬧了一陣子彆扭，最後在孝道、聽話、懂事等種種重壓之下，她不得不應下。
兩家人說好等趙沛柔滿了十六的生辰就舉辦婚禮，誰料徐家公子竟掐著時間跑到雲南去遊歷，一去半年，後來又偷偷參軍，去了青海。聽說，還在青海和一個姑娘私定終身。
這些事家人都瞞著趙沛柔，但丫鬟們氣不過，悄悄告訴了趙沛柔——
「等以後成婚了，小姐當了徐少夫人，一定要好好管束郎君，早日生下子嗣，穩固地位，免得讓妾室爬到您的頭上！唉，這徐家少爺也真是的……」
趙沛柔卻悄悄鬆了口氣，徐公子硬是納了那位青海姑娘做妾室，這樣一來，婚事是不是可以退了？未娶妻，先納妾，是對趙家的羞辱。
「沛柔，妳放心，爹爹一定替妳作主。」趙大人如是道。
可趙沛柔只等來青海姑娘被趕出徐府的消息。趙沛柔哭了一場，為不能退婚，也為那個可憐的青海姑娘。她抱著母親，紅著眼睛說：「徐公子不喜歡女兒，女兒也不喜歡他，這樁婚事，不如退了。」
「沛柔！不許說胡話！趙、徐兩家聯姻，全京師都知道，退婚之事，萬萬不可再提！」誰料一向溫柔的母親，聽到她想退婚，第一個反應是厲聲斥責。
趙沛柔當即收拾了簡單的行李，搬到了合氏醫館。合大夫是她的舅母，趙沛柔和舅母學了不少醫術，她寧願留在醫館幫忙，也不想回家住。

燭火飄了幾下，趙沛柔抿了抿唇，從回憶裡抽離出來。「我不想回去。」

小丫鬟點點頭，要轉身時想起還有一事沒說。「夫人說嫁衣做好了，要是小姐不願回去，她便差人送到醫館來，讓您試一試大小，不合適的地方好早日修改。」

原本她去年就要和徐公子完婚，可徐家老太太忽然病逝，徐公子要為祖母守孝一年，婚事自然延後了，可婚事的籌備一直在默默進行著，等孝期一滿，就能立刻完婚。

「不必——」趙沛柔頭痛不已，話剛說了一半，忽然聽聞外面一陣喧譁，轉而問道：「外面怎麼了？」

「有病人上門求診，可咱們今天已經接滿了一百位病人，而且天已經黑了，就叫他們明日再來，但他們不肯走，這不，還在求情呢！」門房苦著臉說。

合氏醫館有兩個規矩，一是一天只接診一百位病人；二是天黑以後不接診。這是趙沛柔那位脾氣古怪的舅母定下的，極少破例。

看著門房又要出去趕人，趙沛柔忍不住說：「等等，今日舅母不在，我便破例一次吧，她若責怪起來，我擔著。」

寒風不斷呼嘯，小石榴和衛石搓著手，忍著寒冷向醫館的人求情通融，正要絕望之際，大門被拉開了，一位白衣姑娘提著一盞燈籠，從院子裡走出來，白雪反射出的銀光照在她身上，襯得她更加出塵。

趙沛柔聲音輕輕地說：「你們進來吧。」

小石榴仰頭望去，兜帽遮住了姑娘的大半容貌，只露出一點唇鼻、下巴，可他卻莫名的感到熟悉，不由得怔了怔。直到同窗「哎喲」一聲，他才趕緊低頭，一邊道謝，一邊扶著同窗往醫館裡走去。

趙沛柔退到一邊，等他們進去後，目光落在小石榴的背影上，一開始是驚訝和疑惑，直到一個隨從稱呼小石榴為「沈少爺」，她終於笑了起來。

是他？竟然是他！

待小石榴一行將病人攙扶到內室後，合氏醫館的藥童也鋪好小榻，剪燭花挑亮火光，做好了看診的準備。

王文星、宋景同挨打受凍，又受到驚嚇，臉色白得像宣紙，坐在小榻上不停的發抖。

「病人的衣裳沾染了雪水，濡潮冰涼，先換上暖和乾燥的乾淨衣裳吧。」

趙沛柔認真地看了兩位病人的凍傷之處，皮膚蒼白，感應麻木，加上病人呼吸急促，脈象快而急，趙沛柔斷定，這只是局部的小凍傷，好生醫治不會留有遺症。

「幸好來得及時，人剛凍傷時臉色蒼白，呼吸紊亂，補救及時沒什麼要緊，要是等到嗜睡、反應緩慢再來，就要請我舅母出面了。」

剛才匆匆一瞥，小石榴見白衣姑娘出塵如高嶺之花，還以為難以接近，是十分高傲冷漠的人，現在聽她講話，竟心生親切，原來是極平易近人的。

「多謝姑娘了。」小石榴拱手致謝。

趙沛柔輕輕頷首，吩咐藥童取來溫水，將棉帕浸濕，給病人熱敷，她去取凍傷膏和藥酒。

小石榴更加感激了，見趙沛柔身邊只有一位小藥童跟隨，怕東西多不好拿，跟了半步說：「姑娘，我幫你們掌燈。」

趙沛柔素來喜靜，小藥童正要開口拒絕，就聽見最厭生人的趙家小姐應聲。

「如此，有勞了。」

小藥童猝不及防，趕緊閉嘴。嗯，今天只是個意外。或者，路確實太黑了，需要她和那位公子一左一右點燈照明才好哩。

拿上外敷、內用的藥後，小石榴去付診金。

趙沛柔已經確定，他就是當年在清源縣寧秋閣的沈家小少爺，沈煜皓。一開始她想直接相認，二人少時情誼交情頗深，直接相認也無妨。但自己畢竟是訂婚待嫁之人，趙沛柔默了默，想了許久，終究沒有開口相認。就連頭上的兜帽，也等小石榴一行人走後才取下。

「哎喲，兩位少爺，今後可要好好收心讀書啊！賭場裡魚龍混雜，亂得很……吃一塹長一智……」

在看診的間隙，衛石吩咐夥計將馬車駛來，他們坐馬車回去，免得再受風寒。一上車，看著王、宋二人狼狽的模樣，衛石一時心急，顧不得身分，苦口婆心一通勸解。

王、宋二人心有餘悸，老實地聽著，時不時地點點頭，看來是真的嚇到了。

小石榴沒插話，聽著車轂轉動的聲響，神遊天外。

方才那位姑娘，有種很熟悉的感覺。可他苦思良久，也想不起何時何地，見過這樣心地善良又溫柔淑女的姑娘。

忽然，小石榴掀開車簾，對車夫喊道：「停車！我要回醫館一趟，有件事忘了……」小石榴邊說邊趁馬車停穩，跳車往回走。

衛石他們只好等在路邊。

馬車駛離醫館不過百公尺，小石榴很快到了門前，他吸了一口氣，抬手輕輕叩門，不一會兒，小藥童邊嘀咕著「誰啊」，邊拉開大門。

「抱歉，方才衣裳忘記算錢了。」小石榴上了馬車才想起，兩位同窗換了藥童們的冬衣，也該算在診金之中。

大門正對裡屋的門，小石榴自然也看清了趙沛柔。

裡屋，趙沛柔已取下兜帽，用熱水淨了手，正要回房，剛邁步出來，就看到了小石榴。

剛巧，歇了一陣的雪簌簌又落，隔著薄薄的雪幕，小石榴抿唇，看著趙沛柔微笑。

原來是她。

十年不見，昔日的小姑娘已經長成妙齡少女，烏亮的秀髮綰成蝴蝶髻，襯得玉面更加俏麗，秀目微凝，對小石榴頷首。

方才不相認是為避男女之防，現在迎面碰見了，當然要認。

本朝民風開放，禮教沒有前朝森嚴，官家也鼓勵女子讀書習字、經商行醫。只是趙大人極守古禮，對趙沛柔的管束極嚴格。

「趙小姐，方才是我眼拙，沒有認出妳。」小石榴難掩興奮，下意識想喊她沛柔，話到嘴邊才想到，現在喚閨名太唐突了，不得不改成趙小姐。「本想年後打聽妳的下落，沒想到竟然在這兒巧遇了。」

小石榴幼時長得眉目清秀、唇方口正，時常被誤會成小姑娘，現成少年郎，逐漸褪去秀氣，多了幾分英武，俊目有神，挺鼻如峰，穿著一襲竹色對襟長袍，顯出文人的雅致，有翩翩公子之感。

小藥童們暗暗驚訝，原來姑娘和這位公子是舊相識呢！

時辰不早了，小石榴和趙沛柔簡單寒暄幾句後，也不便多留，補完診金後匆匆回到車內。

馬車繼續前行，衛石不時地用餘光探看小石榴，心裡納悶，小少爺為何眉眼帶笑？莫非遇見了好事？正要開口，車輪碾過石頭，車身狠狠顛簸，兩位傷者連聲呼痛，又把衛石的注意力拉走了。

安頓好同窗，已近子時。小石榴回到房中，原想先默寫一篇古文，待心靜後溫書。但燭光飄搖著，小石榴目視前方，思緒卻如案上飄搖的燭火，無論如何都靜不下來。從去年開始，家人就為他相看起妻子的人選，可兜兜轉轉，總也定不下來。他把那些姑娘當作妹妹看待，可以禮貌呵護，卻沒動半分心。

娘親和奶奶看出他心思不在這上頭，嘆說他年紀小，還沒開竅。

那時他沒吭聲，在心裡想起了趙沛柔，懵懂地想，也不是沒開竅，若那些姑娘是趙沛柔，他也願哄著寵著的討人歡心，一起踏青賞花，高談闊論。

這些年，趙家人回京師，沈家遠赴青州，小石榴和趙沛柔斷了聯繫，卻仍常常想起她。小石榴搞不清他究竟是在思量故友，還是真的傾慕，再或者，娘親和奶奶說他不開竅，他心裡氣不過，所以用趙沛柔做幌子，暗示自己開竅了？

小石榴揉揉發脹的額際，拿起書架上放著的小書袋。書袋很舊，顏色褪成灰白了，軟塌得不像樣，好像一用力就可以扯爛成兩半。這便是臨分別時，趙沛柔親手所做，送給他的禮物。他一直留在身邊。

第二日清晨，照顧他們飲食的婆子熬了肉粥，上了滑溜鴨腹、清蒸時蔬等兩葷三素，外加蓮子雞湯，菜色比平日豐盛，一來給王、宋二人進補，二來也有祛晦迎新之意。

三人趕緊道謝，那婆子拿著托盤，笑盈盈地說吉利話。「祝公子們平平安安，年後考個好功名。」

正說著，衛石來了，他趕早集，買到了幾尾新鮮的魚，送來給他們補營養。看見小石榴眼下青黑，眼裡還有紅血絲，擔心地問：「小少爺昨夜沒睡好？」

「嗯，沒事，衛石叔，我心裡有數，會照顧好自己的。」

小石榴昨晚渾渾噩噩，作了一宿的夢，覺是沒睡好，但精神卻十分不錯。

衛石從小看他到大，知道他是有分寸的人，囑咐幾句就回鋪子了。

過了兩日，終於到複診之日。白天去合氏醫館，才知那晚有多幸運。

合氏醫館診金低，藥價實惠，但每日只有兩位醫者坐診，每人瞧五十位病人，到了的去取號碼牌，聽號入內，過時不候。

「為何不多請幾位醫者坐診？隊伍都排到街口了。」看著手中第四十八號的木牌和長長的隊伍，小石榴疑惑地問道。

那夜在醫館裡，光是藥童就見到二十多個，能看診的醫者至少該在五位以上吧？

「咳咳咳……」排在小石榴背後的一位佝僂老者咳嗽幾聲，緩過勁後，嗓音沙啞地道：「小郎君有所不知，此乃故意為之。」

「為何？」小石榴追問一句。

「合氏醫館是在照顧窮人，看一次病，要排一天的隊，只有窮人才願意，富貴之人就被篩出去了。」老者說道。

小石榴恍然大悟，看著合氏醫館的招牌，肅然起敬。

到了下午，終於輪到他們看診，王、宋二人被藥童帶入內室查看傷處，小石榴在外等候，他左右看了幾眼，沒有瞧見趙沛柔，心裡不免有些失落。

今日還想當面和她好好敘舊，順便邀她弟弟一塊兒出來相聚的，不過，這樣是不是有些不妥？

小石榴正胡思亂想，一個藥童給他端了杯熱茶，正好是那晚一起去拿藥的，他們說過話，算是認得。小石榴拱手致謝後問：「在下冒昧一問，趙姑娘那晚為我等破例，合大夫沒責怪她吧？」

小藥童十四、五歲，心直口快，笑答道：「沒有責怪，姑娘第二日就回府了。」

小石榴更加失落了。

沒待答話，小藥童好奇心起，問道：「年後姑娘大婚，公子去嗎？公子瞧著滿腹詩書，一定很有才華，到時候和我們一起給接親的出難題，好不好？」小藥童越想越是興奮，嘰嘰喳喳地說個不停。

而小石榴如遭雷擊，愣在原地，連呼吸都忘記了，渾渾噩噩地應付完小藥童，等同窗看完診，又行屍走肉般回到小院。

也對，趙沛柔和他同歲，早就到了說親的年紀，是他被重逢沖昏頭腦，忘記這茬了。

小石榴細細思索了那晚的情景，越想越苦楚。娘親和奶奶說得對，他這竅，開得太晚了。

過了兩日，衛石來送新鮮瓜果，聽婆子說這幾天小石榴天沒亮就起，子夜才熄燈，連嘆小少爺辛苦，該多注意休息。

小石榴微笑點頭，卻照例溫書到深夜，為春闈蓄力，也為錯過的人。忙起來，就不會胡思亂想了。

趙沛柔回到家，既期待小石榴會遞信，又惶恐他遞信，百般猶豫和矛盾之間，除夕過，新年至。他的信，到底是沒有來。

幾位姑媽帶著表姊妹們來家裡拜年，趙沛柔最長，帶著姊妹去院子裡閒逛，風大刺骨，幾個姑娘逛了一會兒，又回到屋子裡煮茶、聊天。

「沛柔姊姊，要成婚了，妳怕嗎？」二姑媽的小女雪妍好奇地問道。

話一出口，圍坐成一圈的小姑娘們笑做一團，有說雪妍小小年紀說這些不害臊的，還有說她不會說話的，新娘子哪裡會害怕成親？高興還來不及呢！

趙沛柔垂眸啜了口茶，瞧上去是害羞了，眼底卻是空洞。

怕，自然害怕，未婚夫的面都沒見過幾回，還早有了心上人，徐家新婦，恐怕不好當。

可退婚，又是癡心妄想。

夜裡，趙沛柔睡不著，睜著眼望著帳頂的刺繡，她不知道，此刻小石榴也輾轉難眠。直到了深夜裡，昏沈入睡的二人，竟夢到了同一個場景。

那年，他倆只有八歲，小石榴帶著趙家姊弟去聽戲，天色青湛，風和氣清，趙沛柔猶猶豫豫，喊了他第一聲「煜皓哥哥」。

夢醒，趙沛柔驚訝地摸了摸淚濕的枕巾，坐起身，嘆了口氣。

小石榴點亮了案上的燈燭，拿起了書本。既然睡不著，不如多看書、寫字吧。一片心意，晚來一步。

新年後，京裡高官貴族之間的走動特別頻繁，迎來送往，互相拜年賀新，十分熱鬧。這中間也有許多講究，按照門第和親疏，該送什麼禮、送多少？及別家送的什麼，自家該怎麼回才體面？諸如此等，異常繁瑣，各家執掌中饋的夫人們忙得頭都大了。

「沛柔，許大人和妳父親是同窗，感情深厚，知妳父親身體不好，特送了幾樣難得的名貴藥材，咱們回禮，也要顧及情誼和許家的用心。妳說說，咱們該回什麼禮？」趙夫人帶著趙沛柔看禮單，邊看邊教其中關竅，這不，教完了還要考她。

「許伯伯是孝子，咱們回送一株老山參給許老太太補身子，定然不錯。另外，許家妹妹到了說親的年紀了，咱們家有幾疋上好的雪緞，挑兩疋顏色鮮的給許家妹妹做衣裳，也是極好。」趙沛柔想了想，自信地說道。

趙夫人滿意極了，連讚不錯。看著乖巧懂事的女兒，她心裡既暖又有些不捨，摸了摸趙沛柔烏黑的頭髮。「三月初五妳就要嫁人了，為娘這心啊，唉……」

隨著趙夫人的嘆息，趙沛柔的心也揪在了一起。她也捨不得家人，何況，嫁去徐家也非她所願。「娘，我不是還沒嫁嘛！」趙沛柔鼻子發酸，眼睛像進了沙似的想流淚，藏在寬袖下的手狠狠掐著掌心，才生生忍住了。她倚著趙夫人的肩，撒嬌般同母親笑道。

母女倆說了一會兒貼心話，趙夫人提到後日宋家小姐舉辦賞梅宴，囑咐趙沛柔和表妹一塊兒去時，好好裝點一番，穿錦春閣新做的裳子去。

說完，輕輕拍了拍趙沛柔的手背，嘴角浮上一抹笑。「宋家和徐家是表親，妳這回去見到的人，多是以後的親戚，說不定徐公子也會去，到時候，稍微避一避就行了。現如今，要成婚的男女，婚前見見面、說會話，也不算什麼了。」

趙沛柔垂下眼睫，柔聲應了。

母親暗示得很明顯，後日的賞梅宴，徐公子，也就是她的未婚夫也會去，說要稍微避一避，只怕兩家大人會故意撮合二人「巧遇」吧？這是長輩們慣愛做的，見一見、說會話，難道彼此就心意相通了？

「少爺，雨太大了，前面街口堵了許多車馬，咱們過不去，在茶樓避避雨吧？」

早起時天氣清朗，還有太陽，才一會兒功夫，天色就暗下，幾聲悶雷後，降下一場驟雨，雨勢洶洶，將行人們淋了個措手不及，逛街的人四處找地方避雨，街口的馬車也因雨被堵得不能動彈。

「聽說長公主出城，大道上暫時不放車馬，恐怕要等上小半個時辰呢！」茶樓的夥計邊上茶邊說道。

小石榴拂了拂身上沾染的雨水，邊「嗯」了聲邊往窗外看，不遠處確實能見皇家儀仗。長公主是先帝的胞妹，地位尊貴，性子張揚，她出城，一直是這種排場，看來，去城外寺廟進香的行程，要耽擱了。

不遠處，趙沛柔坐在馬車裡悶得慌，臉都憋紅了。表妹染了風寒，今日她一人要獨自去宋家赴約本就心情不佳，誰知半路上大雨驟至，現在又遇上擁堵，加上長公主出行，不知何時才能暢通。

趙沛柔掀開車簾。「我下去透透氣，車上太悶了。」

小丫鬟跟坐在車裡也覺憋屈，但小姐不能站在街邊拋頭露面，萬一被衝撞到了可不好。幸好附近有家茶樓算得上雅致，小丫鬟遂提議道：「小姐，我們去茶樓等吧？」

「也好。」一下車，呼吸到新鮮空氣，趙沛柔心頭的難受大有緩解，但人群嘈雜，去茶樓避一避再好不過。

恰好雨勢稍歇，丫鬟撐著油紙傘，趙沛柔沿街慢行，身上染了一點水霧，仍舊清清爽爽。

「還好沒濡濕小姐的裙子。」進到茶樓裡，小丫鬟收了傘，長舒一氣道。

趙沛柔瞧她如獲大赦的模樣，不禁好笑。「哪裡就那麼金貴了？」

小丫鬟噘起嘴，知道自家小姐不在意這些，可今兒去賞梅宴的都是各家的嬌小姐，比首飾、比衣裳，她們家小姐可不能比別人低一等！她急忙上前扶著趙沛柔，說：「小姐，您注意腳下，別把新鞋弄髒了。」

「我算是知道了，原來金貴的不是我，是我身上的新鞋、新衣裳啊，是不是？」趙沛柔見小丫鬟緊張的模樣，又調笑了一句。

小丫鬟臉紅了，搓了搓手。「小姐當然才是最金貴的！」

「既如此，就少緊張些，攪得我也心神不寧的。」趙沛柔嗔望丫鬟一眼，行到二樓。

小石榴坐在二樓第一桌，從趙沛柔與丫鬟說話起，他便聞聲識人。他驚喜地起身，沒想到在這兒能碰見她。

待趙沛柔上到二樓，迎面相望，也是驚喜不已。

「趙小姐，新年好哇……」小石榴心跳加快，比參加考試還緊張，平日的伶俐口舌也變成笨嘴拙舌，半晌才拜了個晚年。

元宵早過了，二月將至，哪裡還有人說新年好的？趙沛柔被逗笑了，微笑緩解了二人的緊張。趙沛柔挺直肩背，顯得冷靜從容。「沈公子也是被大雨留在此地嗎？」

「是，本要去香雲寺的，不料，下雨天，天留客……」

「不錯，剛才出門還是豔陽高照。」

「前面街口都堵上了。」

「你瞧，對街那小孩兒踩水耍呢——」

「哎呀，被他娘揪回去了！」

沒說幾句話，從前的默契就回來了，他們表面上聊得很開懷。

可趙沛柔的理智在與感情交戰，一邊是禮教的約束，訂婚之人不該和外男過多接觸，一邊是捨不得結束這場偶遇。是走是留，她糾結不已，纖嫩的手指揪緊手帕，藏在袖中。

和趙沛柔一樣，小石榴也想到了要避嫌，他低頭啜了口茶，偶遇的驚喜夾雜著苦澀，交織成網縈繞在心。交談了兩炷香時間，閒談了些無關緊要的事，他已經很滿足了。

「趙小姐，雨小些了，我先行一步。」

窗外大雨依舊，哪裡有小的趨勢？趙沛柔抿了抿唇，笑得有些僵硬，並不忍戳破，兩人很有默契地點頭道別。

趙沛柔望著小石榴的背影，有一瞬，眼神黯然，等小丫鬟再瞧，她已經轉身，默默面向窗外。

那日賞梅宴，未婚夫徐公子沒來，趙沛柔暗自鬆了口氣，可趙夫人卻記在了心裡。賞梅宴沒來，年前京師裡年輕兒郎們的茶會、聚會、春宴，徐公子統統沒露面，甚至去徐家拜年的人，也都沒見過徐公子。趙沛柔打心裡怠慢婚事，對未婚夫更是毫不關注，自然沒注意到，趙夫人卻察覺了。

夜裡，她將此事與趙大人提了。

「夫人別多心，我託人打聽看看。」趙大人安慰妻子，表情輕鬆。

過了兩日，素來溫和的趙大人發了脾氣，在書房裡砸了一對花瓶，還踢翻了椅子，氣紅了眼睛，咬著牙對趙夫人道：「徐家缺德！把人當狗耍！他家臭小子年前就跑了！找了兩個月，鬼影都沒找到，竟敢瞞著咱們！」

趙夫人嚇得臉色蒼白。「能跑到哪兒去？」

「八成帶著那懷孕的姑娘，弄了假戶籍，做軍戶去了！」軍戶隸屬各地衛所，經常遷徙，時常有人假冒遷徙軍戶，到異地落籍洗白成真，徐公子若帶著人私奔，這是穩妥又好施行的法子。

趙夫人氣得手抖，頹然地坐下，失魂落魄地想了片刻，突然看向趙大人。「咱們找人查，一州一府的查，總能找到人！」

「……」趙大人不言語，滿臉陰沈地思索著。沛柔是他的掌上明珠，是他的眼珠子、心頭寶，憑什麼被徐家人這麼作踐？「不找了！」趙大人猛地站起來。「找得到人，找不回心！還沒成親就不同心，以後還有好日子過？」說罷，憋著一口氣，去徐府要求退婚。

徐家人自知理虧，賠禮道歉外，也強調是自家教子無方。

可退婚的事傳出去，總還是傷到了趙沛柔的名聲。

趙沛柔倒是不在意，還沒心沒肺地和丫鬟笑鬧，說大不了絞了頭髮做姑子去。

這話被趙夫人聽見了，又是一番傷神。若當初聽了女兒的話，早早退婚，事情也不至於鬧得這般難堪啊……

一晃，春天過了，初夏至，天氣漸熱，行人都換上了輕薄的夏衫。

小石榴考過了春闈，入了殿試，聖上出的是「稅種改制」的問題，小石榴仔細思索後，綜合所見所聽道：「臣以為，如今傜役、天賦、雜稅多而繁雜，各州府收取的絲絹、油、紙等實物稅程序繁瑣，品質良莠不齊，不如折算成金銀，上交與朝廷，效率更佳。」

聖上正有心改革稅制，小石榴的回答正合他心意。

加上小石榴容貌俊朗，氣度不凡，所答的卷子也好，聖上有心點他為一甲第三，作為此次春闈探花郎，但在最後一刻，聖上猶豫了。

沈煜皓年方十八，正是少年意氣之時，出生於市井，恐怕還不懂官場的規矩，利劍易折，還需藏一藏，培養一番，今後才堪大用。

最後，勾了小石榴為二甲第一名，賜進士出身。

黃榜張貼出來後，趙大人下朝回府，在書房中看書習字，趙夫人來送茶點。

「夫人，我今日聽同僚們說起，這次二甲第一是青州清源縣人，姓沈，叫做沈煜皓，當年我們在清源，也有一家姓沈的，莫不是這家？」

趙夫人放下點心，嘴角啜著一抹笑。「正是那沈小公子，家裡經商的。」

「倒是有造化！」趙大人嘆道。

趙夫人坐下，小心翼翼道：「昨日沛柔和她弟弟去聽戲，聽下人說，在戲院遇見了這位沈公子，還一塊兒吃了飯……」

「莫非？」趙大人攥緊拳，第一反應是氣和怒。未出閣的女子，雖說退了婚，也不可隨便和外男吃飯！

見他這樣，趙夫人生氣了，將身子轉向一邊，氣呼呼的。「咱們識人不清，已經害了沛柔一回，這次，你不許阻攔，讓沛柔自己作主！」

趙大人趕緊去哄妻子。「夫人，別生氣啊，我也是為了沛柔好。」

「你真為她好，就遂了她的心意吧……」

一眨眼，到深秋。在青州的沈澤秋找了鏢局的押鏢，帶著貨物，坐上寬敞舒適的馬車，一家子要進京去了。

臨行前，沈家置了席。

「哎喲，咱們家石榴出息了，考上進士呢！在什麼……什麼翰林院做官？喔，對了，親事也定下咯，聖上賜的婚呢！親家姓趙，當年在清源做過縣官的，可真是巧了……」席間，何慧芳高興得合不攏嘴，把小石榴誇得天上有、地下無，接著又誇起準孫媳婦趙沛柔，說她是天仙似的相貌，脾氣、性格都好，還會吟詩作對，和她家孫兒是天造地設的一對。

「唉唷，沈老太太好福氣啊！」

「沈小少爺太有出息啦——」

——全書完

2021年1月出版

夫人萬富莫敵

文創風 921～922

一個是聖上眼中的紅人、貴女圈中炙手可熱的侯門貴公子，
一個是琴棋書畫皆不精，唯有算盤打得精的商戶之女，
兩人的婚約堪稱長安城最驚天動地的一樁大事，
不只百姓議論紛紛，連當今聖上都成了吃瓜群眾的一員，
賭坊甚至開了賭局，賭沈家女最後會不會成為侯夫人？
各位看官，就讓我們繼續看下去！

春色常在，卿與吾同／顧匆匆

身為杭州第一大富戶家的小姐，沈箬不愁吃穿，撒錢更是不手軟，
可她沒想到，有一天竟要為自己的婚事發愁！
杭州太守欲謀奪沈家家業，五十幾歲的老頭上門求娶她，
這般不懷好意，她會嫁他才怪呢！但對方是官，不嫁總得拿出理由吧？
她求助於在朝中頗有威望的恩師，迅速就解了這燃眉之急，
恩師不知用什麼方法，竟讓堂堂臨江侯宋衡答應與她的婚事！
說起宋衡，那可是能在朝堂呼風喚雨，連皇上都要尊敬三分的人物，
她滿心好奇，趁姪子要去長安備考，她也順道去探探這位素未謀面的未婚夫。
孰知初到長安，就聽說宋衡正為了江都水患一事忙得焦頭爛額，
朝廷急需賑災物資和銀兩，但各大富戶紛紛裝窮不願伸出援手。
對沈箬來說，能用銀子解決的都不是大事，
況且這回撒錢還能行善舉、積功德，怎麼說都是穩賺不賠的生意嘛！

文創風

939

牛轉窮苦 3 完

國家圖書館出版品預行編目資料

牛轉窮苦 / 一曲花絳著. --
初版. -- 臺北市 : 狗屋出版社有限公司, 2021.03
冊 ; 公分. --（文創風）
ISBN 978-986-509-196-5（第3冊：平裝）. --

857.7 110001355

著作者 一曲花絳
編輯 黃淑珍
校對 周貝桂
發行所 狗屋出版社有限公司
地址 台北市104中山區龍江路71巷15號1樓
電話 02-2776-5889～0
發行字號 局版台業字845號
法律顧問 蕭雄淋律師
總經銷 知遠文化事業有限公司
電話 02-2664-8800
初版 2021年3月
國際書碼 ISBN-13 978-986-509-196-5

本著作物由北京晉江原創網絡科技有限公司授權出版

定價260元
狗屋劃撥帳號：19001626
網址：love.doghouse.com.tw E-mail：love@doghouse.com.tw